SINN UND FORM

BEITRÄGE ZUR LITERATUR

HERAUSGEGEBEN VON DER
AKADEMIE DER KÜNSTE

76. JAHR / 2024 / 2. HEFT

März / April

SINN UND FORM

Redaktion: Postfach 21 02 50, 10502 Berlin, Akademie der Künste, Hanseatenweg 10, 10557 Berlin, Tel. 030/20057-2220, -2221 oder -2222, Fax 030/20057-2223, E-Mail sinnform@adk.de, www.sinn-und-form.de. ISBN 978-3-943297-76-8. ISSN 0037-5756. Satz: Dörlemann Satz, Lemförde. Anzeigenverwaltung: Agentur Hanne Knickmann, Theaterstraße 7, 69117 Heidelberg, Tel. 06221/67342-50, www.kulturzeitschriften.net. Druck: Thiele & Schwarz GmbH, Kassel. Printed in Germany. Der Chefredakteur ist v.i.S.d.P. Bei unverlangt eingesandten Manuskripten ohne beiliegendes Porto keine Rücksendung. Beurteilungen werden nicht gegeben. Auf den Textseiten erscheinen in der Regel keine Literaturangaben und Anmerkungen. Nachdruck eines Beitrages während der gesetzlichen Schutzfrist nur mit Genehmigung der Redaktion. Die Zeitschrift erscheint zweimonatlich. Jahresbezugspreis einschließlich Versand 45,00 € (Inland) und 60,00 € (Ausland). Einzelheft 11,00 €. Vorzugsabonnement für Schüler und Studenten 34,00 € (Inland) und 45,00 € (Ausland).

Bestellungen von Abonnements und Einzelheften: tableau, Neumagener Straße 27, 13088 Berlin, Tel. 030/4236606, Fax 030/42850078, E-Mail tableau@t-online.de. Zuschriften, die den Inhalt betreffen, sind an die Redaktion, solche, die den Bezug angehen, an die Firma tableau zu richten. Das Abonnement kann spätestens sechs Wochen vor Ablauf des Bezugsjahres gekündigt werden. Die Mindestbezugsdauer beträgt ein Jahr. Die Kundennummer ist unbedingt anzugeben.

INHALTSVERZEICHNIS

BERTOLT BRECHT, KÄTHE REICHEL / »Solchen menschlichen Regungen sind Klassiker, glaube ich, gar nicht zugänglich.« Briefwechsel. Mit einer Vorbemerkung von Helene Herold 149

IRIT AMIEL / Weniger tot. Gedichte 182

BORIS SAIZEW / Die Elysischen Gefilde 188

FELIX HEIDENREICH / »Unser Dostojewski«. Die russische Tapete und der Krieg gegen den Westen 193

LILLI LUUK / Jungen im Schnee 201

NASIMA SOPHIA RAZIZADEH / Zeichensprache. Gedichte 213

HUBERT WINKELS / Der Ziegen-Zyklus 216

GÜNTER ERBE / Die Lava der Phantasie. Lord Byron nach 200 Jahren wiedergelesen 229

MICHAEL HAMBURGER / Moderne deutsche Literatur in England. Ein persönlicher Erfahrungsbericht (1981). Mit einer Vorbemerkung von Till Greite 238

ANGELICA SEITHE / Auf der Hut. Gedichte 253

ACHIM FREYER, NELE HERTLING / »Der erste Zuschauer im Theater bin ich.« Ein Gespräch über Malerei, Regie, Bühne und Brecht 255

FRIEDRICH DIECKMANN / Der sanfte Magier oder Ein Zauberschloß in Lichterfelde. Nachdenken über Achim Freyer 259

TOBIAS LEHMKUHL / Tiere in der Matrix. Über Nico Bleutge 264

MAŁGORZATA GORCZYŃSKA / Sztreka. Ein Wort für Tomasz Różycki 268

RENATE NIMTZ-KÖSTER / Tauben auf dem Arm, Tarnfleck auf den Straßen. Czernowitz im zweiten Kriegsjahr 272

JÜRGEN ENGLER / Gedicht und Gedächtnis. Maria Stepanowa und die Wiederkunft 275

MARCEL LEPPER / Die Tagesordnung 281

ANMERKUNGEN 285

AUS DEM ARCHIV DER AKADEMIE DER KÜNSTE

BERTOLT BRECHT, KÄTHE REICHEL

»SOLCHEN MENSCHLICHEN REGUNGEN SIND KLASSIKER, GLAUBE ICH, GAR NICHT ZUGÄNGLICH«

Briefwechsel

Vorbemerkung

Helene Weigel empfiehlt Bertolt Brecht 1950 eine junge talentierte Schauspielerin. Sie hat Waltraut Reichelt im Februar in Rostock in der Inszenierung »Herr Puntila und sein Knecht Matti« unter der Regie von Egon Monk gesehen. Brecht engagiert Käthe Reichel, wie sie sich später nennt, nach einem kurzen Vorsprechen im Oktober 1950 für das Berliner Ensemble. Er ist zu dem Zeitpunkt zweiundfünfzig Jahre alt, ist ein gefeierter Dichter, Schriftsteller und Theatermann und hat lange Exiljahre überstanden. Nach seiner Rückkehr nach Deutschland versucht er in Ostberlin eine eigene Theatertruppe, das Berliner Ensemble, aufzubauen, das zunächst noch als Gast am Deutschen Theater spielt. Käthe Reichel ist gerade vierundzwanzig, als sie Brecht im Oktober begegnet. Bis dahin hat sie sich vor allem durchgeschlagen: Sie ist in einfachen Verhältnissen in Berlin Mitte aufgewachsen, kannte von frühester Kindheit an Existenzängste und Hunger, war aber mutig und dreist genug, nach Ende des Krieges ans Theater zu gehen und zu behaupten, sie sei Schauspielerin, ihre Zeugnisse seien im Bombenhagel verlorengegangen. Sie wird zunächst in Greiz engagiert, dann in Gotha und Rostock. Anschließend wechselt sie ans Berliner Ensemble. Am 12. Januar 1951 schreibt Käthe Reichel ihren ersten Brief an Brecht: »Allerherzlich danke ich für die Hilfe und große Freundlichkeit, die Sie mir bei meinen ersten Gehversuchen in Berlin, in so reicher Zahl erwiesen haben. Ich danke sehr und bin ganz ergeben Ihre Käthe Reichel«.

Brecht fördert die junge Schauspielerin, unterstützt sie beim Rollenstudium. Schnell scheinen beide sich nahegekommen zu sein. Vermutlich im Sommer 1951, der Brief ist nicht datiert, sendet Brecht ihr »10 Vorschriften«: »lieber k., hier sind 10 vorschriften, bitte studier sie nicht daraufhin, ob sie gerade für dich gemünzt sind. Sie sind für dich geschrieben, aber nicht auf dich gemünzt. (1 z.b. bedeutet nicht, dass ich bei dir laschheit gesehen habe. aber ich sah die anspannung und wenn du sie vermeiden willst, dürfte es nicht durch laschheit geschehen. von 3 erliegst du nur der verführung zur absonderung ein wenig. 4 und 7 musst du beachten. auch 8.) praktische vorschläge«.

Käthe Reichel bedankt sich am 16. September 1951. Sie befindet sich zu einem Erholungsaufenthalt auf Schloß Wiepersdorf in Brandenburg, dem ehemaligen Wohnsitz von Achim und Bettina von Arnim. Schon kurz nach ihrer Bekanntschaft mit Brecht muß sie verstehen, daß sie ihn nicht für sich allein haben kann, was für sie schwer zu ertragen ist. Die aus diesen Tagen erhaltenen Briefe erzählen von einem vertrauten Umgang

miteinander, immer wieder hört man auch Reichels Berliner Tonfall heraus, mit dem sie zwischen Frechheit und Verehrung für Brecht changiert.
Im Sommer 1952 ist Käthe Reichel offenbar erneut zur Kur. Auch in dieser Zeit halten die beiden engen Kontakt. Brecht zeigt sich sachlich fürsorglich, Reichels Briefe sind gefühlvoller, bringen ihre Verliebtheit und Sehnsucht zum Ausdruck. Er schreibt von seiner Arbeit, von den Stücken, die ihn beschäftigen, und von den Rollen, die sie spielen soll. Sie wiederum berichtet kleinteiliger und ausführlicher, schildert ihr Tagewerk und spricht immer wieder von ihrer Zuneigung zu ihm.
Daß es eine enge Beziehung zwischen Brecht und Reichel gibt, bleibt auch den Mitarbeitenden, den Schauspielern und Schauspielerinnen am Berliner Ensemble nicht verborgen. So schreibt etwa Regine Lutz in einem Brief an ihre Eltern vom 21. September 1952 bezüglich der Rolle der Manuela in »Die Gewehre der Frau Carrar«, diese bekäme wohl »die Reichel, die Freundin vom Brecht«.
1955 geht Käthe Reichel als Gast an die Städtischen Bühnen in Frankfurt. Sie kehrt nicht mehr fest ans Berliner Ensemble zurück. Der Kontakt zu Brecht bleibt bestehen, sie bekommt sogar ein bescheidenes Häuschen in Buckow von ihm geschenkt. Auch dieses Haus ist Gegenstand der Briefe. Reichel hat es zunächst gepachtet, will es aber besitzen. Sie will nie wieder aus einer Bleibe hinausgeworfen werden, wie sie es als Kind erleben mußte. Brecht gewährt ihr den Wunsch. Das Haus befindet sich in der Nähe von Brechts und Weigels Sommersitz am Schermützelsee. Reichel ist, außer Ruth Berlau, der er ein Haus in Dänemark schenkte, die einzige von Brechts zahlreichen Mitarbeiterinnen und Freundinnen, die ein solches Unterpfand bekommt.
Aus dem gesamten Briefwechsel sticht ein Stück besonders hervor. Ein Brief ohne Datum, ohne Anrede, ohne Unterschrift, der in der Forschungsliteratur schon Käthe Rülicke zugeordnet wurde, aber sicher von Käthe Reichel stammt. Indizien wie die Schreibmaschinentypen und Besonderheiten in Ausdruck und Interpunktion sprechen eindeutig für sie als Verfasserin. Für ihre Perspektive auf die Beziehung zu Brecht ist er besonders aufschlußreich: »Daß man Dir keinen Liebesbrief schreiben kann, all den törichten Unsinn, den man denkt, nie sagt, den man höchstens schreibt – nur Dir nicht – das ist schlimm. Sicher verstehst Du gar nicht was ich meine (ich meine das Bedürfnis, jemanden zu streicheln, auf die Augen zu küssen – Deine Augen sind lustig und listig – solchen menschlichen Regungen sind Klassiker, glaube ich, gar nicht zugänglich). Du ›betrachtest‹ alles, immer produktive Folgerungen ziehend – d.h. es gibt wenige, ganz wenige und seltene Sekunden, wo Du es nicht mehr tust! Wie ich diese Sekunden liebe!!!«
Für Brechts Sicht der Dinge ist ein Brief mit angefügter Keuner-Geschichte bezeichnend. Er schreibt ihr (ohne Datum): »liebe kattrin, nach alldem argen: wäre es nicht gut, wenn du mir alles gäbst, was du an freundlichkeit geben kannst und von mir alles nähmst, was ich an freundlichkeit dir geben kann und wir nähmen als maass der freundlichkeit handlungen? dann wäre keine frage nach dem was fehlt, dann gäbe es eine zuversicht von dem was da ist. es gibt nichts besseres als freundschaft; was darüber hinaus ist, ist nur gut, wenn es die freundschaft gibt.«
Insgesamt liegen 99 Briefe vor. 33 davon tragen ein Datum, 66 keines, was die chronologische Zuordnung erschwert. Über Hinweise und Bezüge wurde dennoch versucht, eine sinnvolle Reihenfolge und Gliederung zu erstellen. Kurz vor Redaktionsschluß kamen zu den bereits bekannten 84 Briefen, die sich im Archiv Darstellende Kunst und im

Bertolt-Brecht-Archiv der Akademie der Künste befinden, 15 Schriftstücke hinzu, deren Sperrung gerade erst abgelaufen war. Ein Glücksfall, denn darunter waren Antworten auf bereits vorhandene Briefe, außerdem werden die Hintergründe von Reichels Frankfurter Engagement näher beleuchtet. Die hier vorgelegte Auswahl umfaßt 22 Briefe von Käthe Reichel und 21 von Bertolt Brecht. Außerdem existieren 12 kurze Zettelgrüße, die alle kein Datum tragen und hier nicht abgedruckt werden.
Die Briefe sind mit wenigen Ausnahmen mit der Schreibmaschine geschrieben, von Brecht in seiner bekannten Kleinschreibung. Die Zettelgrüße wurden meist per Hand verfaßt. Auffällig sind Brechts Anreden »lieber k.« sowie »liebe kattrin«. Sie schreibt immer an ihren »lieben Bert«.
Den letzten Brief an Bertolt Brecht schreibt Käthe Reichel am 22. August 1956, nicht wissend, daß er zu diesem Zeitpunkt nicht mehr lebt. Sie ist auf einer Reise durch den Kaukasus und berichtet ihm von dort, von einer langen Überfahrt über das Schwarze Meer und von einer Sternschnuppe, bei deren Anblick sie seinen Namen ausspricht, weil Leute ihr erzählt hätten, das bringe Glück.
Das Berliner Ensemble verläßt sie endgültig nach Brechts Tod und wird festes Mitglied am Deutschen Theater. Als Schauspielerin macht sie noch auf vielen Bühnen und auch beim Film Karriere. Immer wieder ist sie politisch aktiv. 1989 ist sie Mitinitiatorin der großen Massenkundgebung vom 4. November auf dem Alexanderplatz und nach der Wende hungert sie mit den Kali-Kumpels von Bischofferode für den Erhalt ihrer Arbeitsplätze. 1996 erhält Käthe Reichel den Alternativen Nobelpreis für die Kampagne »Mütter, versteckt eure Söhne«, eine Aktion gegen den Tschetschenien-Krieg. Ab 2001 tritt Käthe Reichel mit einer eigenen Fassung von Brechts »Die heilige Johanna der Schlachthöfe« auf und trägt das Drama als Ein-Personen-Stück vor.
Brecht bleibt zeit ihres Lebens der wichtigste Mann für sie. Seinem Eindruck konnte und wollte sie sich nie entziehen. Dem Medium, das sie verbunden hat, ist sie treu geblieben und hat mit dem Buch »Windbriefe an den Herrn b.b.« 2006 noch einmal 45 Briefe an den Abwesenden gerichtet. 2011 veröffentlicht sie ihre Autobiographie unter dem Titel »Dämmerstunde – Erzähltes aus der Kindheit«. Käthe Reichel ist 2012 in ihrem Haus in Buckow gestorben.

Helene Herold

Käthe Reichel an Bertolt Brecht, handschriftlich, 12. Januar 1951

Allerherzlich danke ich für die Hilfe und große Freundlichkeit, die Sie mir bei meinen ersten Gehversuchen in Berlin, in so reicher Zahl erwiesen haben.

Ich danke sehr und bin ganz ergeben Ihre Käthe Reichel

Käthe Reichel an Bertolt Brecht, ohne Datum

Hallo, guten Morgen, hast Du gut geschlafen? »Wie ich geschlafen habe?« »Ach, viel besser, vorige Nacht in Berlin ging es gar nicht. Ich muss immer viel arbeiten und rum rennen, damit ich ordentlich (körperlich) müd werd, dann schlaf ich gut. Es ist noch früh, und ich gehe in den Wald, vielleicht find ich Pilze, es hat geregnet. – Was machst Du? Jetzt kocht das Teewasser, (für den Tee danke ich Dir) und auch für die Butter und den Käse, überhaupt für das ganze Frühstück, es ist von Dir. Ich kümmere mich immer gern um Dich, aber ich hab auch gern, wenn Du Dich um mich kümmerst. Und Frühstück ist mir stets ein großer Kummer, ich vergess es immer zu besorgen. Das kommt daher, weil es bei uns zu Haus kein Frühstück gab, wir kriegten in die Schule und dann später zur Arbeit unser Stück Brot mit und das assen wir dann wenn Pause war. Aber gleich nach dem Aufstehen, bevor man gearbeitet hat, sich hinsetzen und Frühstücken, gabs nicht. Ich beklagte mich einmal bei meiner Mutter, dass andere Leute früh was heisses tränken und auch was essen würden, bevor sie aus dem Haus gingen, da sagte sie: »Ich hab erst mal früh zehn Kühe melken müssen, Füttern und den Stall ausmisten, bevor die Bäuerin uns zur Suppe rief, Dir gehts noch viel zu gut.« Das fiel mir eben ein, als ich auf den einladenden, gedeckten Tisch sah. – – Heute möcht ich Dich gerne sehen und es wäre schön, wenn Du um vier Uhr mit Eisler kämst, (kannst Du aus dem großen Haus ein bisschen Kuchen entwenden?) sie haben sicher gebacken und ich möchte doch Eisler auch gern etwas anbieten, heute aber sind die Bäckerläden zu. Wenn Eisler nicht kommt, nimms nicht übel, aber ich kann nicht dorthin kommen. Es ist nicht böser Wille, aber ich bekomme keine Luft, weil ich den Vorgang unglücklicherweise immer mit Kindheitserinnerungen von mir verknüpfe; wenn wir exmietiert wurden. Ich weiß nicht ob ich des Wort richtig geschrieben habe, aber meine Mutter und die Leute nannten es so, und es heißt so viel wie, wenn man mit seinen Sachen vom Hauswirt vor die Türe gesetzt wird und keine neue Bleibe hat, wo man hin kann. Man liegt dann die Nacht über, (manchmal sind es viele Nächte) mit seinen Stühlen und Matratzen vor der Haustür, und wenn man Glück hat, regnet es nicht gerade oder schneit, bis man einen neuen Unterschlupf hat, denn in dem Hausflur, der ein Dach hat,

darf man auch nicht sein. Man kann, das ist erlaubt, auf den Hof gehen und zu den Fenstern der leeren Wohnung hinaufschauen, oft steht sie noch monatelang leer. Aber das tut man nicht, weil man dann weint und außerdem kann es der Hauswirt sehen, der lacht und sich freut, dass er den Mieter los ist, und das hält man nicht aus, es macht auch bitter; da bleibt man lieber draussen vor der Tür. Die beiden Vorgänge zu vergleichen ist dumm und ungenau von mir und ich habe ja auch einen neuen Unterschlupf gefunden und ich bitte Dich um Entschuldigung, dass ich überhaupt davon spreche, ich will nur, dass Du mich nicht mehr bittest dort hin zu kommen, ausser du bist allein da. Wenn ich Dich gerne sehen will, (und Du mich vielleicht auch) und um acht Uhr am Briefkasten bin, kommst Du dann auf ein paar Minuten raus?
Danke, Du bist gut und ich hab Dich gern Bert, sehr

Kattrin

Eisler Hanns Eisler (1898 – 1962), Komponist, langjähriger, künstlerischer Wegbegleiter von Bertolt Brecht.

Bertolt Brecht an Käthe Reichel, ohne Datum

lieber k.,

frau walcher sagt mir, sie wolle nun doch nicht kommen, sie sagte, die reise sei für sie zu umständlich, aber ich glaube, sie kann im augenblick nicht gut weg, häuslicher umstände halber. es tut mir sehr leid, du kommst um einen menschen, mit dem du in diesen grauen wochen reden könntest. gut ist, dass du dich doch erholst, aber du weißt, dass du einen ganzen *vorrat* von erholung aufspeichern musst, mit dem du einige zeit sorgfältigst umgehen solltest. hier ist es auch grau, wir nehmen die übersetzung des *Coriolan* vor. bitte, sei nicht zu enttäuscht über den mangel an briefen. meist arbeite ich ja an irgendetwas und bin in einem bestimmten stil drin. aber ich möchte briefe lesen und auch das telefon! schreib und ruf an!

b

frau walcher Hertha Walcher (1894 – 1990), deutsche Kommunistin und Sekretärin Clara Zetkins.
Coriolan Im Mai 1951 beginnt Brecht mit seiner Bearbeitung von Shakespeares »Coriolan« für das Berliner Ensemble.

Bertolt Brecht an Käthe Reichel, ohne Datum

lieber k.,
hier sind 10 vorschriften, bitte studier sie nicht daraufhin, ob sie gerade für dich gemünzt sind. Sie sind für dich geschrieben, aber nicht auf dich gemünzt. (1 z.b. bedeutet nicht, dass ich bei dir laschheit gesehen habe. aber ich sah die anspannung und wenn du sie vermeiden willst, dürfte es nicht durch laschheit geschehen. von 3 erliegst du nur der verführung zur absonderung ein wenig. 4 und 7 musst du beachten. auch 8.) praktische vorschläge:
1 mach einen plan für den tag. 2 lern das lautespielen. so und soviel übung. so und so viel zum spass. 3 geh ein bisschen spazieren. sieh nicht nur die bäume und sträucher, sondern auch die leute an. 4 spiel ein bisschen schach, wenn partner da sind. 5 geh mit zu versammlungen. (vorschrift 8) 6 schreib mir regelmäßig. über den fortgang der erholung, das gretchenstudium, die leute. 7 lern schreibmaschineschreiben, wenn möglich. 8 mach dir notizen über deine lektüre. 9 arbeite aus, wie du personen in deiner lektüre spielen würdest. 10 vermeide anstrengungen. bring heraus, was dich anstrengt, alles.

b

Käthe Reichel an Bertolt Brecht, handschriftlich, 16. September 1951

Lieber Bert,
vielen Dank für Deinen Brief, die Vorschriften und den Tee. Ich hab gleich gestern Abend davon getrunken und er hat auch geholfen; ich schlief ruhiger. Allerdings auch erst wieder gegen 2 Uhr. Die Beklemmungen haben seit zwei Tagen nachgelassen, nur ab und zu hab ich diese Stiche, aber das ist zu ertragen, ach, wenn nur diese Krämpfe nicht wieder kommen. Bis zum Nachmittag fühl ich mich meist wohler und ruhiger als in Berlin, dann werd ich matt und müde, (zu wenig Schlaf.) Hoffentlich wird das bald besser. Mein Tag spielt sich hier meist so ab: Zwischen 10 und 10:30 Frühstück, dann üb ich eine Stunde ungefähr auf der Laute, die Griffe fallen mir sehr schwer und ich habe wunde Finger! Jetzt ist sie verstimmt, und da ich das A nicht finde, kann ich sie nicht stimmen! Was soll ich tun? – Um 12 Uhr Mittagessen! Dann 1 bis 1 ½ Stunden in den Wald. Von 3 bis 6:30 lieg ich und lese, schreib oder arbeit das Gretchen, manchmal träum ich auch ein bisschen. Um 6 Uhr Abendbrot. Von 7–8 Uhr lieg ich und lese wieder oder schreib Dir! Von 8–9 Schachspiel, Unterhaltung oder Singen. (Die Leute haben mich singen hören und mich gebeten Ihnen was vorzusingen. Ich tat es gern. Jetzt wollen sie die »Marie A.« jeden Tag hören. – und können jetzt

schon alle Lieder bald selber singen. Darauf bin ich sehr stolz. Heute Morgen, ich lag noch im Halbschlaf, hörte ich den Kameramann singen »da hielt ich sie, die stille, bleiche Liebe« (Schöne Grüße an Dessau und ich mache seine Musik »berühmt«. Alle Kinderlieder.) Ich habe hier ein Buch gefunden »Balladen und Lieder« von Francois Villon, in einer Übersetzung von Paul Zech. Ich habe sie gelesen, kann aber nicht sagen, ob die Übersetzung gut ist, weil ich keine andere dagegen kenne. Hinten ist eine kleine Bibliographie angehängt, woraus ich seh, daß es von Dir Übersetzungen von Villon gibt. Hast Du sie? Kann ich sie haben? Ich lese jetzt Anatole France »die rote Lilie«, er gehört jetzt zu den von mir begehrtesten Schriftstellern und ich preise ihn allen Leuten (die ihn noch nicht, oder weniger kennen), an! Das Gretchen arbeite ich so leis, daß es eigentlich nicht mehr hörbar ist (das muss natürlich später anders werden, leider) dafür aber denk ich es viel und indem ich den Text »denke«, wird's ganz wahrhaftig, (so bild ich mir ein, jedenfalls). Bei »meine Ruh ist hin« und am Ende der zweiten Artenszene, komme ich nicht ohne Trieb, nicht ohne Sinnlichkeit aus! Ist das schlimm, oder verkehrt? – Antworte mir darauf, bitte! Liebster, jetzt hab ich inzwischen mit Dir telefoniert, was soll ich da noch schreiben? Ich hätt Dir gern gesagt, daß ich mich freu, Deine Stimme zu hören, aber das ging nicht, das Fräulein war dabei. Ich hab Sehnsucht nach Dir und Abends nehm ich Dein Bild mit ins Bett und erzähl ihm kleine Geschichten und das kleine Kissen hab ich im Arm, wenn ich schlaf und flüstere und träume – und habe Dich lieb und bin vernünftig und sag Dir: »Gute Nacht, Schlaf schön. Wenn Du aufwachst küss ich leise und zärtlich Deinen Mund.« (bald)

Kattrin

Dessau Paul Dessau (1894–1979), Komponist, ab 1942 enge Zusammenarbeit mit Brecht.

Bertolt Brecht an Käthe Reichel, ohne Datum

lieber k.,
das ist schade, dass die feigen und der voltaire nicht abgeholt wurden, das eine gut für die leibliche und das andere für die geistige verdauung. und mein brief war auch dabei, ich weiss nicht wofür der gut ist. was das gretchen anlangt, finde ich den weg gut, aufs feste, irdische zu sehen. die innigkeit und butzenscheibensüsslichkeit von ›meine ruh ist hin‹ auf der deutschen bühne ist grausig. freilich ist das sexuell. ich übersetze am *Coriolan*. die lutz hat übrigens grosse schwierigkeiten mit dem evchen. du hast recht gehabt, die rolle ist undankbar

und (heute) schwierig. das alles höre ich nur, ich bin nicht auf proben. schreibst du mir wieder?

b

die lutz Regine Lutz (1928–2023), Schauspielerin am Berliner Ensemble.

Käthe Reichel an Bertolt Brecht, 11. November 1951

Schloss Wiepersdorf an der Dame, Sonntagnachmittag 5 Uhr

Lieber Bert!
Wie geht es Dir? Bist Du vergnügt? Heute ist Sonntag, ich habe bis jetzt gelegen, gelesen, geschlafen, an Dich gedacht und dabei gewünscht, dass auch Du heute ein bisschen Ruhe vor Menschen und Dingen hast. Lieber Bert, wie geht es Dir, schlaf ein bisschen wenn Du kannst, ich hab Dich lieb, ich bin vernünftig, ich freu mich, dass Du da bist und ich dir schreiben kann. Für Deinen Anruf hab vielen Dank, ich hab mich sehr gefreut und ging sehr vergnügt zu Bett und der angekündigte Brief hält mich weiter in dieser freudigen Stimmung, danke Liebster, danke! Wenn ich Dir von hier berichten soll, so weiss ich wenig denn ich bin bisher, ausser den Mahlzeiten, noch nicht aus meinem Bett und meinem Zimmer herausgekommen, das ist schlecht. Aber sobald es mir besser geht will ich jeden Tag ein bisschen in den Wald gehen, ich denke dass ich dann auch besser schlafe. Gestern ging es mir ein bisschen besser, dafür diese Nacht und heut bis Mittag wieder schlechter, so geht es immer, aber ich hoffe sehr, dass es hier, wenn auch nicht so schnell, so doch mit der Zeit, besser wird, das, weisst Du, ist zu langweilig. Ich bin so froh, dass ich die Bücher hier hab, vier bis fünf Stunden am Tag les ich immer, hier gibt es keine, jedenfalls nichts gescheites und so lange ich im Bett lieg, bleibt lesen meine einzige Beschäftigung. Aber sobald ich auf bin, üb' ich auf der Gitarre, aber ob ich das jemals im Selbstunterricht erlerne, weiss der Himmel. Natürlich gibt es hier keinen Gitarristen, auch niemanden der was davon versteht. Die drei andern Leute sind so harmlos, dass ich nichts über sie zu schreiben weiss. Der eine ist ein Mann von etwa 45 Jahren, heisst Robert Fischer und lispelt ganz enorm, aber sonst ein freundlicher Mensch. Er hat die Angewohnheit in der Weise wie das kleine Kinder tun, mit sich selbst zu reden, zum Beispiel: beim Mittagessen tut er sich einen Berg Kartoffeln auf den Teller, wiegt den Kopf hin und her und sagt: Na Robert, ist das nicht ein bisschen viel was Du dir da aufgetan hast und so spricht er in einem fort mit sich selbst und lacht dazu über seine Witzigkeit, wir lachen

natürlich auch, aus Pflichtgefühl! Die Dame ist eine Frau Doktor und im Ministerium beschäftigt, sie redet sehr gebildet und gewählt und so artikuliert, wie sonst nur Schauspieler im ersten Engagement, aber ihr Junge der etwa 10 Jahre alt ist, straft diese Vornehmheit, so oft er kann, Lügen, er spricht einen richtigen echten Berliner Dialekt und benimmt sich so ungezwungen und natürlich, dass er mit den Fingern isst, zum großen Entsetzen seiner Mutter, die dann jedes Mal beteuert, dass er das früher nie getan hat. Auf diese Weise wird ein wohltuender Ausgleich zwischen den beiden geschaffen. Der dritte ist ein Kameramann von der Defa, der mir eine lange Geschichte über den Fang von Walfischen erzählt hat, das war interessant. Alle drei haben sie keine schöne Stimme. Sehr unangenehm ist, dass ich nach dem Essen immer noch längere Zeit die Gespräche der drei, die recht laut sind, mit anhören muss, weil mein Zimmer direkt neben dem Speisesaal liegt. Ich trage mich mit dem Gedanken, wenn es mir besser geht, in ein weiter entfernt liegenderes umzuziehen, denn wenn erst noch mehr Gäste kommen, wird es noch lauter werden. Das Essen ist wirklich gut und auch sehr reichlich, da kann man nichts sagen. Auch Geflügel gibt es und sehr viel Gemüse und Salate, ein Paradies für Dessau. Milch trink ich jeden Tag einen halben Liter. Mit der Education Sentimentale bin ich erst zur Hälfte fertig wenn ich zu Ende bin schreib ich dir darüber. Ich würde Dich gern um ein Buch bitten das ich gerne lesen möchte »Candide« von Voltaire, aber bitte Bert nur wenn Du es hast und keine extra Bemühungen deswegen, ich kann auch gut bis Berlin damit warten. Lieber Bert, ich musste inzwischen zum Abendessen gehen und bin jetzt so müde, dass ich mich gerne hinlegen möchte, es tut mir auch wieder ein bisschen weh. Ich leg mich jetzt ins Bett und les noch ein bisschen in der Education Sentimentale und wenn ich das Licht ausgemacht hab, dann erzähl ich noch ein bisschen mit Dir

Gute Nacht Liebster! Schlaf wohl und wach vergnügt auf.
Kattrin

Ich hab Dir mit der Maschine geschrieben, damit Du nicht so viel Mühe mit dem Entziffern hast.

Wann kommt der Puntila wieder heraus?

Puntila Brecht bereitet ab August 1951 eine Neuinszenierung von »Herr Puntila und sein Knecht Matti« vor.

Bertolt Brecht an Käthe Reichel, ohne Datum

liebe kattrin,
ich gebe den brief Dessau schnell noch mit. (gestern bekam ich noch einen brief von dir.) es scheint wirklich, dass die nacherholung besonders wichtig ist. auch walcher erzählte das, er war auch im bad vor einiger zeit. es ist also wichtig, was du nach der kur machst. wenn du nicht dort bleibst, können wir es ja in berlin besprechen. immer noch kein telefon.
schreib noch!

b

nacherholung Wovon sich Reichel erholen mußte, konnte nicht ermittelt werden.

Käthe Reichel an Bertolt Brecht, 13. November 1951

Schloss Wiepersdorf, Dienstag, 15:00 Uhr

Lieber Bert!
Wie geht es Dir, schläfst Du nachmittags? Gib acht auf Dich, ruh ein bisschen. Ich hab Dich lieb, erkält Dich nicht, gib acht auf Dich.*!*
Heute war ich im Wald, es regnete, aber es war sehr schön. Ich ging eine Stunde lang und fühlte mich wohler und besser als bislang. Am Weg wuchs Heidekraut, ein paar blühten noch, trotz der späten Jahreszeit, ich schick sie Dir mit. An einer Kreuzung fand ich die Spur von Wildschweinen, die es hier sehr viel geben soll. Man erzählte mir, dass nächstens ein Professor aus Fort Zinna hier her kommen soll, der hier immer auf Jagd geht. Das wär schön, ich meine, da würd ich gerne einmal mitgehen. Die anderen Leute erzählten mir heute, dass sie Rehen begegnet seien und es soll auch noch Hirsche hier geben. Die Eichkätzchen seh ich von meinem Fenster aus auf den Bäumen rauf und runter klettern und die Spatzen frühstücken auf meinem Fensterbrett. Wenn ich mich weit aus dem Fenster raus beuge, seh ich rechts einen großen Ententeich liegen, die machen einen fürchterlichen Lärm, oft mitten in der Nacht, Aber heute ist großes Enten und Gänseschlachten gewesen sagte mir die Köchin, (vielleicht wird es jetzt ruhiger?)
Die Education Sentimentale habe ich zu Ende gelesen, das war ein sehr anstrengendes Buch und ich bin auch nicht fähig über meinen Eindruck, (in ein paar Sätzen in einem Brief) etwas zu sagen. Vielleicht sprichst Du einmal in Berlin mit mir darüber. Nur so viel: Vieles ist mir undeutlich. Ich meine, es ist oft so objektiv, dass ich irritiert bin. Bei Voltaire und France wird durch Ironie alles deutlicher und klarer und ich kann immer sofort verstehen und unterscheiden.

Hier verwirrt sich mir vieles und erst gegen Ende und am Schluss (wenn Frédéric und sein Jugendfreund Deslauriers sich erzählen, wie sie einmal in der Jugend in der Verwirrung aus einem Freudenhaus geflüchtet sind und Frédéric von diesem Ereignis dann sagt, dass das eigentlich das »Schönste« gewesen sei, das sie erlebt hätten) begreif ich, (zum Teil).
Lieber Bert, ärgere Dich nicht über meine Dummheit! Entschuldige! Ich will es noch einmal lesen, wenn Du mit mir darüber gesprochen hast. Sei gut und lach mich nicht aus. Morgen kommt dein Brief, ich freu mich.
Gute Nacht Bert, ich bin nicht klug, aber ich werde klüger werden, ich habe Hoffnung, hilf mir! Alles ist sehr schwer und ich hab Angst.

Schlaf schön
Kattrin

Bertolt Brecht an Käthe Reichel, ohne Datum

liebe K,
entschuldige meine kürze am telefon. grund: das telefonfräulein in buckow interessiert sich sehr für das tun und treiben von nationalpreissträgern. neulich rief aus buckow jemand an und fragte mich nach der adresse weinerts. danach sagte das fräulein empört: was Sie alles wissen sollen! ich vergass, dich da zu warnen. ich rief aber freitag abend und samstag früh an. hast du die lampe? wie geht es dir? schreib mir gleich, wenn du bei rust warst. ich war müde den ganzen gestrigen tag, bin noch nicht sehr erholt.

b

nationalpreisträger Am 7. Oktober 1951 erhielt Brecht den Nationalpreis der DDR I. Klasse.

Bertolt Brecht an Käthe Reichel, ohne Datum

lieber k.,
danke für die briefe, bitte um weitere. bois wird nicht vor mitte dezember spielen können. du kannst dich also ausruhen und die nötigen reservekräfte schöpfen. zwei wochen wirst du immerhin hertha haben, sie weiss eine ganze menge. du hast recht mit flauberts objektivität, die von der ohnmacht kommt. voltaire (ich werde den *Candide* auftreiben) schrieb voll von hoffnungen auf das bürgertum. als flaubert schrieb, hatte die revolution stattgefunden, die steuerpächter

und bankiers sassen am ruder und anstatt fortschritten gab es karrieren. france sah eine neue hoffnung auftauchen, das proletariat. als alter mann trat er in die komunistische partei ein und ging mit demonstrationen durch paris. es ist schön, dass du so tapfer schreibst, d.h. es ist schön, dass du tapfer bist. entschuldige, dass ich am telefon eilte, ich stand im mantel und musste weg zu einer offiziellen sache; ich mag gern, dass du mich anrufst, mit oder ohne speziellen grund. (du solltest nicht zu schnell in einen film hinein rutschen, das ist ja anstrengender als theater!)

ich erhole auch schon wieder ein wenig, arbeite zu Hause. schreib!
b

bois Curt Bois (1901–1991), Schauspieler.

Bertolt Brecht an Käthe Reichel, ohne Datum

lieber K.,
sehr vielen dank für den brief, der sehr freundlich ist. hoffentlich wird der abend nicht allzu trübe. jedenfalls hast du einem müden alten weihnachtsmann einen gang erspart. die kleine uhr ist ein gutes schweizer werk. (mehr kriegst du nicht.) vielleicht ein paar apfelsinen. ich freue mich, dass du wieder zurückkommst.

b

Bertolt Brecht an Käthe Reichel, ohne Datum

lieber k.,
danke für den brief. ich hatte sonntag früh nicht angeordnet, dass man mich nicht ans telefon rufen solle, das hatte ich samstag vormittag getan und frau königshaus machte das dann auch am sonntag. weihnachten. ich fürchte, da bist du ganz allein hier und das ist nicht vergnüglich. auch für mich nicht. ich kann dieses fest sowieso nicht ausstehen, beim blossen gedanken daran werde ich hartherzig. ich wäre echt froh, wenn ich dich da aufgehoben wüsste! ich möchte nur gern telefonieren. die neherschen skizzen für den urfaust sind sehr schön. schreib!

b

nehersche skizzen Caspar Neher (1897–1962), Bühnenbildner, lebenslange Zusammenarbeit mit Brecht.

Käthe Reichel an Bertolt Brecht, handschriftlich, 24. Dezember 1951

Lieber,
auf dem kleinen Kissen, sollst du heute Nacht und in Zukunft ruhen, ich hab es in Wiepersdorf für Dich genäht und auch eine Nacht darauf geschlafen. Es ist jetzt kalt, da kannst Du das Tuch gut gebrauchen, es ist schön warm, tu es immer um! Heute Abend zünd ich Dir eine Kerze an. Um 8 Uhr.

Kattrin

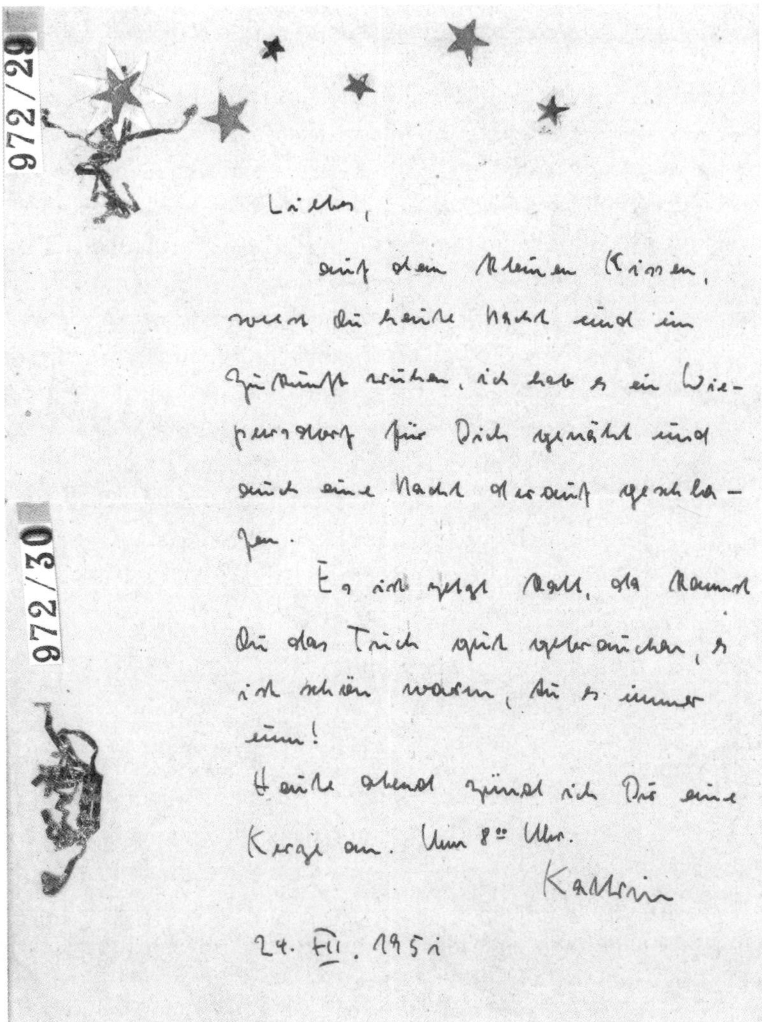
972/29

972/30

Lieber,

auf dem kleinen Kissen, sollst du heute Nacht und in Zukunft ruhen, ich hab es in Wiepersdorf für Dich genäht und auch eine Nacht darauf geschlafen.

Es ist jetzt kalt, da kannst Du das Tuch gut gebrauchen, es ist schön warm, tu es immer um!

Heute abend zünd ich Dir eine Kerze an. Um 8 Uhr.

Kattrin

24. XII. 1951

Bertolt Brecht an Käthe Reichel, handschriftlich, 27. Februar 1952

Postkarte aus Warschau
Adresse: Kattrin Reichel, Berlin-Hohenschönhausen, Hornbergerstr. 23

liebe Kattrin,
das ist Warschau: Wir kommen Montagmorgen zurück. Gute Arbeit inzwischen!

b

Käthe Reichel an Bertolt Brecht, ohne Datum

Dass man Dir keinen Liebesbrief schreiben kann, all den törichten Unsinn, den man denkt, nie sagt, den man höchstens schreibt – nur Dir nicht – das ist schlimm. Sicher verstehst Du gar nicht was ich meine (ich meine das Bedürfnis, jemanden zu streicheln, auf die Augen zu küssen – Deine Augen sind lustig und listig – solchen menschlichen Regungen sind Klassiker, glaube ich, gar nicht zugänglich). Du »betrachtest« alles, immer produktive Folgerungen ziehend – d.h. es gibt wenige, ganz wenige und seltene Sekunden, wo Du es nicht mehr tust! Wie ich diese Sekunden liebe!!! Während des Telefongesprächs eben habe ich beschlossen, Sonnabend d. 5. zurückzukommen. (Ich war fest entschlossen, nicht vor der Urfaust-Premiere zu fahren). Ich komme bloß, weil ich Sehnsucht nach Dir habe. Eigentlich merke ich das erst jetzt richtig, wo mein Entschluss feststeht, in einer Woche zurückzufahren. Was für eine lange Woche! Ich freue mich darauf, wieder von meinem Apparat aus mit Dir zu schweigen.

Käthe Reichel an Bertolt Brecht, ohne Datum

Lieber Bert,
Deine Liebe hat mir viel Freude gemacht. Sie war schön. Und Du bist schuld, dass sie so schön war. Ich habe viel Kummer gehabt, seitdem sie gestorben ist. Nicht um Dich zu quälen sag ich Dir das; nur, dass Du *mich* nicht quälst. Ich will Dich nicht sehen, weil ich dann einsehen muss, dass Du gar nicht gestorben bist, dass Du lebst, aber nicht mehr mir zur Freude. Und dann kriege ich eine solche wilde Sehnsucht nach dem, was nicht mehr ist. Und ich werde so traurig. Quäl mich nicht. Zeig Dich nicht meinen Augen.

Bertolt Brecht an Käthe Reichel, ohne Datum

liebe kattrin,
nach alldem argen: wäre es nicht gut, wenn du mir alles gäbst, was du an freundlichkeit geben kannst und von mir alles nähmst, was ich an freundlichkeit dir geben kann und wir nähmen als maass der freundlichkeit handlungen? dann wäre keine frage nach dem was fehlt, dann gäbe es eine zuversicht von dem was da ist. es gibt nichts besseres als freundschaft; was darüber hinaus ist, ist nur gut, wenn es die freundschaft gibt.
Schlaf gut

b

Herr Keuner sagte: Es ist ein weitverbreiteter Unfug, dass die Liebe über die Freundschaft gestellt wird und außerdem als etwas völlig anderes betrachtet. Die Liebe ist aber nur so viel wert, als sie Freundschaft enthält, aus der allein sie sich immer wieder herstellen kann. Mit der Liebe der üblichen Art wird man nur abgespeist, wenn es zur Freundschaft nicht reicht.

Bertolt Brecht an Käthe Reichel, ohne Datum

liebe kattrin,
das *Haus* scheint hübsch zu werden, jetzt muss man nur aufpassen, dass es nicht zu hübsch, ein lebkuchenhaus wird. vorschlag: farbe für die holzpartien aussen nicht das trübe braun, z.B. die fensterläden besser grün, wie das grosse eiserne eingangstor in den garten ist. und keine schablonierten ornamente drauf, das ist 1900 jugendstil, fürchte ich. und die wiese hinter dem *Haus*, ich meine den fleck rechts, wenn man aus dem *Haus* tritt, würde ich nicht einebnen und umgraben lassen. da kannst du ein jahr lang nicht drauf gehen. ich machte den fehler in der chausseestrasse, da sah man jede pfote wolfs. frühester termin dafür der herbst.

Käthe Reichel an Bertolt Brecht, ohne Datum

Lieber Bert,
nach Deinem letzten Anruf heute, bin ich zu folgender Überlegung gekommen.
1. ausser, dass du Geld anlegen willst, weiss ich nicht was Du in Wirklichkeit mit dem Haus vorhast. Du willst einen zwei Jahresvertrag mit halbjähriger Kündigung

mit mir machen. Das heisst; ich kann wenn es Dir nicht mehr gefällt nach zwei Jahren hinausfliegen. Wenn ich aber einen Mandelbaum pflanze, blüht er erst nach fünf Jahren. Damit verliere ich jede Chance das Haus einmal käuflich zu erwerben; denn wenn ich nicht mehr Pächter bin, verliere ich damit auch das Vorkaufsrecht. In zwei Jahren werde ich aber schwerlich so viel Geld zusammen haben, dass ich es kaufen kann.
2. in dem Vertrag soll stehen: zu ihrem persönlichen Gebrauch. Nun, ich zahle die noch zu vereinbarende Pachtsumme das ganze Jahr, kann aber das Haus nicht das ganze Jahr über laufend benützen. Ich will es aber *ausnützen* und zu diesem Zweck, wenn ich nicht da bin meine Mutter, speziell im Winter ab und zu dort wohnen lassen. Das kann ich dann nicht.
Unter solchen Klauseln und Umständen ist das Haus für mich kein Spass mehr. Ich will auch nicht täglich zittern müssen, eine Kündigung zu bekommen. Ich will dort ruhig sein und ausruhen können. Ich will auch nicht daran denken müssen, dass es irgendjemandem nicht gefällt, dass ich dort wohne und dass Leute darauf sinnen, wie sie mich entfernen können – eines Tages.

Bertolt Brecht an Käthe Reichel, 23. Juli 1952

Briefumschlag:
Frln. K. Reichel, Bad Elster, Sanatorium des Förderungsausschusses, Vogtland

Absender:
Bertolt Brecht, Berlin NW 7, Luisenstraße 18

liebe kattrin,
danke für zwei briefe, einen eingeschriebenen und einen eilbrief und danke für den krug. und die tannenzweige. (ich glaube, auch gewöhnlich frankierte kommen jetzt an.) gut, dass du es nicht zu schlecht getroffen hast mit der kur. ich versuche, so viel wie möglich zu ruhen und glaube auch, ich erhole mich. wieder sind sehr gute fotos von dir gekommen. soll ich ein paar schicken? (besser allerdings, du zeigst sie nicht der Ruge, da sie ja auch das *Gretchen* gespielt hat!) das strittmatterstück kann ganz gut werden, auch die rolle. grüss ruppert und schreib wieder. (telefon hab ich noch keines.)

b

brauchst Du was?

ruge Antje Ruge (1921–2006), Schauspielerin am Deutschen Theater Berlin.
strittmatterstück »Katzgraben« von Erwin Strittmatter, das vom 24. Februar bis 22. Mai 1953 geprobt wurde.

Bertolt Brecht an Käthe Reichel, 12. August 1953

Briefumschlag:
Frln. Kattrin Reichel, Bad Elster (Vogtland), Haus Echo

Absender:
Bertolt Brecht, Berlin NW 7, Luisenstraße 18

liebe kattrin,
vielen dank für den käse. die schachtel schicke ich zurück, hoffentlich bleibt das bisschen obst frisch. ich bin ziemlich tief im arbeiten, frau Mutter kocht ausgezeichnet * und es regnet anheimelnd. auf die innendekorativen vorschläge warte ich, boden bleibt ungemalt. die fenster hier mache ich auf, sobald wieder schönes wetter wird, ein paar mal wurde geheizt. erhol dich und schreib. grüsse Palm und Ruge.

danke für alles!

b

* *sie hat schnell gelernt, danke. (hör nicht auf, ins Intelligenzheim zu wollen!)*

Palm Kurt Palm, Kostüm- und Maskenbildner.

Bertolt Brecht an Käthe Reichel, 20. August 1953

Briefumschlag:
Frln. Kattrin Reichel, Bad Elster (Vogtland), Haus Echo

Absender:
Bertolt Brecht, Berlin NW 7, Luisenstraße 18

liebe kattrin,
danke für brief. und danke für telefon. schrieb, aber schickte brief nicht ab, da ich jetzt wirklich arbeite und nicht nach buckow hineinkomme. der brief war auch ganz kurz und handelte hauptsächlich von obst. das du ja jetzt also kriegst; kriegst du milch? kutschiere nicht zu viel und fahre den Palm vorsichtig, ich brauche ihn

noch. dich auch. das haus öffne und schließe ich jeden tag, es kommt mir jetzt ganz trocken vor. die blumen goss ich auch einmal, aber die kanne fehlt immer. wenn dir zur wohnung noch was einfällt, schreib bitte; d.h. *über* die sachen, die jetzt gemacht werden müssen. das andere kann man experimental machen.

b

Käthe Reichel an Bertolt Brecht, handschriftlich, ohne Datum

Lieber, lieber Bert,
danke Dir sehr für den Brief, der mir die trüben Gedanken ein wenig verscheucht hat. So leicht geht das, siehst Du, so abhängig und dumm! Danke für die Sorge um das Haus und danke für das Sprengen vom Gärtchen. Es sieht wohl arg verwildert aus? Blühen noch Blumen und hast Du die Tomaten geerntet? Ich hab alles in so freundlicher Erinnerung und denke gerne zurück, wie ich den nassen Sand, den Du abends an deinen Schuhen mit hereingetragen hattest, zärtlich am Morgen vom Teppich bürstete, die Arbeit öfter, mich erinnernd, oder träumend, unterbrechend. Ich freue mich, daß Du schreibst, aber ich bin auch betrübt, daß Du Dich nicht erholst, der Winter ist so lang und Du hättest Erholung so nötig. Bitte erlaub, daß ich es sage. Kannst Du nicht, ein ganz klein wenig öfter, im Garten liegen??!! Hast Du den Zaun zwischen Gartenhaus und Treibhaus machen lassen?, es wäre nötig! Lass ihn machen! – Ich sammle immer noch Pilze, trockne sie unentwegt und finde noch immer Vergnügen daran. Milch trinke ich jeden Tag, danke. Kutschiert bin ich nur mit W. Herzfelde, Palm, seine Frau ist krank, da geht es nicht, Du kriegst ihn ganz unbeschädigt zurück. An der Grusche arbeite ich weiter, besonders gern hab ich die Szene mit dem Kind, wo sie Milch kauft, für »Sono Robakidse«, hab ich mir eine eigene, kleine Melodie geschrieben, wenn ich in den Wald gehe, oder durch die Felder, nehm ich mir einen »Stock« singe »Sono Robakidse«, und »spiele« und – gut daß Dessau nicht hier ist. – Ich geh öfter durch die Felder und schau den Traktoren zu. Mit einem Bauern hab ich mich angefreundet, ich hab ihm das eine Kalenderlied vom Strittmatter vorgesungen »Das Korn wird reif, die Ähre schwer«, das gefiel ihm. Was die Wohnung angeht, finde ich die Lösung mit dem Badezimmer immer noch nicht glücklich, das Schlafzimmer wird so arg klein, was nicht gut und nicht gesund ist. Sprich noch einmal mit Henselmann darüber! Von Dir oder jemand anderes hörte ich, daß die ganze Wohnung neu mit Putz beworfen werden soll, wegen der elektrischen Leitungen, die jetzt aussen liegen, so dass man sie sieht. Das ist ganz wahnsinnig und kostet irrsinniges Geld. Ich wohne hier auch in einem Zimmer,

wo die Leitungen sichtbar angebracht sind und es beeinträchtigt die Schönheit nicht im Mindesten. Wenn alles andere sauber gestrichen und geweißt ist, stört es ganz und gar nicht. Lass Dir nicht so unnötige und kostspielige Sachen von verrückten Leuten aufzwängen!! Dagegen ist wichtig zu überlegen Doppeltür + Doppelfenster, speziell für das große Zimmer. *Sehr wichtig* ist ein *Gasherd* in der Küche, man kocht 3mal so schnell wie auf elektrisch. Die Anschaffung ist außerdem auch billiger. Vergiss das nicht*!!!* – Soll ich nach Leipzig fahren und mich nach etwaigen Möbeln umschauen? Für heute genug, mit echtem Vergnügen helf ich Dir weiter in Berlin. Ich möchte gern, daß Du es recht schön und angenehm hast dort. – Ich flüstere Dir alle Zärtlichkeiten in unserer so armseligen Sprache zu, und ich wollte gern ein Dichter sein, daß ich neue erfinden könnte,
Deine kleine

Kattrin

W. Herzfelde Wieland Herzfelde (1896–1988), Publizist, Autor, Verleger, Gründer des Mailk-Verlags.
Grusche Gemeint ist die Rolle der Grusche Vachnadze, eine der Hauptfiguren im Stück »Der Kaukasische Kreidekreis«.
Henselmann Hermann Henselmann (1905–1995), Architekt.

Bertolt Brecht an Käthe Reichel, 27. August 1953

Briefumschlag: Frln. Katrin Reichel, Bad Elster (Vogtland), Haus Echo

liebe kattrin,
ich sehe dich gern im geiste deine unzähligen orangen essen. und die bäder werden nur gut sein, wenn du es nicht übertreibst. strittmatter und ich waren schon nahe daran, die kalenderlieder zu streichen. vielleicht machen wirs doch nicht? sie werden nur bei uns so schlecht gesungen. ich glaube, ich werde mit der *Turandot* doch fertig vor ferienende. es ist freilich eine grosse fleissarbeit und ich muss besucher abwehren wie fliegen. den gasherd habe ich schon. doppelfenster bekomme ich auch. für das badezimmer gibt es keine andere lösung, ich werde eben in einer zelle schlafen. wann kommst du? mach unbedingt die kur zu ende, aber in leipzig brauchst du nicht auszusteigen, ich sehe erst, was mir in der wohnung noch fehlt, es darf nicht zu viel hinein.
auf wiedersehen

b

vor dem 15. Sept. brauchst du hier nicht zu spielen.

Rückseite:
ruf mich an bevor du kommst – aber so, dass der anruf hier bezahlt wird!

Turandot Von Juli bis September 1953 hält Brecht sich vorwiegend in Buckow auf und arbeitet an dem Stück »Turandot oder Der Kongreß der Weißwäscher« und an den »Buckower Elegien«.

Käthe Reichel an Bertolt Brecht, 19. März 1954

Bert, mein lieber Bert!
Die Garderobe ist voll von Menschen, darum musst Du aus meinen Augen lesen, was ich nicht sagen darf. Ich bin ganz nahe bei Dir, wenn ich heute Abend spiele und *Dein Theater* mit eröffnen darf. In meinem kleinen Leben ist das der grösste Tag und ich bin voll von Freude für Dich. Wenn wir erst Deine Stücke spielen werden wir einen Ruhm ernten, wie sonst kein Theater in der Welt, denn Du bist der grösste aller Theaterdichter. Das glaube ich fest, und ich weiss es auch. Und darum bin ich voll von Freude. Ich liebe Dich zärtlich, in guten und in schlechten Tagen. Ich bin glücklich, dass es Dich gibt und dass heute Abend der Vorhang aufgeht, in Deinem Theater!

Kattrin

Käthe Reichel an Bertolt Brecht, handschriftlich, ohne Datum

Lieber Mann, freundlicher Freund,
als ich aus dem Wald kam, war Dein Brief da und auch Dein Päckchen, eine große Freude, für beides danke ich Dir herzlich, besonders für die freundlichen Worte. Auch das Geld traf ein und ich danke Dir sehr. Die Schokolade (ein großes Opfer und darum eine besondere Freundlichkeit) war sehr fein, ich habe sie gleich gegessen. Danke Bert, vielen Dank! Alle Leute finden, daß ich schon sehr erholt aussehe, was ich schreibe, damit Du hierrüber ohne Sorge sein kannst. Die Sprudelbäder sind nicht so anstrengend wie im vorigen Jahr das Moor. Am 1.9. komme ich nach Berlin zurück, aber ich soll noch 8 Tage (Nachkur) nicht arbeiten, aber wie machen wir das mit dem Theater? Ich bekomme auch »Darmbäder« hier, von denen ich mir viel erhoffe, (da bekommt man 25 Liter Salzwasser durch den Darm gepumpt, das wird wohl eine Tortur werden, aber man soll sich danach außerordentlich angenehm fühlen, eben eine völlige Entschlackung. Der Arzt hier meint, daß ein Teil meiner Beschwerden (sogar Herz, vor allem

aber Kopfschmerzen) von da herrühren. Ich wäre sehr froh, wenn ich da in Ordnung käme. – Den Tag vertreib ich mir, indem ich Pilze suche und sie trockne, ich habe schon einen ganzen Berg gesammelt, das ist eine sehr lustige und einträgliche Beschäftigung. Auch unterhalte ich mich mit Palm, der viel weiß und sehr nett zu mir ist, die anderen Leute treffe ich nicht, außer Ruge, der es etwas besser geht. An der Grusche arbeite ich mit außerordentlicher Freude, je mehr ich darin lese, um so schöner kommt sie mir vor und mir scheint, daß Johanna und Gretchen zusammen, den Vergleich fast nicht aushalten. Ich lese auch die anderen Rollen gerne in dem Stück, besonders den Richter und beschäftige mich in der Weise damit, dass ich sie alle Spiele, was oft sehr lustig ist, oder jedenfalls komisch. Du bist ein ganz großer Dichter Bert, (was ich meistens vergesse,) das kommt daher, weil ich Dich liebe, aber da ich mich heute daran erinnere, küsse ich in Zärtlichkeit und Verehrung Deine beiden Hände, daß sie noch vieles, so Gutes und Schönes, die Menschheit erfreuendes und belehrendes schreiben mögen.

Kattrin

Bertolt Brecht an Käthe Reichel, ohne Datum

liebe kattrin,
ich halte dich für ganz *besonders* begabt. von der idee, ein vorspielen von dir, braunbock und hurwicz zu veranstalten, bin ich abgekommen, weil inzwischen über den typus nachgedacht wurde, den wir für die premiere des stücks in deutschland brauchen und das bist wohl weder du noch braunbock. es darf nicht ein halbes kind sein, das den säugling wegschleppt, es muss ein kräftiger gehherda sein, dem man alles aufbürdet. sie darf nicht bemitleidet werden weil es für *sie* zu schwer ist, sondern man muss sehen, dass sogar eine kräftige person so etwas nicht machen darf. ich glaube, dass auch du es spielen kannst, aber dann mit besonderen kunstmitteln, nicht in der einfachsten und leichtesten weise. am besten, du studierst es ein, ich helfe dir dabei gewissenhaft und wir machen den versuch. das ist alles. du musst deine entwicklung groß und weit auffassen lernen, wie das dein talent erfordert.

b

braunbock Carola Braunbock (1924–1978), Schauspielerin am Berliner Ensemble.
hurwicz Angelika Hurwicz (1922–1999), Schauspielerin am Berliner Ensemble.

Käthe Reichel an Bertolt Brecht, ohne Datum

Lieber Bert,
sei nicht ungehalten, dass ich nicht anrufe, aber meine Stimme klingt nicht fröhlich und eine traurige magst Du nicht. Ich weiss auch gar nichts zu sagen, aber beim Telefonieren muss man ja was sagen. Jetzt bin ich eigentlich fertig und was drunter noch steht brauchst Du eigentlich nicht lesen, ich würde es Dir auch schwerlich sagen wenn du hier wärst, weil ich mich zu sehr schäme. Als Du aus Paris kamst, schien es mir, dass Du nach meiner Liebe und mir, ein wenig Sehnsucht hättest und da wurde ich sehr fröhlich und legte meinen Arm um Dich. Ich hatte vergessen, dass ja alle, ausser mir, in Paris waren, und also niemand anderes vorhanden war.

Käthe Reichel an Theodor Brugsch, ohne Datum

Sehr lieber und verehrter Herr Professor,
Sie wollen heute meine Meinung hören, über die vorhandenen Möglichkeiten für meine nächste Zukunft. Über das, was mit mir geplant ist. Nun, da ich weder reich noch mächtig bin, bin ich gar nicht in der Lage, mir dabei eine Meinung leisten zu können. Und irgend eine Art von Widerspruch kann ich mir erst recht nicht leisten, denn dafür sind die Preise noch viel, viel höher, da muss man geradezu Monopolist sein – ich bin aber Proletarierin und daher zahlungsunfähig. Nicht nur das, sondern auch bankrott. Deshalb muss ich schnellstens trachten, Geld *herein* zubekommen, wenigstens so viel, dass ich davon existieren kann, und da bleibt mir jetzt mitten in der Spielzeit gar kein anderer Weg übrig, als meine Arbeit im B. E. aufzunehmen, denn davon lebe ich. Was soll ich sonst tun? Ich hab gar keine andere Wahl. Zur Krankenschwester sagen Sie ja, hätte ich keine Berufung. Noch drei, vier Tage, dann werde ich gehen. Jetzt bin ich sehr bange, dass Sie mich fragen werden ›ob das Herz dabei sehr blutet‹. Bitte, fragen Sie nicht. Aber wenn ich Gefahr laufe, dass es *verblutet*, dann komme ich vorher zu Ihnen und Sie machen mir eine Transfusion. Das ist versprochen.
Ist das recht? Sagen Sie Herrn Brecht, dass ich nach Frankfurt gehe, sobald er es arrangieren kann. Und dass ich die Grusche in Görlitz nicht spielen will und wenn möglich, auch nicht mehr die Gouverneursfrau in Berlin. Vielleicht tut er es.

Herr Professor Theodor Brugsch (1878 –1963), Direktor der Berliner Charité.

Bertolt Brecht an Käthe Reichel, ohne Datum

Liebe Kattrin,
Brugsch war so freundlich, mir deinen Brief an ihn zuzustellen, indem du über deine Pläne schreibst. Er ist nicht besonders schön. Deine Gage ist nicht gross, aber man ist keine Proletarierin mit ihr. Und Theaterspielen, auch am Berliner Ensemble, gehört nicht zu den schlechtesten Beschäftigungen. Du hast den obersten Leitsatz deiner Profession, der an den großen Theatern und an den letzten Schmieren gilt und verlangt, dass das Spielen allem andern vorgeht, arg verletzt. Trotzdem wird dich das Ensemble weiterhin als vollwertiges Mitglied behandeln und zwar deines ausserordentlichen Talents wegen. Du spielst deine Rollen wieder, die eine oder andere vielleicht alternierend. *Der Prozess der Jeanne D'Arc* wird wieder einstudiert. Soweit Palitzsch, Eva Besson und ich es beurteilen können, herrscht im Ensemble ziemliche Unklarheit über deine Erkrankung und du wirst normal aufgenommen werden, um so mehr als deine Gouvernörsfrau imponiert hat. (Und auch durch die der Weigel nicht verdrängt scheint.) Die Leute haben ihre eigenen Interessen und Sorgen. Aber immerzu solltest du Talent nicht für einen Freischein ansehen. Und auch dein Talent, so bedeutend es sein mag, wird verkümmern, wenn du dich nicht für mehr interessierst als für dich.

b

Die Frankfurter Reise kann arrangiert werden, wenn wir den Termin wissen.

Der Prozess der Jeanne D'Arc Stück von Anna Seghers. Bertolt Brecht brachte 1952 seine nach Seghers bearbeitete, gleichnamige Version auf die Bühne. Reichel spielte die Johanna.
Palitzsch Peter Palitzsch (1918–2004), von Brecht 1949 als Dramaturg und Mitarbeiter an das neugegründete Berliner Ensemble geholt.
Eva Besson Iva Besson, Pianistin am Berliner Ensemble.

Käthe Reichel an Bertolt Brecht, ohne Datum

Lieber Bert,
den Brief habe ich bekommen und weiter nichts dazu zu sagen. Hätte ich etwas dazu zu sagen, so müsste ich mich darauf einlassen, ihn hier und da zu widerlegen. Und welchen Nutzen hätte das dann und welchen Sinn. Schaden würde es – mir. Brugsch hat mich vorerst entlassen. Das heisst dass ich arbeitsfähig bin. In wieweit leistungsfähig kann ich nicht beurteilen, das wird sich herausstellen. Wo ich Dir begegne werde ich mich höflich und verehrungsvoll vor Dir

verbeugen. Möglich dass ich in der ersten Zeit einen Schock habe. Das habe ich aber vor allen Leuten und bitte ich dann zu entschuldigen.

Käthe Reichel an Bertolt Brecht, ohne Datum

Lieber Freund,
guten Morgen oder guten Abend. – Leg Dich auf Dein Bett und vernimm: Buckwitz ist sehr freundlich zu mir und lobt mich hinter meinem Rücken. Die Kollegen sind liebenswürdig gegen mich und ausnehmend höflich. Ich auch. Manches von dem was Du sagtest kann ich unterbringen, manches nicht. Prinzipiell wird alles aber ganz anders – vielleicht ein wenig provinziell und naturalistisch obschon immerzu gegen den Naturalismus gewettert wird. Kräftig werd ich. Zart auch. Aber nicht episch. Die Proben sind angenehm, anstrengend. Morgens und abends für mich. Ich bin ruhig, konzentriert und nicht speziell unsicher. Buckwitz sagte gleich du zu mir und nennt mich Käthe, was mich stört. Sonst stört mich nichts. Ein Problem ist das Gehen auf der Schräge, ich hab es schon auf so viele verschiedene Weisen probiert, dass ich leider bereits schon Angst davor habe, aber jetzt will mir ein junger, sehr begabter Regisseur dabei helfen. Buckwitz ist froh darüber, er kann es auch nicht. Gestern hat er mich dem Leiter der Recklinghausener-Festspielwochen vorgestellt, vielleicht, dass Kreidekreis …? Aber sprich darüber noch nicht, es ist noch ungewiss.
Manche Schauspieler sind gut, manche nicht. Die Bäuerin ist leider besonders schlecht und dramatisch, B. gefällt das auch nicht und er ist ziemlich grob mit ihr, aber das ist nur peinlich für mich und hilft nicht viel. Sie wird es nie können. Die Schwägerin ist besser, beim Bruder weiß ich noch nicht, aber ein Talent wie Teege ist es nicht, das ist sicher. Der Milchbauer ist lustig.
Ich sah zwei Aufführungen: Ostrowskis »Wald« mit Hilde Hildebrand, sehr gut. Giraudoux »Elektra«, Stück und Aufführung recht ermüdend.
Das Zimmer ist klein, sauber und ungemütlich, die Wirtin freundlich. Gerne hätte ich einen Tauchsieder für Tee. Morgens und abends mach ich mir selber was, mittags geh ich essen. Alles ist sehr teuer, ich rechne und teile ein. Hier kann ich nicht borgen, das beunruhigt mich.
Dir regelmäßige Berichte von den Proben zu schicken, hat nicht viel Sinn, ich muss es so machen wie Buckwitz sagt, oder ich kann hier nicht arbeiten, das verstehst Du.
Ob ich den fünften Akt so spielen darf wie Du sagtest, weiss ich noch nicht, er ist noch nicht gestellt. Aber ich fürchte er will es wild und dramatisch haben. Dann muss ich es so machen, aber vielleicht kann ich ihn überlisten, ein paar Mal ist

es mir schon gelungen. Trotz allem bin ich fröhlich und guter Dinge. Die Rolle ist ein Vergnügen und ich stehe morgens mit Fröhlichkeit auf und spring ins Theater – obgleich ich immer erst heizen muss. Oft bin ich sehr müde und wenn ich nicht probiere schlafe ich eigentlich nur. Neulich habe ich von Dir geträumt, darüber wurde ich wach, als ich in die Luft griff merkte ich, dass es Traum war. Ich liebe Dich.

Kattrin

Was mich drückt sind ein paar Schuhe, die ich mir kaufte.
Bleib gesund, gib acht auf Dich. Jetzt fällt bald Regen, fahr vorsichtig.

Buckwitz Harry Buckwitz (1904–1987), 1951–68 Generalintendant der Städtischen Bühnen Frankfurt am Main.
Die Proben sind angenehm Reichel spielt 1955 als Gast an den Städtischen Bühnen Frankfurt die Rolle der Grusche in »Der kaukasische Kreidekreis« (Regie: Harry Buckwitz).
Teege Joachim Teege (1925–1969), Schauspieler, in den fünfziger Jahren auch am Berliner Ensemble.
Hilde Hildebrand Emma Minna Hilde Hildebrand (1897–1976), Schauspielerin.

Käthe Reichel an Bertolt Brecht, ohne Datum

Lieber Freund,
danke für den Sonntagmorgengruss. Es war schön Deine Stimme zu hören. Ich bin fröhlich. Weil ich dich liebe. Und weil die Arbeit eine Lust ist. Die Rolle ein Vergnügen. Die Proben sind so frisch und lustig wie in alten Zeiten. Die Leute sagen hier, ich bringe frischen Wind, früher wars so still wie in der Kirche, jetzt ists wie im Zirkus. Buckwitz sagt, ich machte den Westen unsicher, aber er sagt es lachend und amüsiert sich und ist selbst nicht mehr so steif. Wir lachen immerfort – über Dich – über Dein Stück – über alles.
Wenn schönes Wetter ist, nehmen mich die Kollegen (sie haben fast alle Wägen) mit in den Taunus und wir essen dort irgendwo zu Mittag, dann laufen wir eine halbe Stunde durch den Wald und beriechen die Erde, dann gehts zurück ins Theater. Nachts schlaf ich wie eine Tote, nein, wie eine Lebende. Das Leben ist schön und die Sehnsucht nach Dir würzt es, wie umgegrabene Erde den Frühling. Wenn ich nur gut werde!!! Das Urteil von Buckwitz und den Kollegen besticht mich, aber doch nicht so sehr, dass ich nicht grosse Angst vor Deinem Kommen hätte. Der Massstab hier ist ein ganz anderer, das weiss ich gut. Aber wie es auch immer kommt, ich bin wieder sicher geworden, und das habe ich B. und Frankfurt zu danken. Und das ist etwas.

Ich habe gleich zwei alte Kollegen auf einmal von früher wieder gefunden und dann noch fünf theaterferne Leute die ich elf Jahre nicht gesehen habe, von denen der eine Polizeipräsident in Frankfurt ist. Sie sind alle merkwürdig reich, das heisst, sie waren es früher und sind es jetzt wieder. Die Kollegen sind sehr arm, erschreckend.
Am Theater herrscht die Meinung, dass ich wohl überhaupt nicht umzubringen sei, so kräftig probier ich. Wenn die Männer nicht mehr können, kann ich immer noch. B. sagte gestern, man glaubt es gar nicht was für Kraft in der Kleinen steckt und ich hab geglaubt sie ist ein Strohhalm. Freut Dich das? Ich weiss auch nicht wo ich das jetzt her nehme. Aber ein Glück ist es.
Besser ist es Bert, Du schreibst nicht wegen der »Goldenen Schuhe«, sondern Du machst es einfach auf, wenn du kommst. Es ist dann noch früh genug und mir würdest Du Unannehmlichkeiten ersparen. Ist es recht? Ich wär dir sehr dankbar!!!
Leb wohl für heute. Ruf mich wieder an und schreib mir. Teil mir auch mit, wann Du kommst, dass ich Dich abholen kann. Soll ich Dir ein Zimmer besorgen?
Lieber Freund, auf Wiedersehn

Kattrin

Bertolt Brecht an Käthe Reichel, ohne Datum

liebe kattrin,
danke für den brief. ich bin in schrecklicher arbeit, weil Cavalkanti, der den *Puntilafilm* in wien macht, gekommen ist, um das drehbuch schnell umzuschreiben. – mit prendtke habe ich telefoniert und er hat das geld bekommen. er sagt, es wird schon weitergearbeitet. – an B. schreibe ich also nicht wegen des liedes. es wäre aber gut, wenn du gelegentlich äussertest, dass du etwas sorge hättest wegen des liedes, da ich es bestimmt reklamieren würde. – die grusche wird sicher gut, wenn du lebendig, fest und lustig bleibst (und nicht artikulierst fein sprichst!!!). – hoffentlich hast du deine liste der vergnügungen mit und bedienst dich daraus nicht zu einförmig. für einige davon ist nicht allzuviel zeit nötig.
schreib wieder.

b

Cavalkanti Alberto Cavalcanti (1897–1982), Regisseur, wurde am 5. Januar 1955 für den »Puntila«-Film verpflichtet.
Prendtke Paul Prendke, Brechts Bauleiter in Buckow.

Käthe Reichel an Bertolt Brecht, ohne Datum

Lieber Bert,
Palitzsch schreibt mir. Er möchte gerne zum Kreidekreis her kommen, traut sich aber wohl nicht, es Dir zu sagen. Ich würde mich auch freuen. Buckwitz hat ihm eine Einladung geschickt. Vielleicht bekommt er daraufhin die Rückreise von der deutschen Notenbank 1+1 umgetauscht? Kann das Ensemble ihm dabei helfen? *Wie geht es Dir?*
Ich bin ziemlich in Schweiss gekommen und ausser Atem, aber es geht schon und B. merkt es nicht. Ich bin auch in Sorge wegen des Simons und selbst teils über teils unter probiert. Du wirst ja sehen. Der Azdak könnte ausgezeichnet werden, wenn er mehr Hilfe hätte. Teo Otto findet uns beide gut. Seine Dekoration ist schön, aber ich bin bange wegen der Umbauten. Mit einigen Kollegen spielt es sich schwer. Mit der Musik wird vieles angestellt, nicht immer zum Besten. Der fünfte Akt ist von mir wild aber nicht naseweis. Ich bin nervös (Otto weiss es und versucht es mir auszureden) und brauche Dich. Ich habe plötzlich Angst, aber das ist wohl normal.

Kattrin

Wo ist das Bild, das Du versprochen hast?

Teo Otto Teo Otto (1904–1968), Bühnenbildner.

Bertolt Brecht an Käthe Reichel, 14. Mai 1955

Briefumschlag:
Durch Eilboten Käthe Reichel, Frankfurt / am Main, Städtische Bühnen, Schauspiel

Absender:
Bertolt Brecht, Berliner Ensemble, Berlin NW 7, Am Schiffbauerdamm 4A

liebe kattrin,
ich freue mich sehr über den grossen erfolg und besonders, dass er verdient ist. palitzsch brachte ein paar fotos, ein wenig schwärzlich, aber nicht schlecht. – meinen brief habe ich viel zu spät eingesteckt und telefonisch habe ich dich nicht erreicht. einmal hiess es, du könntest nur bis 7 uhr dreissig morgens erreicht werden, das kann doch kaum stimmen? morgen versuche ich es noch einmal, denn sonntag abend fahre ich – für 12 tage – nach moskau. – hat dir eigentlich

buckwitz das tagesgeld für mich gegeben? – was ist mit frau kuhlmann? – wie geht es dir? wohnst du hübscher? kauf nicht zu elegante sachen, wenn du kaufst. und lies, so viel wie möglich. in buckow war ich nicht, weiß nichts davon, leider. hast du was erfahren? ruf mich sonntag früh an, wenn ich dich bis dahin nicht erreichen konnte.

b

frau kuhlmann Elisabeth Kuhlmann (1901–1987), Schauspielerin an den Städtischen Bühnen Frankfurt am Main.

Käthe Reichel an Bertolt Brecht, Pfingsten 1955

Zärtlich wie der Maienmorgen der mich begrüsst ist meine Liebe, grüsse ich Dich lieber Mann, freundlicher Freund. Weich wie die Luft die hereinströmt und den Vorhang bewegt, umspielen dich meine Gedanken. (Wenn Du mich auslachst geht immer Deine Oberlippe hoch.) Tief wie die Zweige des Kastanienbaums drüben sich neigen, neige ich mich vor Dir und die Blüten die fallen, fallen alle für Dich. Fröhlich erhebe ich mich und giesse das Wasser auf mich und wenn ich mich trockne, summ ich ein Lied, das Du mich gelehrt. Ich küsse Deine Augen, die kleine Narbe und den Mund und die linke Seite vom Hals die mir ausschliesslich gehört.
Du Dreckstück! Wenn Du mir nicht sofort schreibst, dass Du mich liebst wie die aufgehende Sonne, oder wie das Plätschern der kleinen Bäche am Wiesengrund, dann lass grosse Schlösser an Deine Türen bringen: ich komme und mache Dich hin!

Deine liebe Kattrin

Bertolt Brecht an Käthe Reichel, handschriftlich, Rostock, 5. Januar 1956

liebe Kattrin,
es ist eine große leistung; da ist erfindung, eleganz, wahrheit, kraft. der Shui Ta scheint perfekt angelegt, die Shen Te ist sehr anmutig und schön gering. das einzige was ihr vielleicht noch fehlt, vom höchsten standpunkt aus, ist eine durchgehende heiterkeit. humor hat sie natürlich und ist angenehm dadurch. aber die heiterkeit darf sie nie oder fast nie ganz verlassen. auch nicht bei der hochzeit,

auch nicht, wenn sie in der ersten szene die gäste sieht und [nicht lesbar] (bis sie das lied hört und entsetzt ist.) die heiterkeit ist eine haupteigenschaft des Guten. indem ich dich beglückwünsche

b

Shui Ta / Shen Te Figuren in dem Stück »Der gute Mensch von Sezuan«. Reichel spielte sie 1955/56 am Volkstheater Rostock (Premiere Januar 1956).

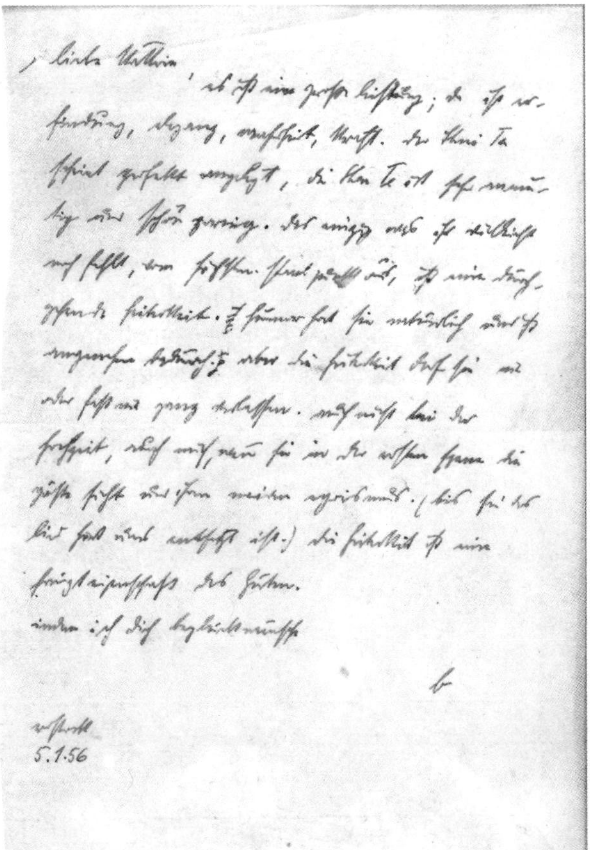
b

5.1.56

Käthe Reichel an Bertolt Brecht, ohne Datum

Das einzige was in vier Jahren zwischen uns *fest* ausgemacht war (und zwar freiwillig von mir,) war, dass ich Dir mitteile, wenn ich mit jemand anders etwa zu tun habe. Ich hatte Dir erlaubt, (und zwar sehr ungern) dass Du mich im »*Spass*«

danach fragen kannst, hatte Dich aber in Buckow, als Du mich einmal ernstlich danach fragtest, gewarnt, dass nicht noch einmal zu tun, da von allen Kränkungen und Beleidigungen das diejenige ist, die ich nicht hinnehme. Ich sagte Dir, dass ich von Dir fort ginge, wenn Du mich das noch einmal im *ernst* fragst. Es scheint so, dass Du nicht nur mich seit vielen Wochen vergessen hast, sondern auch, was ich gesagt habe. Das ist bedauerlich.

K. Reichel

Bertolt Brecht an Käthe Reichel, August 1956

liebe kattrin,
ich habe deine freundlichkeit und deine tapferkeit bemerkt und respektiere sie. an diese beiden leistungen denke ich, wenn ich dir vorschlage, nichts in »bausch und bogen« zu machen, nichts ganz unweises, ganz unfreundliches. z. b. sollst du dich ans ensemble halten, auch wenn da viel urlaub ist. und die schente spielen (auch wenn ich so weit gehen muss, mich da wegzuhalten deines friedens wegen, ich bin bereit dazu), denn (das gilt auch für meine bereitschaft, mich wegzuhalten) wir müssen diese notwendigen dinge tun, für die wir trainiert sind, abgesehen von unsern neigungen und unserem privatglück. manches ist in unseren persönlichen beziehungen auch für mich schwierig gewesen, für manches zahle ich noch immer, aber da wo ich lehre oder etwas kunst mache, bin ich fest, hoffe ich. bitte also, aus der weite den dünnen faden, den notwendigen, nicht abreissen zu lassen. wenn das innere im dunkel ist, wird das äussere hell.

b

Käthe Reichel an Bertolt Brecht, ohne Datum

Lieber,
ich habe Deinen Brief nicht gut verstanden (nicht richtig), fürchte ich. Aber ich erschrak bei der Stelle: »manches ist in unseren persönlichen Beziehungen auch für mich schwierig geworden, für einiges zahle ich noch immer.«
Ich denke Bert, ich habe *richtig* verstanden was Du damit meinst, ach Bert, ich habe das getan weil ich ein tödliches Leid hatte. Und noch habe. Nur kann ich es jetzt kompensieren, weil ich weg vom Ort bin. Wenn ich Dich aber zusammen mit der Ursache sehe, würgt es mich im Hals und auf die Dauer falle ich runter. Du hast scheints nicht richtig verstanden wie es mit mir steht. Wenn das auch

peinlich für mich ist und vielleicht auch würdelos, muss ich es Dir jetzt erklären. Damit Du verstehst.

Wieder lebend konnte ich nur existieren, wieder neue, blinde Hoffnung bauend. Brugsch hat mich darin unterstützt, indem er jeden Morgen sagte: aber er liebt Sie ja, Käthchen. Wohl weil er sah, dass ich *das* brauchte, um entlassen zu werden. Ich kam dann bald nach Frankfurt. Und dort, siehst Du, ging es recht gut mit mir. Weil ich dort unbehelligt meine Luftschlösser bauen konnte, weil ich euch nicht sah, weil mich dabei keiner störte. Wenn ich aber hier in Berlin jeden Morgen mit kindlichen Hoffnungen ins Ensemble gehe und jeden Mittag mit heissem Herzen nach Hause laufe, wie soll das gehen? Ich bin so traurig geworden, dass Du nicht auf Proben gehen würdest, um meiner Ruhe willen. Denn wenn Du Dich dieses kleinen einzigen Vergnügens an mir beraubst, beraubst Du mich aller Hoffnung. Aber sicher ist das auch richtig von Dir, weil Wahrheit immer besser ist. Aber *sehend* die Wahrheit, baue ich wieder Hoffnungen, weil ich nicht untergehen will, weil ich sah, dass es *so* ging. Du kannst sagen ich sei verrückt, wenn es verrückt ist leben zu wollen.
Ich wäre gerne nicht unfreundlich Bert, würde so gerne Sezuan spielen, wenn ich nicht so Angst hätte, mich nicht so fürchten würde vor der großen Kälte, der allzu großen Kälte. Aber ich will mir einen Zettel in Wuppertal übers Bett hängen »Tapfersein macht stark.« Nur spricht dagegen, dass das Glücksbedürfnis im Menschen unausrottbar ist. Und ich bin auch nicht heldisch genug, um in Stärke allein, Glücklichsein zu finden. Ich bin gern lieber schwach.
Eines: es war nicht Bausch und Bogen, ich wurde krank und bin es noch und ich freue mich weg zu kommen und weine weg zu gehen.
Wäre so froh, wenn Du gesund würdest. Wäre so froh, wenn Du mehr auf Dich acht gäbst. Wäre so froh, wenn Du nach Italien gingest.

Kattrin

Käthe Reichel an Bertolt Brecht, handschriftlich, Moskau, 12. August 1956

Briefumschlag:
Bert Brecht, Berlin / DDR, Buckow / Märk. Schweiz, Seestr. 29

Wann gehst du nach München?

Lieber Bert,
wie geht es Dir? Bin etwas unruhig, weil ich nicht weiss, *wie* Du mir antworten wirst. Auf der Fahrt ging es mir noch nicht gut, weil ich noch unter dem Eindruck

von Buckow und dem Telefongespräch stand. Aber jetzt in Moskau hab ich es zurückdrängen können. Ich bin wieder lustig und amüsiere die *anderen*. Moskau ist merkwürdig! Mehr kann ich jetzt nicht sagen. Wohnen tue ich höchst elegant – aber die anderen – alle sind sehr, sehr – fast echt – freundlich zu mir. Es ist merkwürdig hier. Morgen gehe ich zum Schriftstellerverband. Danke. Ich werde dann noch 6 – 7 Tage unterwegs sein. Odessa – Jalta – Batumi. Auf der Rückreise noch 3 Tage Moskau. Die Dolmetscherin, die mich bis Batumi bringt, – wir haben uns gleich angefreundet, denn sie hat Germanistik studiert und kennt »Mutter Courage«, so haben wir einen gemeinsamen Punkt.

Kattrin
(gib acht auf Dich. gib acht!)

Theater besuche ich auf der Rückreise. – Bin heiter – Seie auch heiter.

Käthe Reichel an Bertolt Brecht, handschriftlich, Batumi 22. August 1956

Guten Morgen aus Grusinien, Grusche = Birnchen
Habe gestern eine Wanderung durch den Kaukasus gemacht, aber – mit einem gebratenen Huhn im Korb. – Ich bin Tourist. Und wohne in einem Hotel für Touristen. – Auf dem Wege hierher (es waren 9 Tage) kam ich mit vielen Menschen zusammen, lauter Helden; ein Volk von Helden. Die Städte, die alten, Odessa, Jalta, Sotschi sind sehr schön, in italienischer Bauweise, zum Teil Klassizismus. Man fragt viel: wie geht es jetzt in Deutschland. Ich sage: besser. Ja, wir haben den Krieg gehabt, antworten sie. Ja, die ganze Welt hat Krieg gehabt, sage ich, nur Amerika nicht. Amerikaner sind auch hier. Für teure 1.600 Dollar sind sie her gekommen. Junge Leute, in guten Kleidern und großzügigen Manieren. Und freundlich! Das Volk hier ist freundlich in Bescheidenheit. Die Amerikaner sind freundlich in Sicherheit – wie Du. Die Deutschen sind fanatisch und blind, wie immer. Gefährlich! Darum halte ich mich zu den Polen und Franzosen im Hotel: sie sprechen »besser« deutsch. Außer mit den Deutschen – gehen die Gespräche alle in eine Richtung. Das ist klar. Das ist phantastisch. – Morgen gehe ich in eine Teekolchose. – Die grusinischen Mädchen sind sehr schön. Die Männer auch. Semitisch. Sie kleiden sich in lange, schwarze Tücher (die Frauen.) Das sieht sehr würdig aus. In der Ukraine sind die Tücher weiß. Auch ist man sehr phantasievoll im Kleiden. Zum Beispiel dient eine abgetragene Männerhose, die Beine kunstvoll um den Kopf geschlungen, als Kopfbedeckung. Das sieht außerordentlich, sieht gewaltig aus. – Probiere es einmal! – In Odessa habe ich Tomaten gekauft, das Kilo für 8 Rubel. In Odessa schleppte ein alter Hotelportier mit

dicken Füßen, an die 30 Koffer von 16 Deutschen aus den Autos in die Halle. Die Deutschen standen daneben und fotografierten ihn dabei. Als ich helfen wollte, sagte der Dolmetscher: nein. Als ich Trinkgeld geben wollte, sagte der Portier: nein. In Odessa wurde ich krank. Mein Herz überschlägt sich seit dem sehr oft, macht sozusagen einen Salto. Das strengt mich an und ich hatte es so heftig noch niemals. Es ist auch schmerzhaft. – Gestern war ein großes Fest. Die Deutschen waren betrunken und sangen: »Horch was kommt von draußen rein«(?) An den großen Fenstern, draußen stand das Volk und sah durch die Scheiben herein. Die Polen baten mich zu singen. Ich sang: (zu den Deutschen rüber) – ... doch Ihr seht nur die im Lichte, die im Dunkeln sieht man nicht. Es wurde ein großer Erfolg. (!?) Von den Polen habe ich gelernt wie man Krakowiak tanzt. Das ging so gut, daß ich in einem Kreis von Leuten allein getanzt hab und die Männer haben dazu mit den Füßen gestampft und die Frauen haben geklatscht. Sie sagen, ich sei keine Deutsche, sondern eine Polin. Das freut mich und ist auch halb wahr; mein Vater war Pole. – Durchs Schwarze Meer fuhr ich 3½ Tage. Auf dem Schiff war eine Badeanstalt, man konnte schwimmen. Auf dem Schiff habe ich den Wein auf die Erde geschüttet, weil die Leute nicht ins Restaurant durften, wenn wir und die Amerikaner dort waren. Es war grusinischer Wein. Einmal, in der Nacht, fiel eine Sternschnuppe ins Meer. Die Leute sagen: das zu sehen bringt Glück. Man kann sich etwas wünschen, sagen die Leute. Ich sprach schnell Deinen Namen. Wie mag es Dir gehen? Das wüßte ich gern. Werde es wohl aber nicht erfahren, weil ich am Ende der Welt bin. Wo es schöne grusinische Musik gibt. Und weniger Helden. Ein bißchen Diebstahl, ein bißchen Faulheit, viele liebenswerte Schwächen, nach einer langen Walfahrt.

Kattrin

P. S. Arbeite wenig an den Rollen. Denke aber öfter über Johanna nach. Wenn ich sie heldenhaft spiele, muß ich erreichen, daß man mich bemitleidet, denke ich. Auf dem Theater ist das nicht leicht zu machen. – Hast Du das Stück betrachtend eine Idee? Shaw ist sehr pathetisch. Vielleicht kann man das benutzen. Nicht weniger als Schiller. Nur anders.

Johanna 1956 spielte Reichel an den Städtischen Bühnen Wuppertal die Titelrolle in »Die heilige Johanna« von George Bernard Shaw.

IRIT AMIEL

WENIGER TOT

Gedichte

BALLADE

Am Ende der Sintflut stieg er verwaist aus der Arche
und nicht einmal eine Taube war da, um Ausschau zu halten,
ob die Wasser schon sanken von der Erdoberfläche.
So kehrte er zurück ins Land seiner Heimat,
doch das kotzte ihn gleich wieder aus.
So durchwanderte er den zerstörten Erdteil,
schlich sich nachts über Grenzen und Berge,
in Schnee, Regen und Matsch,
fuhr über die Meere bis zum Land der Verheißung,
doch das hielt nur wenig von solchen wie ihm.
So zog er los, es mit Feuer und Schwert zu erobern,
dann gründete er eine Familie und baute ein Haus,
seine Kinder nannte er Adam und Eva.
Am Tag ging er vorwärts, den Blick rückwärtsgewandt
in die Vergangenheit, die ihm Hirn und Blut trübte,
war eine lebende Salzsäule, und in der Nacht
träumte er in siebzig Sprachen.
Manchmal mußte er seine Söhne zum Brandopfer
führen und meistens fand sich
kein Opferlamm im Gebüsch.
So wurde er zu einem zeitgenössischen Hiob.
Und wieder war alles so wie
in den Erzählungen des Alten Testaments.
Und heute, an der Schwelle zum Alter,
betrachtet er seine schönen satten Enkel
und denkt, wie eng doch die Naht ist zwischen ihnen
und jenen – die für immer eintätowiert sind
in seine grauen Zellen.

DIE RÜCKKEHR DER SPIELZEUGE

Der verrückte rote Kreisel, die Zelluloidpuppe mit Aussteuer.
Der nackte rosa Knirps, der geliebte einäugige Teddy,
der lustig hüpfende Hampelmann, das Holzsteckenpferd.
Die dumme Gummiente, der feste bunte Ball,
das magische Kaleidoskop, die erste Uhr, deren Ticken
unbarmherzig an eine verlorene Kindheit des letzten Jahrhunderts
erinnert.

Sie alle verschwanden in Zügen in die andere Richtung
und sehnten sich nach mir jahrelang in der Verbannung.

Heute kehren sie zurück und setzen sich auf den Rand des Altersbetts.
Doch ich ziehe die Decke über den grauen Kopf, denn sie stinken nach
Fremdem und Bösem.

SCHNAPPSCHÜSSE

I
Unter Stacheldraht krieche ich
wie eine Schlange ins Leben:
Zwischen kalten Sternen
treibt gleichgültig
der Mond

II
Die schwarze Krähe
hat alle Küken aufgespürt:
Mich vergaß sie im Wald
unter Kiefernnadeln

III
In Lumpen gewickelt ging ich
im Herbst von dort fort mit den Geiern
nach einem halben Jahrhundert auf Adler-
schwingen kam ich zurück
im Sommer mit den Störchen

IV
Wie Pallas Athene aus dem Kopf des Zeus
sprang ich einst aus der Wand
an der Grenze zwischen Leben
und Tod

V
Im Gesicht der Enkelin suche ich verzweifelt
nach Spuren deiner vergessenen Züge
höre aufmerksam Lieder von Hanka Ordonka
auf der Jagd nach dem fremdgewordenen Echo deiner Stimme
meine längst zu Asche gewordene Mama

VI
Wie schwer es ist in so kurzer Zeit
den Akku des Kindes mit Sonnen-
energie aufzuladen damit es
genug Sonne fürs Leben hat
und ihm nie der Verdacht kommt
nie der Gedanke
man habe es verstoßen

VII
»Ich bin im Himmel, im siebenten Himmel …«
singt Papa fröhlich und drückt Mama
an sich beim Tanz und zwinkert mir zu
die ich grün bin vor Neid denn er weiß nicht
daß sie beide bald aufsteigen werden
in einer stinkenden schwarzen Rauchwolke
in eben diesen »siebenten Himmel« …

VIII
Der mir das Leben rettete
für eine Handvoll goldener Silberlinge
verriet meine ganze Familie
und starb zusammen mit ihr

IX
Zwischen uns und unseren Worten
verfloß mehr als ein halbes Jahrhundert
und nur der kalte Lauf des Revolvers
brennt an der grauen Schläfe noch immer
wie ein Kainsmal

X
Bloß ein Vorübergehender war er
vom Land der Vernichtung
ins Land der Verheißung
vom Schwarzen Meer
durch das Rote Meer
bis zur salzigen Bitternis
des heilenden
Toten Meeres

XI
Bei Abenddämmerung im Sommer
auf feuchtem Moos
versunken in den Gesang des Windes
und eines Vogels zwischen den Bäumen
skandierte er aus dem Gedächtnis
Vaterunser und Ave Maria
und die Zehn Gebote
und versuchte die Schüsse
auf der nahen Lichtung zu überhören

XII
An der Schwelle zum Frühjahr und am Ende des Lebens
stehe ich in Treblinka zwischen den Steinen
und heule wie ein Schakal aus Sehnsucht nach euch

XIII
Das Auto passiert ein Haus mit der Aufschrift
Lebensmittelladen – Treblinka:
die Leute kaufen warmes Brot
und frische Butter

DIE PRÜFUNG

1. Gott versuchte Leon und sprach: Leon! Leon!
Und Leon antwortete: Hier bin ich.
2. Und Gott sprach: Nimm Irenka, deine einzige Tochter, die du lieb hast, und geh hin an die Grenze und gib sie dort zum Brandopfer in der Straße, die ich dir sage.
3. Da stand Leon auf in der Nacht und nahm seine Tochter Irenka und ging an den Ort, den Gott ihm gesagt hatte.
4. Am dritten Tag hob Leon seine Augen und sah in der Ferne die Stätte in der Ulica Przemysłowa an der Grenze des Ghettos. Und die beiden gingen miteinander. Da sprach Irenka zu ihrem Vater: Wo aber ist das Schaf zum Brandopfer? Und Leon antwortete: Gott hat offenbar dich als Opfer auserkoren, darum schleppen wir uns noch ein Stück weiter, damit du aus der Wand ins Leben springen kannst.
5. Da rief ihn der Engel des Herrn vom Himmel und sprach: Leon! Leon! Und Leon antwortete: Hier bin ich. Und der Engel sprach: Weil du Gott nicht fürchtest und deine einzige Tochter verschonst, wirst du fahren zum Brandopfer nach Treblinka.

Nach dem Buch Genesis 22, 1–12
Frühjahr 2007

WENIGER TOT

Solange ich noch hier bin, seid ihr weniger tot,
Doch bald sterbt ihr zum zweiten und letzten Mal.
Mein Tod wird euch endgültig aus der Welt löschen.

Vorerst pulsiert ihr noch alle in mir,
Seid mir ins Gedächtnis eintätowiert, in die Adern gekerbt.
Doch bald nehme ich euch mit in den Hades,
Ins letzte Dunkel, und es wird keine Auferstehung mehr geben.

Ich nehme alle Namen mit und alle alten Lieder,
Alle Gesichter, Lächeln, Verzweiflung, Furcht und Tränen.
Alle Masken, Erinnerungen, Sehnsüchte,
Alle Fluchten, Demütigungen und verspätete Heimkünfte.

Ich nehme euch alle mit in mein Grab
und dort werden wir

toter sein. Wir Opfer und Überlebende dieses
wie Wermut bitteren 20. Jahrhunderts.
Und vielleicht finden wir endlich
»Zuflucht und Ruhe, singende, besessene Juden«.

JEDEN TAG STERBEN jetzt jene die einst auferstanden
Sie sterben normal wie alle an Alter
Schlaganfall Herzinfarkt Zucker Verbitterung Krebs
Sie sterben in sauberen Betten mit angelegtem Tropf
zwischen modernen Geräten und uralten Tränen
Nicht wie einst ihre Geschwister Eltern Frauen und Kinder
die starben auf zigtausend extravagante Arten

Sie sterben unwillig nicht gesättigt vom Leben nehmen mit sich
das dröhnende Schweigen und den stummen Schrei und hinterlassen
neue Familien und ihr in Sonne getauchtes Letztes Land.

Aus dem Polnischen von Bernhard Hartmann

BORIS SAIZEW

DIE ELYSISCHEN GEFILDE

Avant le temps tes temples fleuriront,
De peu de jours ta fin sera bornée,
Avant le soir se clorra ta journée,
Trahis d'espoir tes pensers periront.
Pierre de Ronsard

I

Als Knabe war er ruhig, unschön und unbedeutend. Seine Mutter verlor er früh. Seit den ersten Lebensjahren gewöhnte er sich daran, allein zu sein, und zuweilen gefiel ihm das auch. Doch er entwickelte, was man Verträumtheit heißt.

Der Vater war ältlich, berühmt, ein Shakespeareforscher, lebte in der Siwzew-Wraschek-Gasse, in einem zweigeschossigen Hause mit Garten. Zu ihnen kamen angesehene Leute.

Er liebte sie nicht. Er liebte überhaupt kaum jemanden, aber ihm gefiel die Gouvernante Margarita Kirillowna, ein stattliches, klavierspielendes Mädchen, dessen Hände nach Parfüm dufteten. Sie hatte dunkle, wunderschöne Augen.

»Margarita Kirillowna«, sagte er manchmal zu ihr, wenn oben der Vater an seinem Shakespeare forschte, »spielen Sie die Rhapsodie von Liszt.«

Sie spielte lächelnd, und er nahte sich ihr, beugte sich über ihre Schulter und schaute schweigend auf ihre langen Hände.

»Gefällts?« fragte sie.

»Sehr.«

»Nun gut, gehen Sie Ihre Schulaufgaben vorbereiten. Die Träumerei frommt Ihnen nicht.«

Sie lachte noch einmal herzhaft und fügte hinzu:

»Sie sind sowieso ein viel zu poetischer Knabe.«

Der poetische Knabe ging fort, und wenn es Frühling war, ging er in den kleinen Garten, irrte die schmalen Pfade entlang, lauschte dem Lärm der Stadt, schaute den Sternen nach und seufzte aus irgendeinem Grund. Margarita Kirillowna gefiel ihm sehr, aber er wußte nicht, ob er sie liebhatte oder ob's einfach so war.

Sie aber brachte ihm nach wie vor Deutsch bei, ihre Augen glänzten nach wie vor.

Als er zwölf war und vieles schon verstand, erwachte er einmal im Frühlingsdämmer und fuhr hoch vor Wehmut – er verspürte das Verlangen, durch den Garten

zu wandeln und sich auszuträumen –, und da begegnete er Margarita Kirillowna: Sie ging im Morgenmantel aus dem Schlafgemach des Vaters.
Er hatte schon früher etwas zwischen ihnen bemerkt, doch jetzt begriff er, daß er sie liebte. Das erfuhr er ziemlich spät und kam nicht mehr dazu, Margarita Kirillowna etwas davon zu sagen. Übrigens verließ sie bald ihr Haus. Er wußte nicht, was aus ihr wurde, aber ihre schlanken Hände, die Rhapsodie von Liszt und der Duft des Parfüms blieben ihm auf immer in Erinnerung.

II

Mit sechzehn begann er Verse zu schreiben. Der Vater aber wollte, daß er auch Professor werde, wenn möglich sogar ebenso berühmt, daß er aber nicht Shakespeare, sondern, sagen wir, Lope de Vega erforsche.
Und so wurde er Philologe, ohne die Begabung des Vaters mitzubringen: An der Universität wunderte man sich darüber, daß der Sohn eines so bemerkenswerten Vaters zu den mittelmäßigen Studenten zählte. Und da er menschenscheu war und verschlossen, liebte ihn kaum einer.
Dem Vater blieb nur noch, einige Kleinigkeiten über Shakespeares Vorgänger zu klären, als er plötzlich starb – wie Flaubert –, derweil er sich vom Diwan zum Schreibtisch begab.
Der Sohn wurde von diesem Tod wenig bewegt. Er blieb allein, mit einigen Mitteln.
Er beschloß, sich der Literatur zu widmen. Das erste, was er tat – er zog vom Haus in der Siwzew-Wraschek-Gasse in ein Kämmerlein am Hundeplatz.
Hier brachte er drei Jahre zu, trug den studentischen Uniformrock und in Augenblicken der Wehmut übte er sich in Versen und Prosa. Doch niemand druckte das, weder seine Verse noch seine Prosa.
Am Ende seines dritten einsamen Jahres verliebte er sich in eine Sängerin. Er war ihr noch beim Vater begegnet, auch anläßlich der *jours fixes* bei Bekannten, schwieg, errötete und geriet außer Atem vor ihren glühenden Augen. Er ging in die Oper und irrte ziellos durch die Straßen Moskaus, in der Hoffnung, ihr zu begegnen. Er saß im Kaffeehaus – und hoffte auch dort, ihr zu begegnen.
In der Karwoche fuhr sie nach der Krim, nach zwei Tagen folgte er ihr. Er wußte, sie reiste gemeinsam mit einem in sie verliebten Millionär nach Bachtschyssaraj und nach Jalta. Er selbst fuhr nach Bachtschyssaraj, dort sah er goldene Bienen zwischen blühenden Pfirsichbäumen und weißen Denkmalen des tatarischen Friedhofs. Er mietete in Jalta Pferde und sah von den Höhen Aj-Petris in einem Schneesturm, wie das ruhige Meer blau wurde, und da unten, von der Sonne beleuchtet, lag Jalta. Der Kälte wegen trank er Wodka, und wenn er sich

in seinem Fuhrwerk hinunterbegab, schien ihm, das darunter bläuende Jalta sei eine Erscheinung des Glücks, der Ruhe.
Er weilte einige Tage in Jalta und sah die Sängerin im ganzen nur ein einziges Mal. Er brachte ihr einen Blumenstrauß ins Hotel und dachte, nun beginne das Eigentliche, doch täuschte er sich: Anderntags nahm sie der Millionär mit nach Odessa, und von dort nach Konstantinopel, wo sie den Ostersonntag zu begehen gedachten.
Er konnte ihr nicht nach Konstantinopel folgen und sah nur am Morgen, wie der Dampfer durchs violette Meer eine Wasserfurche zog, als er auf Odessa zusteuerte.
Nach dem Aufenthalt in Konstantinopel heiratete die Sängerin und wurde Teil einer anderen Gesellschaft, zu der er keinen Zugang hatte und in die einzudringen er sich nicht mühte. Die Zeit nahm ihren Lauf und ließ sie auf dieselbe Weise entschwinden wie Kindheit, Mutter und Margarita Kirillowna.

III

Er hinwieder, das war ja ausgemacht, wurde Schriftsteller. Vom Hundeplatz zog er in die Twerskaja, in eine möblierte Wohnung.
Anfangs schrieb er gemäß dem gemeinhin anerkannten Geiste, und drei seiner Erzählungen wurden in einer angesehenen Zeitschrift gedruckt. Später wandte er sich der neuen Schule zu, und dann hörten die angesehenen Leute auf, ihn zu drucken, denn er schrieb besser. Und selbst die Jungen, Unangesehenen druckten ihn nur ungern, da er keine hochfliegende Begabung war: Man rechnete ihn zum Mittelmaß.
Er selbst wußte das, hoffte aber, er werde es womöglich mit seinem Schreiben schaffen. Und zum Teil fühlte er sich gekränkt: Er besaß Phantasie, Schwermut, Empfindungsvermögen – und großen Arbeitsdrang. Er wurde noch einsamer, düsterer und verschlossener.
Er lebte allein, am Morgen schrieb, las, schlenderte er durch die Boulevards und fürchtete sich vor den Abenden. Er wurde in einigen Kaffeehäusern und Restaurants bekannt. Doch blieb er wie immer unansehnlich und unbemerkt, und unter Lakaien erfreute er sich keiner Beliebtheit.
Im Kaffeehaus kannte man ihn als Dichter nicht. Seine Büchlein las überhaupt niemand – weder die Verse noch die Prosa. Selten wurde sein Name in den Zeitschriften erwähnt. Er zog von der Twerskaja in die Kislowka, von der Kislowka in den Arbat, dann wieder in die Twerskaja; die Jahre vergingen, und nach wie vor nistete er sich in den hintersten Seiten kleiner Zeitschriften ein, und nach wie vor meinte man, er eröffne keine neuen Wege in der Kunst: Er folge den Spuren Stärkerer.

Die Jahre gingen immer schneller dahin, und er bemerkte nicht, wie er vierzig wurde. Dies Jahr war für ihn dadurch bemerkenswert, daß ihm plötzlich der Erfolg zulächelte: Es erschienen auf einmal mehrere Aufsätze über sein Büchlein, und an einem Abend, als er vorlas, überreichten ihm einige Mädchen Blumen. Er dankte und war den Tränen nah. Er staunte noch mehr, als nach diesem Abend eine junge achtzehnjährige Studentin, mit flinken Augen und herrlichem Feuerrot auf den Wangen, sich mit ihm anfreundete.

All das duftete nach Fernem, Vergessenem. Er erinnerte sich an Margarita Kirillowna, an die Sängerin. In seinem Herzen keimten Zärtlichkeit und Staunen. Gemeinsam besuchten sie Ausstellungen, gingen im Petrowski-Park spazieren. Er liebte es, sie in ihrem mädchenhaften Zimmer in der Moltschanowka zu besuchen: Das erinnerte ihn an seine Jugend, und er sandte ihr gern Postkarten mit Abbildungen Böcklinscher Bilder. Im Frühling wandelte ihn solche Gefühlsseligkeit an, daß er gemeinsam mit ihr in einem Kahne nach den Sperlingsbergen und nach Zarizyno hinausfuhr. In Zarizyno betrachteten sie einmal den Sonnenaufgang und er küßte sie. Sie war etwas verwirrt, doch sie wehrte sich nicht. Er wiederum, obwohl er dachte, er sei ihr nicht gleichgültig, schämte sich dennoch, seiner Jahre wegen und dafür, daß er nicht schön war und nicht berühmt.

Im Sommer fuhr sie zu einer Tante ins Tambowsche Gouvernement und ihren Worten beim Abschied entnahm er, daß sie sich im Herbst als Bräutigam und Braut begegnen würden.

Er blieb, auf sie wartend, zurück und beschloß, nicht aus Moskau wegzufahren. Er lebte damals im siebenten Stock eines Hauses im Blagowestschenski-Gäßchen, von dem aus die ganze Stadt und ihre Umgebung zu sehen waren. Er saß auf dem Balkon, träumte und betrachtete die Schwalben, die ferne Kirche des Dorfes Kolomenski und den Rauch des Schnellzugs – er träumte davon, wie er sie ins Ausland mitnehmen und wie sein Leben ein neues, edles und wundervolles Gepräge annehmen werde. Er schrieb ihr, küßte die Briefe, und nicht selten sah er mit dem Fernglas in Richtung des Tambowschen Gouvernements.

Doch Nachrichten aus dem Tambowschen Gouvernement kamen nur spärlich, und im Juli blieben sie ganz aus. Er telegraphierte, saß stundenlang auf dem Balkon und schaute mit tränennassen Augen durchs Fernglas.

So lebte er, träumte, war ruhelos bis August, als sie zurückkam – als Braut eines Studenten der Ingenieurswissenschaften, den sie bei der Tante kennengelernt hatte.

IV

Er ergraute, wurde alt und dürr. Wenige Wünsche reizten ihn. Er hatte bereits die besten Bücher gelesen, die besten Länder, Standbilder gesehen, und erfuhr endgültig, daß der Ruhm nicht kommen werde. Das wunderte ihn nicht. Von zehn Hoffnungsträgern bewährte sich kaum einer. Und schon zogen einige Bekannte und Literaturgefährten der Jugend dahin – dorthin, ins Reich der Schatten oder des Lichts, wovon ihm noch nicht gelang, sich eine Vorstellung zu machen.

Mit jedem Jahr empfand er den raschen Flug des Lebens stärker, jedes Jahr trennte ihn vom Gewesenen, und immer seltener knüpfte er neue Bekanntschaften. Er vermied es, sich an den Vater, an die Kindheit, an Margarita Kirillowna zu erinnern. In die Oper ging er nicht und erschien nicht mehr bei öffentlichen Lesungen. Nur die Gewohnheit, ins Kaffeehaus zu gehen, blieb unverändert. Er ging hin in schwarzem Rock, in Überzieher und mit einem breitkrempigen Hut.

Wie sein Vater, wie Flaubert, starb er an einem Herzschlag, als er vom Tisch aufstand, um Korrektur zu lesen.

Ihn begrub eine literarische Gesellschaft. Ein alter Kamerad brachte einen kleinen Lorbeerkranz und setzte ihn dem Eingesargten auf die Stirn, doch der Verschiedene zog ein Gesicht, als sei es jetzt etwas spät.

Das Schattenreich, wohin er zeitlebens geflogen war, stand ihm jetzt wahrscheinlich offen. Und er ließ uns – alle, die ihn vielleicht gekannt und geliebt hatten – fliegen wie er, in diesen blassen Tagen, hin in jenes neblige und kalte Land.

(1914)

Aus dem Russischen von Mihnea Moroianu und Ferdinand Leopold

FELIX HEIDENREICH

»UNSER DOSTOJEWSKI«

Die russische Tapete und der Krieg gegen den Westen

Vor über zwanzig Jahren war ich zu einer Tagung nach Sankt Petersburg eingeladen. Eine große deutsche Stiftung aus Stuttgart brachte nicht nur die eigenen Stipendiatinnen und Stipendiaten, die in ganz Mittel- und Osteuropa und bis ans östliche Ende Rußlands als Lektoren aktiv waren, sondern auch junge Menschen aus diesen Ländern zusammen. Damals glaubten alle an eine gemeinsame Zukunft, an das »gemeinsame Haus Europa«, von dem Gorbatschow gesprochen hatte, ja vielleicht sogar ans »Ende der Geschichte«.

Ein ukrainischer Kollege stellte seine Überlegungen zur nationalen Identität vor. Er knüpfte an Gedanken aus der phänomenologischen Philosophie an und schlug vor, sich auf die Formel der »Hiesigen« zu beschränken: Dazugehören solle einfach, wer »von hier« sei. Eine solche lockere Inklusion sei für die Ukraine der richtige Weg. In den Pausen kamen alle zusammen, man befreundete sich.

Im Rückblick mag dieser Optimismus unendlich naiv erscheinen. Schon nach dem 11. September 2001 war der Traum von einer Zukunft ohne Konflikte ausgeträumt. Vielleicht war diese Versammlung hoffnungsfroher junger Menschen ohnehin nur das Treffen von Schlafwandlern gewesen, von Menschen, die die Welt nicht so sahen, wie sie in Wirklichkeit immer noch oder schon wieder war.

Aber gerade nach 9/11 konnte man sich schwer vorstellen, daß die Konfliktlinie tatsächlich wieder zwischen Rußland und dem Westen verlaufen würde. Im Gegenteil: Rußland erlaubte den Amerikanern die Versorgung ihrer Truppen in Afghanistan über die Luftwaffenstützpunkte in Usbekistan. Im Kampf gegen den Islamismus schien man geeint.

Noch klarer als die Beiträge der Tagung blieb mir allerdings der Besuch des Dostojewski-Museums in Erinnerung. Während des Studiums hatte ich seine Romane verschlungen und war in Heidelberg bei den Slawisten in die Lehrveranstaltungen geschlichen, wenn dort bei Horst-Jürgen Gerigk die »Aufzeichnungen aus dem Kellerloch« ausgeleuchtet wurden. Für die Philosophen war der Weg auch im wortwörtlichen Sinn nicht weit: Das Slawistische Seminar befand sich im Dachgeschoß des Philosophischen Seminars, man ging nur eine lange Treppe hinauf. Gerigk liebte Dostojewski, das merkte man in seinen Seminaren sofort.

Nun standen wir also in Sankt Petersburg vor dem Sofa, auf dem der Schriftsteller gestorben war, ein seltsamer Moment der Präsenz: Genau hier hat er sich also ein letztes Mal sein Neues Testament geben lassen.
In Erinnerung blieb mir aber auch die Stimme der Mitarbeiterin, die uns durch die Räume führte: *Naschei Dostojewski*, »unser Dostojewski«, hatte die ältere Dame mit sowjetisch anmutender Brille immer wieder gesagt. Aber war nicht gerade – und in ganz besonderem Maße – Dostojewski ein Beispiel für Weltliteratur? Sein »Idiot« war von Akira Kurosawa verfilmt worden, so dachte ich damals, auf den knarrenden Dielen stehend. Was soll bloß dieses komische Possessivpronomen? Natürlich ist Dostojewski ein russischer Schriftsteller, ohne Rußland nicht zu verstehen – aber die ganze Pointe müßte doch lauten, daß sein Werk weit darüber hinausreicht, er eben nicht nur ein Schriftsteller *der Russen* ist, sondern daß er – um eine klischeehafte Formel aufzurufen – die allgemeinmenschlichen Abgründe auslotet, nicht nur die russischen. Die nationale Vereinnahmung erschien mir wie eine seltsame Selbstverzwergung.

Das seltsame »unser« im Dostojewski-Museum in Sankt Petersburg kam mir wieder in den Sinn, als 2014 Martin Heideggers »Schwarze Hefte« publiziert wurden. Alle Versuche, aus ihm einen Vordenker der *deep ecology* zu machen, konnten jetzt nur noch lächerlich wirken. Neu war nicht die Einsicht in die äußerlichen Ereignisse, denn die grundlegenden Fakten lagen seit langem vor. Neu waren die Innenperspektive, das Maß an Wahnhaftigkeit, an Dreistigkeit und Megalomanie, die enge Verknüpfung nationalsozialistischer Denkfiguren mit seinem Denken. Die Philosophen, die mit Heidegger Karriere gemacht hatten, standen nun wie begossene Pudel da, die einem Antisemiten auf den Leim gegangen waren, der selbst vor den dümmsten Klischees nicht zurückschreckte. Sein wahnhaftes völkisches Denken hatte nie aufgehört, auch nicht nach der »Kehre« in den späten dreißiger Jahren, dies wurde nun deutlich. Es hatte nur andere Formen angenommen.
Wieder fiel mir ein »uns« auf. Denn Heideggers berühmter Satz aus dem 1966 geführten, dann kurz nach seinem Tod 1976 veröffentlichten Spiegel-Interview »Nur ein Gott kann uns retten« wurde durch die »Schwarzen Hefte« neu lesbar. Nicht etwa die Menschheit sollte von der »planetarischen Bewegung« der Technik gerettet werden, sondern allein das deutsche Volk. Das »uns« war Ausdruck eines völkischen »Wir«, und Heideggers »rettender Gott« war eine Art heidnischer Kriegsgott. In diesem völkischen Sinn dachte vermutlich Heidegger auch über »unseren« Hölderlin als Dichter der Deutschen. Unser Dostojewski – unser Hölderlin?

Das seltsame russische »naschei« kann man heute nicht mehr nennen, ohne an die sogenannten Krimnaschisten zu denken, also an jene, die mit der Formel »Krim nasch!« (Die Krim ist unser!) den russischen Großmachtanspruch artikulieren. Hat sich da wirklich etwas geändert oder haben wir nur nicht sehen wollen, was immer schon da war, schon in der seltsamen Rede von »unserem Dostojewski« in Sankt Petersburg vor zwanzig Jahren?

Der Historiker Karl Schlögel spricht zu Recht von einem gewissen »Russenkitsch«, der den Blick nach Osten über Jahrzehnte verstellte. Die Begeisterung für die russische Literatur war schon immer von Ambivalenzen durchzogen, aber nach dem Beginn des Angriffskriegs gegen die Ukraine wird alles daran auf neue Weise fragwürdig. Die ideologischen Versatzstücke von Iwan Iljin, Wladislaw Surkow oder Alexander Dugin sind zur Genüge bekannt und diskutiert worden. Aber interessant sind ja nicht die eindeutigen Fälle, sondern die subtileren, die weniger klar erkennbaren. Erstaunlich ist nicht so sehr die Instrumentalisierung der Geschichte durch Putin, sondern die Tatsache, daß diese bisweilen recht platte Selbstinszenierung offenbar verfängt. Nicht was gesagt wird erstaunt, sondern der Echoraum, in dem das Gesprochene plausibel erscheint, die Tapete, die unbemerkt im Hintergrund an den Wänden hängt und die seltsamen Zerrbilder zusammenzuführen scheint.

Wie es um die Zustimmung für Putin in Rußland tatsächlich bestellt ist, wissen wir nicht genau. Selbst vermeintlich zuverlässige Umfragen müssen wohl mit Skepsis betrachtet werden. Wer kann sich noch trauen, seine Meinung offen auszusprechen, und sei es in einer anonymen Erhebung? Aber es gibt ja noch andere Indizien, die darauf hindeuten, daß Putin das Land nicht nur mit Terror, sondern eben auch mit erfolgreicher Propaganda führt. Als am 12. April 2023 ein Video auftauchte, das offenbar die Enthauptung eines ukrainischen Kriegsgefangenen durch russische Soldaten zeigte, war nicht nur die Tat an sich schockierend, sondern auch der Umstand, daß das Video auf russischen Kanälen tausendfach Applaus fand. Um an den Punkt zu gelangen, an dem man ein unbestreitbares Kriegsverbrechen bejubelt, muß man mit »Tötungsmoral« (Harald Welzer) aufgeladen sein. Wie weit zurück aber reicht der russische Imperialismus, Chauvinismus, der »exceptionalism«, also der Glaube, Rußland sei ganz anders und für Rußland gälten daher andere Regeln?

Diese schmerzhafte Frage drängt sich auf. Sie auch noch aus der Sicht eines Deutschen zu stellen, ist in mehrfacher Hinsicht heikel. Grob gesagt könnte man behaupten: Gerade die deutsche romantische Philosophie hat diesen Unsinn von der »Seele der Völker« nach Rußland exportiert. Schelling kommt hier eine unheilvolle Rolle zu. Immer wieder ist diese merkwürdige Paradoxie angesprochen worden: Rußlands Anspruch, etwas ganz anderes zu sein, ist letztlich ein

Importprodukt aus Deutschland. Nachlesen läßt sich diese Ideologie nicht nur in Dostojewskis Puschkin-Rede, sondern auch in den »Russischen Nächten« Odojewskis. »Groß ist unsere Berufung und schwer die Tat!« heißt es dort.

Aber es gibt nicht nur diese Verbindung. Es gibt – natürlich in unvergleichbar größerem Maße – ja auch die deutsche Erfahrung, die eigene Kultur grundlegend und vollumfänglich in Frage stellen zu müssen. Daß von Luthers Antijudaismus keine schnurgerade Linie zum Völkermord an den europäischen Juden führt, ist trivial. Daß der in Schillers »Räubern« diskutierte Freiheitsbegriff vor allem rüpelhaft ist, daß die unheilvolle Unterscheidung zwischen bloß oberflächlicher, manierierter französischer Zivilisation einerseits und tiefer, ursprünglicher deutscher Kultur andererseits nicht nur bei Wagner ihr Unwesen trieb, ist dennoch stets im Auge zu behalten, selbst wenn man daraus keine einfachen Kausalitäten ableiten will.

Die heute von manchen in der Geschichtswissenschaft verächtlich als »Sonderwegsthesen« apostrophierten Analysen weit zurückliegender Konstellationen mögen älteren Datums sein. Aber Helmuth Plessners Überlegungen zur »verspäteten Nation« behaupten keine platten kausalen Reduktionen. Es bleibt die Frage zu beantworten, warum die Katastrophe im 20. Jahrhundert ausgerechnet in Deutschland ihren Anfang nahm. Einfach zu behaupten, das eine habe mit dem anderen »gar nichts« zu tun, wäre schlicht naiv.

Daß einem als Deutschen alles Deutsche fragwürdig oder zumindest hinterfragbar ist, scheint daher unvermeidbar: Kaum eine Aufführung von Bachs Johannes-Passion findet in Deutschland ohne »Beipackzettel« statt. Die Jugend wird vor den antijüdischen Klischees gewarnt, vor denen natürlich auch Bach nicht gefeit war. Beim Choral »Kreuzige! Kreuzige!« will man sich die Ohren zuhalten, weil man das typische Bild vom jesusmordenden jüdischen Mob vorgesetzt bekommt. Uneingeschränkt »unser Bach«? Eben gerade nicht.

Hilfreich für das Verständnis dieser Prozesse ist womöglich ein von Jacques Derrida formulierter Gedanke: Die Übersetzung verändert das Original. Was zunächst absurd klingt – schließlich verbleibt der Originaltext ja, wie er war –, wird plausibel, wenn man sich klarmacht, daß jede Veränderung des Kontexts unsere Rezeption unwiederbringlich verändert. Selbst wenn wir einen Text übersetzen, klingt von nun an die fremde Sprache mit ihren anderen Obertönen beim Lesen des Originals mit: Sobald die Tora als Septuaginta auf griechisch vorliegt, klingt auch im Hebräischen das Griechische mit. Die Übersetzung hat das Original verändert, denn das Original haben wir nie ohne Kontext vor uns.

Weniger kontraintuitiv klingt denn auch die viel bescheidener formulierte Einsicht, daß veränderte (mit Gadamer gesprochen) »Vorverständnisse« die Werke in ein anderes Licht setzen. Wir erleben gerade, wie der Ukraine-Krieg die russische Literatur in ein grelles Licht rückt, in dem alles einen fratzenhaften Charakter anzunehmen droht. Daß Dostojewski ein Slawophiler war, über Deutsche und Franzosen herzog, den Westen als »Kristallpalast« verspottete und dessen Errungenschaften verachtete, wußte man schon immer. Aber vielleicht, so muß man sich fragen, geht das Problem viel tiefer, beginnt früher, reicht weiter. Fängt das schon bei Puschkin an? Zeigt sich womöglich am Beispiel Rußlands, daß das Problem unserer Zeit nicht nur und womöglich nicht primär der »Orientalismus« ist, den Edward Said im »Westen« zu finden glaubte, sondern vor allem der von Ian Buruma und Avishai Margalit analysierte »Okzidentalismus«, der Haß auf den Westen, seine Werte, die Moderne? Dann wären die russische Verkultung des Leidens, die Verachtung für Demokratie, den Rechtsstaat, die Menschenrechte, den Utilitarismus, den Rationalismus ein brandgefährliches Gemisch, nicht nur in Rußland. Dann wäre der Angriff auf die Ukraine der erste offen okzidentalistische Krieg.

Eine solche Perspektivierung mag zunächst wie ein »Othering« klingen, wie eine Projektion der eigenen Probleme auf ein Außen, ein »anderes«. Aber womöglich geht es eher darum, dieses bislang verdrängte »Othering der anderen« überhaupt wahrzunehmen. Das vermeintlich böse andere ist hier der Westen. Bei den russischen Slawophilen würde dann nur besonders deutlich, was global zum Problem wird: Okzidentalismus bedeutet, daß man einen dekadenten, geldgierigen, seelenlosen Westen imaginiert, dessen Versprechungen von Fortschritt und Menschenrechten nur heuchlerische Lügen sind.

Dies bedeutet keineswegs, daß jede Kritik am »Westen« okzidentalistisch wäre. Buruma und Margalit wollen die Anwendung des Begriffs auf jene Fälle beschränkt sehen, in denen mit einer Rhetorik der Entmenschlichung gegen den Westen gehetzt wird. Putins Haßreden bedienen genau diese Topoi. Dies aber würde bedeuten, daß die Kritik am britischen Imperialismus zwar schön und richtig ist, nur eben hundert Jahre zu spät kommt, um nicht nur historiographisch, sondern auch politisch relevant zu sein. Wirklich zeitgenössisch wäre die Kritik am imperialen Denken in Rußland und China, nicht die Analyse des *orientalism*, sondern des *occidentalism* und seiner langen Vorgeschichte.

Wie Putin die Geschichte instrumentalisiert, ist hundertfach beschrieben worden. Die je nach Gelegenheit changierende Berufung auf Peter den Großen, Stalin oder gar Iwan den Schrecklichen läßt sich an zahllosen Reden, Inszenierungen, Referenzen belegen. Aber ist es wirklich der Terrorapparat, der die Russen mitzumachen zwingt? Oder gibt es eine Art okzidentalistische Tapete, einen Echoraum, der so selbstverständlich ist, daß man ihn gar nicht wahrnimmt?

1821 schrieb Puschkin ein Poem über den »Gefangenen vom Kaukasus« (erschienen 1822). Wer Material sucht, um eine koloniale Imagination des »anderen« literarisch zu veranschaulichen, wird hier großzügig bedient. Der edle Russe und die wilden Bergvölker – alles ist da, was das koloniale Herz begehrt. Es gibt gute Gründe anzunehmen, daß der »Kaukasus« durch Puschkins Poem als Imaginationszone erfunden wurde. Die Wege, die von dort zu Putins Tschetschenien-Kriegen führen, mögen verschlungen sein, aber es wäre einfältig anzunehmen, es bestünden hier keinerlei vermittelte Wirkungen.

Blickt man erst einmal im Licht der aktuellen russischen Aggression auf die klassischen Texte, entsteht ein merkwürdiges, sicher verzerrtes, aber eben nicht nur falsches Bild. In Turgenjews »Väter und Söhne« geht Basarow, der Vertreter der Westler, ratlos durch ein russisches Dorf und fragt die Bauern: »Was ist dein *mir* (Dorfgemeinschaft, Welt, Frieden)?« Die Antwort ist einigermaßen holprig: »Und je härter der Gutsherr straft, um so lieber ist es dem Bauern.« Die angebliche, irgendwie, »tiefe« Weisheit der einfachen Bauern ist ganz offensichtlich keine rettende Alternative zum westlichen Rationalismus.

Kann man diese Texte heute noch lesen, ohne an Putins Rede vom *russkij mir* zu denken, von der »russischen Welt«, zu der neben einem Großrußland nicht nur Weißrußland, die Ukraine und Moldawien gehören sollen, sondern eigentlich auch Serbien, Bulgarien, all die »Brüdervölker«, die die Weisheit des orthodoxen Ostens teilen? Pervertiert Putin hier etwas oder reißt er lediglich die Maske ab und läßt erkennbar werden, was immer schon aggressiv, selbstbezogen, selbstverklärend war?

Wenn wir heute die Formel von der *russischen Welt* hören, denken wir an eine Gesellschaft, die ihren moralischen Bankrott in immer neuen Beispielen belegt: eine Gesellschaft, in der der Präsident Kriegsverbrecher mit Orden behängt. Eine Gesellschaft, in der die Söldner der »Gruppe Wagner« (die angeblich ein ganzes Land »entnazifizieren« sollte, ihren Namen jedoch dem Hitler-Bewunderer und Richard-Wagner-Fan Dimitri Uktin verdankt) erst als Helden gefeiert, dann als Meuterer verflucht, schließlich als Patrioten reintegriert werden – wobei die Führungsriege jedoch bei einem »Unfall« zu Tode kommt. Eine Gesellschaft, in der so ziemlich alles geschehen kann. Eine Welt, in der die Ermordung von Unliebsamen mit dem Vorschlaghammer zum Vorbild erklärt wird. Diese »russische Welt«, in der die Würde des einzelnen Menschen oftmals nichts zählt, in der Lügen und Zynismus dominieren, ist vor allem durch Entzivilisierung geprägt. Ein verbreiteter Scherz lautet, es gehe in Rußland nicht um »Verbrechen und Strafe«, sondern um »Verbrechen ohne Strafe« und »Strafe ohne Verbrechen«. War all das schon angelegt in den antiwestlichen und damit antimodernen Klischees der klassischen russischen Literatur?

Im November 2022 wurde am Kammertheater des Schauspiels Stuttgart das Stück »Gorkis Mutter« von Lena Lagushonkova gezeigt. Das Stück stellt eine Art Dekonstruktion der »russischen Welt« dar, nicht im großen ideenpolitischen Sinne, sondern auf der Ebene des Alltags. Was zeichnet die russische, postsowjetische Welt in der Ostukraine aus? Trinkende, untreue Ehemänner, Langeweile, Perspektivlosigkeit, Frauen, die verzweifelt versuchen, die Familie über Wasser zu halten, die eigene Würde zu retten. Regisseur Maxim Golenko, Künstlerischer Leiter des Academic Ukrainian Music and Drama Theatre in Odessa, inszenierte das Stück mit ukrainischen Schauspielerinnen, die auch die Männerrollen spielten. Auf die Aufführung auf ukrainisch mit englischen Übertiteln folgte eine Diskussion mit dem Publikum.

Womöglich ist dieses Stück paradigmatisch: Es zeigt den Versuch, aus der »russischen Welt« zu entfliehen, einer Welt ohne Zukunft, einer irgendwie kranken, verlogenen Welt. Man könnte auch sagen: einer Dostojewski-Welt. Das penetrante Lügen, das auch bei Dostojewski ein feststehender Topos ist, ist eben alles andere als eine läßliche Sünde oder ein großer Spaß, sondern Indiz für eine moralische Fehlhaltung, die endemisch werden kann. Ihre extreme Ausformung ist eine moralische Verwahrlosung, die man in verschiedenster Form in der russischen Gesellschaft beobachten kann. Zur Misere der russischen Gegenwartsgesellschaft gehört auch die Dekonstruktion eines positivistischen, auf Korrespondenz zwischen Welt und Sprache rekurrierenden Wahrheitsbegriffs. Nur vor dem Hintergrund dieser Tapete kann Putin immer wieder völlig widersprüchliche Dinge behaupten.

Aber eben nicht nur dies. Als die russische Führung erklärte, man kämpfe in der Ukraine gegen Satanisten, wurden diese Worte in einen spezifischen Echoraum gesprochen. Ein Video zeigte einen russischen Kommandanten, der seiner Truppe allen Ernstes erzählte, die Ukrainer seien von Dämonen besessen. Es gehe darum, einen Exorzismus zu betreiben, notfalls eben mit Gewalt und Mord. Das Schlüsselkapitel »Bei Tichon« in Dostojewskis »Bösen Geistern« taucht hier sofort aus dem Nebel der Erinnerung auf.

Wie liest man, nachdem man dies gesehen hat, Dostojewskis »Böse Geister«? Wohl nicht mehr nur als Analyse des Bösen, sondern als Verstärker eines Imaginären, das genau dieses Böse erst ermöglicht. Nabokov ekelte sich regelrecht vor Dostojewski, den er als schlechten Schriftsteller und Schwätzer porträtierte.

Es ist in diesem Kontext erhellend, an Jean Starobinskis Aufsatz »Der Kampf mit Legion« zu erinnern, in dem er die Exorzismus-Szene aus dem Markus-Evangelium (Mk 5, 1–20) auslegt. Zu den vielen Einsichten, die diese genaue Lektüre hervorbringt, gehört der Hinweis auf eine ganze Kette von Dualismen, die sich bereits in der Raumordnung ankündigen. Daß Jesus das Wunder des Exorzismus

»am anderen Ufer« vollbringt, im Land der Gerasener, die Schweine züchten, weist nach Starobinski darauf hin, daß hier ein universelles Heilsversprechen gegeben wird, bei dem eine Welt des Lichts in ihr Gegenteil, die ungläubige Finsternis, eindringt.
Ähnlich dualistisch steht Jesus im Singular dem Plural der Dämonen gegenüber. Die Differenz ist kategorial, absolut, unvermittelbar. Das Gute ist mit Feinden konfrontiert, die ein »absolutes Außerhalb« bewohnen, so Starobinski. Wer von Dämonen spricht, bewegt sich immer schon in gnostischen Denkfiguren, in unvermittelten Gegensätzen, im manichäischen Rausch. In diesem Sinne führt zwar kein direkter Weg von Dostojewskis »Bösen Geistern« zum selbsterklärten Exorzismus-Kommandanten, aber es wird eben verständlicher, wie eine Geisteswelt aussieht, in der solche Reden möglich sind.

»Euer Dostojewski« also? Nein, es wäre unsinnig zu glauben, antimoderner Unfug sei nur in Rußland zu finden. Der Begriff »Russophobie« ist ein merkwürdiger Trick: Natürlich hat man gute Gründe, sich rational vor einer Regierung zu fürchten, die sich wie die russische verhält. Was diese in Grosny, Aleppo oder Butscha tat, soll ja gerade Angst verbreiten – als Ersatz für den verwehrten Respekt. Der Wahn einer westlichen Russophobie ist schlichter Unsinn – im Gegenteil. Gerade in Deutschland war eher irrationale Rußlandliebe als Rußlandhaß verbreitet. Aber wie soll man jemanden respektieren, der nur Furcht zu verbreiten vermag?
Vor dem Hintergrund des Krieges gegen die Ukraine wird die Lektüre von Autoren, die uns beständig erklären, in Rußland sei das »eigentliche«, das »wahre«, das ursprüngliche Christentum zu finden, schwer erträglich. Haß oder Verachtung für die russische Kultur wären dabei aber völlig fehl am Platz, Kritik an bestimmten Ideen hingegen scheint nötiger denn je. Also Dostojewski vergessen? Ihn dekonstruieren oder gar in den Giftschrank sperren?
Man könnte ihn auch als Anlaß nehmen, nach dem Okzidentalismus im Westen zu fragen. Wenn er wirklich nicht nur ein Autor »der Russen« ist, sondern irgendwie auch »unser«, dann ja wohl nur deshalb, weil seine Töne Resonanz hervorrufen. Der Okzidentalismus ist nicht ausschließlich ein Problem der »anderen«, die Modernekritik beginnt mit der Moderne, der Haß auf den Westen im Westen. Was mit einem stolzen »unser« aus dem Mund einer russischen Museumswärterin begann, endet dann mit einem kleinlauten »auch unser«.

LILLI LUUK

JUNGEN IM SCHNEE

Ich versuche doch zu schreiben wie versprochen. Heute ist es still und sehr kalt. Wenn ich über die Ebene schaue – Schnee, so weit das Auge reicht.

Der Morgen blieb rosafarben und herb in Erinnerung. Ein schwacher, flatterhafter Februarwind trieb sein Spiel mit dem Schnee, der in der Nacht auf die Felder gefallen war. Er hob das weiße Pulver von den lieblich geschwungenen Fluren in die Lüfte, ließ es im schüchternen Licht der erwachenden Sonne kurz aufglänzen und streute es danach gleichgültig über den glatten weißen Hügelchen aus. Ein Linienbus voller Kinder zeichnete zwei Schlangenlinien in den Neuschnee, als er schwankend in den Kurven der vereisten Schotterstraße ächzte.
An der Bushaltestelle vor der Schule drängelte sich der Junge gemeinsam mit den anderen nach draußen, seitlich, mit angelegten Ellenbogen, die er auf die imprägnierte graue Jacke preßte, doch als der Bus schnaufend auf dem Platz wendete und bald nur noch sein Dieselgestank in der Luft hing, fand der Junge sich am Ende der lärmenden Gruppe wieder. Die dunkelgrüne knittrige Sporttasche mit dem verdreckten Boden, in der die Bücher alle auf eine Seite gerutscht waren, schlug im Rhythmus der langsamen Schritte gegen seinen Oberschenkel. Das Herz schlug auch, aber nicht im Stiefelschaft. Die Stiefel, die seinem Bruder zu klein geworden waren, hatten eigentlich auch gar keine Schäfte. Sie waren halbhoch und ein bißchen zu groß, aber mit den von Großmutter gestrickten Wollsocken paßten sie irgendwie.
Bedauern pochte unter der rotblauen Skimütze des Jungen, unter seinen rotblonden Haaren. Warum bloß hatte er Mutter gestern nicht gesagt, daß er krank war, sie hätte gar nicht weiter gefragt, er hätte zu Hause bleiben können, sogar, wenn er einfach gesagt hätte, daß er nicht in die Schule wollte. Das war ein guter Plan gewesen, der beste Plan, mit dem man morgens aus einem bleiernen Schlaf erwachen konnte. Zeit gewinnen. Aber … Mutter war am Morgen schon weg, die Küche war kalt, ein Zettel, Brot und gekochte Eier auf dem Tisch. In der Rinderzucht kalbte eine Kuh, diesmal war es eine kompliziertere Angelegenheit, die Tierärztin muß zur Stelle sein, egal, ob mitten in der Nacht oder frühmorgens. Also konnte der Junge niemanden mehr fragen und einen besseren Plan hatte er nicht in Reserve, so daß er alleine in die Dunkelheit hinausmußte, in die gewöhnliche Dunkelheit eines Wintermorgens auf dem

Land. Zur Bushaltestelle, eigentlich nur ein »A« an einem Pfahl am Rande des kahlen Feldes.
Noch bevor man ihn hörte, tauchten die runden Augen des Busses aus der zurückweichenden Nacht auf, und im bereiften Fenster begann der Landschaftsfilm mit seinen endlosen Feldern, stummen Waldstreifen, vereinzelten niedrigen Häusern, Milchkannenböcken und baumelnden Blechschildern an Bushaltestellen. Kilometer für Kilometer öffnete sich das Land dem Winterlicht, das, obwohl der Tag schon einen kleinen Trippelschritt länger als gestern war, doch nur knapp einen Schultag lang brannte. Wenn der Unterricht vorbei sein wird, der Junge mit den anderen Kindern aus seiner Gegend an der Bushaltestelle herumtoben und man sich mit Schnee und kleineren Schulranzen bewerfen wird, wird das Licht bereits wieder gegen die erstickende Dämmerung kämpfen.

Was kann ich vom hiesigen Leben berichten? Die Tage sind einförmig. Frühes Wecken, nachts gibt's Alarm. Wenn man Wache hat, kämpft man immer gegen den Schlaf.

Heute konnte der Junge in der Schule diesen Moment nicht abwarten, warten, bis sich das Tageslicht der Dunkelheit unterwarf und er nach Hause konnte. Etwas mußte vorher geschehen. Ein Wunder. Die strengen grauen Augen der Russischlehrerin waren bohrend gewesen, ihr Blick hatte schon im Nebel des frühmorgendlichen Schlafs auf dem Jungen gelastet, noch vor dem Weckerrasseln kam er näher wie die Scheinwerfer des Schulbusses an einem widerwärtigen Montag. Die Zeit geht in der hartherzigen Uhr ihren eigenen Gang, und Sorgen und Schlaf der Menschen können sie nicht aufhalten. Unaufhörlicher Gesprächslärm sowie der Duft der durchnäßten Strickhandschuhe, der Odem qualmender Öfen und schmelzenden Schnees füllten den Gutshofkeller mit den hohen Garderobenspinden, bis die blecherne Schulglocke, die überhaupt nicht so lieblich klang, wie es im Lied vom ersten Schultag heißt, wie mit einem kreischenden Sägeblatt durch die alten Kellermauern schnitt und die Kinder nach oben scheuchte, hinaus aus dem verschlungenen Flurgedärm des kantigen Anbaus in die Klassenräume.
Die Quadratwurzeln und Quadrate in dem Heft mit dem blauen ausgefransten Papier, dessen hintere Seiten mit Panzern und Atompilzen vollgemalt waren, gaben dem Jungen noch eine Gnadenfrist. In der ersten Stunde brannten die grellen Lampen an der Decke des Klassenzimmers, doch kurz bevor die Schülerin, die diese Woche Aufsicht hatte, mit ihren Turnschuhen die Schachbrettquadrate der Bodenfliesen zählend durch den Kellergang schlurfen und auf die Schulglocke drücken konnte, knipste die graugescheitelte Lehrerin im grauen Kleid mit ihren schlanken Fingern den Schalter an der Tür aus. Jetzt durfte

sich das kümmerliche Tageslicht durch die großen Fenster in den Klassenraum ergießen. Der Junge ließ seinen Augen Zeit, sich an das Licht zu gewöhnen, und sammelte langsam seine Siebensachen auf dem Tisch ein.

Im Korridor mit den grünen Wänden hatte er dann keine Wahl mehr. Kunstlederranzen, schmutzige und zerknitterte Sporttaschen flogen auf einen Stapel auf dem braunen Dielenboden unter der Wandzeitung und die Luft war im Handumdrehen von Lärm erfüllt. Aus den offenen Türen der Knabentoiletten strömte der ewig beißende Gestank, als der Junge ohne ein Wort zu sagen an der krakeelenden Meute vorbeiging und sich in maßvollem Tempo die Treppe hinunter zu den Garderoben begab, begleitet von einem skeptischen Siebtkläßlerblick hinter den Brillengläsern der Aufsicht. Auf die Falten ihres blaurot-karierten Uniformrocks sank, während die langen Holznadeln furchterregend in Richtung des Jungen wiesen, offenkundig die Hausaufgabe, die die Mädchen im Werkunterricht bekommen hatten. Als sie auf ihre Armbanduhr schaute, das schafweiße Knäuel zu Boden fallenließ und in Ausübung ihrer gesellschaftlich nützlichen Tätigkeit den Korridor hinunterlief, zog der Junge bereits vor der Schultür seine schwarz gemusterten Handschuhe an und atmete die mit fortschreitendem Morgen weicher gewordene Winterluft ein. Dann bog er um die Ecke des Schulhauses und ging schnell durch die Allee zum Parkteich. In dessen Mitte lag eine kleine, mit Gestrüpp bewachsene Insel, zu der eine verfallene Brücke führte, auf der die Jungen der achten Klasse im Frühjahr, wenn an den Grabenrändern bereits der Huflattich gelb aufschimmerte, in den Pausen herumlungerten und rauchten. Dann hatte man dort besser nichts verloren. Im Bodenschlamm des Teiches konnte man die Knochen ganzer Würfe unerwünschter Welpen und Kätzchen finden. Im Moment lag der Teich unter einer Eisdecke und war von einer weichen Schicht nächtlichen Schnees bedeckt. Der Junge ging quer über den Teich, vorbei an der Insel, und sprang am anderen Ufer mit seinen dreizehnjährigen langen Beinen mühelos über den auseinanderfallenden, verschneiten Steinwall. Er ließ einen beigen Moskwitsch vorbei und spazierte, genußvoll die Abgase einatmend, schräg über die Straße auf die Lagerräume der Kolchose zu.

Ehrlich gesagt, richtig ausgeschlafen habe ich schon lange nicht mehr. Die Leute hier sind aus ganz unterschiedlichen Gegenden zusammengekarrt worden.

Auf der anderen Seite der Landstraße lockte das weiße Schneefeld. Der Junge wählte den direkten Weg, quer über das Feld. Auf der Straße könnte ihn zudem der Fahrer eines vorbeifahrenden Autos sehen, anhalten, die Scheibe herunterkurbeln und fragen, warum er um diese Uhrzeit nicht in der Schule sei, wo doch alle Kinder in diesem Augenblick ihre Russischhefte auf den Tisch legten. Sich vorbereiten. Die Russischlehrerin steht momentan noch mit dem Gesicht zum Fenster und schaut in die Ferne, hierher, auf die Felder. Es ist, als hätte sie die Klasse vergessen, ihr dunkler Bubikopf ist nach vorne gesunken und ihr schlanker, nach den Worten seines großen Bruders knochiger Rücken strahlt Traurigkeit aus. Und Furcht. Ja, Furcht! Sie zuckt zusammen, als jemandes Tischklappe zufällt. Vielleicht hat sie heute auch eine große Sonnenbrille auf, obwohl trüber Winter ist. Aber das macht keinen Unterschied, auf jeden Fall kann sie sich jetzt jeden Moment umdrehen, das Kinn ist wieder spitz nach vorne gestreckt, sie schaut mitten durch die Klasse hindurch, durch ihre schützende Brille oder ohne sie, und bei vielen Kindern beginnt es im Magen zu rumoren. Ein Mädchen aus der Siebten wurde voriges Jahr an der Tafel ohnmächtig. Schlug ohne die geringste Vorwarnung lang hin, knallte mit dem Gesicht auf die braunen Dielen, wie ein von einer Kugel getroffener Faschist im Film.

Der Junge war schon einmal zu Fuß von der Schule nach Hause gegangen, aber über die Landstraße. Damals war der Bus nicht gekommen, und einige Kinder aus seinem Dorf hatten beschlossen, zu Fuß zurückzumarschieren. Das war im Frühjahr, im Straßengraben blühte noch der Huflattich. Ja, das war lange her, vielleicht sogar noch in den untersten Klassen, als die Schule sich noch nicht in einen dunklen und schmalen endlosen Tunnel verwandelt hatte, in dem man den Kopf nicht heben und nicht entkommen konnte. Noch vor den großen Viehställen kam ihnen ein Vater mit seinem Geländewagen entgegen, wendete rasant auf der verschmutzten Fahrbahn und fuhr dann alle Kinder eins nach dem anderen nach Hause. Vielleicht war es die Lehrerin von der Nachmittagsgruppe, die vom Schultelefon aus in der Werkstatt angerufen hatte.

Der morgendlich hohe rosa Himmel hatte sich jetzt gesenkt und war bereit für eine Veränderung. Der Junge mühte sich über die gefrorenen Furchen und spürte im Nacken unter der Skimütze Schweißtropfen. Die Überquerung des Feldes fiel ihm schwerer, als er gedacht hatte. Der Wald jenseits der erstarrten Wellen des Schneemeeres, das der nächtliche Sturm modelliert hatte, kam nur ganz langsam näher. Der dicke, unter seiner spröden Decke pulvrige Schnee, der diesen Winter im Dezember gefallen und liegengeblieben war, lange vor Weihnachten, drang in seine Stiefel, als er alle paar Schritte einsackte. Mit gerötetem Gesicht hielt der Junge an und stopfte sich eine Handvoll sauberen Schnee in den Mund. Dann schaute er japsend zurück zum Zentrum. Der Schulpark und die daneben aufragenden Lagergebäude waren schon ganz klein geworden, die Bäume und Häuser hatten sich in verschwommene dunkle Körper verwandelt, offenbar nur dazu gut, den grauer werdenden Himmel von dem schneeigen Watteland zu scheiden. Aus dem Nebel vor ihm stachen die spitzen Fichten des dunklen Waldes hervor, zu denen der alte Weg abbog.

Die Lehrerin machte im Klassenbuch hinter dem Namen des Jungen gerade einen Strich, als er unter die hohen Fichten trat. Der Weg war kürzlich geräumt worden. Nach dem Gestapfe über die verschneiten Furchen konnte man hier gut und leicht laufen. Eine ganze Weile konnte der Junge so durch den Wald gehen. Beidseitig des Wegs reichten ihm die Schneemauern bis zur Hüfte.
Der Fichtenwald endete, dann kamen achthundert Meter freie Fläche, auf der einen Seite Waldheuwiesen und eine eingefallene Scheune, auf der anderen Seite abgeholztes Land, in dem die braunen Himbeerzweige aus dem Schnee lugten, die Kreuzottern des Sommers schliefen in ihren Höhlen unter der Erde. Zu einem niedrigen Haus führte eine kahle Lindenallee. Hinter einer hohen Fichtenhecke gab es ein schmales Kartoffelfeld, ein Stück Grünland, und dahinter begann schon der Mischwald.
Der Schnee auf dem Milchkannenbock und um ihn herum war plattgetrampelt, der Junge setzte sich für eine Weile darauf und verschnaufte. Im Schnee sah man die runden Abdrücke der Milchkannen und die Spuren der Galoschen, und dem Jungen war heute zum ersten Mal kalt, vorsichtig betastete die Kälte durch den rauhen blauen Stoff der Schuluniform seine schlanken Beine. Soll Mutter sagen, was sie will, aber lange Baumwollunterhosen sind kein Kleidungsstück, mit dem ein Junge, der bei Verstand ist, sich vor der Sportstunde im Umkleideraum sehen läßt.
Nach dem Sportunterricht ist Mittagspause. Der Junge hatte keine eigene Uhr, aber sein Magen verriet ihm, daß die Schalstrickerin mit der Brille schon bald zur Mittagspause läuten würde. In die Klassenräume des Obergeschosses steigen die Essensdämpfe, dann gibt es ein Gerenne und Gedränge, kaltes Wasser im fensterlosen Waschraum mit den blaßblauen Kacheln im Keller. Montags gibt es normalerweise Erbsensuppe, aber besser schmecken Eintopf oder weiße Soße mit Fleischwurstscheiben, die sich in der Hitze gekrümmt haben, serviert mit blauen Kartoffeln. Es ist schon eine Weile her, daß ihre Klasse Kartoffelschäldienst hatte. Augen dürfen die Knollen, die man in die große Blechwanne werfen muß, nicht mehr haben, aber blau werden sie trotzdem beim Kochen. Im Herbst sind alle höheren Klassen auf dem Kartoffelfeld, Mutter gibt dem Jungen Baumwollhandschuhe und zum Drüberziehen Tierarztgummihandschuhe mit. Mutter hat kleine Hände. Was machen die Frauen, deren Hand nicht in ein Dreiliterglas paßt, sagt Mutter immer mit unbekümmertem Mitleid, wenn sie Schwarze-Johannisbeer-Blätter und lange Dillstiele auf die Gurken im Glas drückt. Und weiter, daß in diesem Herbst niemand Pilze einmacht. Die Hände des Jungen werden auf dem Feld nicht kalt, aber bei vielen sind die Baumwollhandschuhe in der nassen Erde schon nach dem ersten Aufpflügen durchnäßt. Letzten Herbst setzte der Regen früh ein. Das Feld wurde in Stücke eingeteilt, die Kinder zu zweit auf

je ein Stück, alle bekamen Kisten und Eimer und der Furchenaufpflüger fuhr die ganze Zeit hin und her. Wenn man schnell war beim Sammeln, konnte man sich beim Warten auf den Trecker auf die Kisten setzen und mit den Nachbarn eine Kartoffelschlacht machen. Manche Paare sind mit ihren Kisten in einen regelrechten Pfuhl geraten, die Gummistiefel blieben im Matsch stecken, das Nieseln ging in Regen über und es gab Chaos, die Kinder krochen im Matsch herum und taten nur so, als würden sie Kartoffeln suchen. Die Felder sind lang, die Lehrerinnen können nicht überall sein. Es flogen Kartoffeln und Steine. Nasse Erde drang in die Stiefel der Kinder und überzog Knie und Ärmel mit einer dicken Schicht. Das Schreien der Klassenlehrerin konnte man durch das Geknatter des Treckers nicht hören. Auf der Rückfahrt mußten einige stehen, Erde und Matsch liefen auf den Boden. Wenn es jetzt diese blauen Kartoffeln gäbe, würde der Junge sie essen.
In den Wipfeln der Fichten war Wind aufgekommen, der Tauwetter ankündigte, der Junge wußte, daß morgen der Schnee lautstark in Brocken von den Zweigspitzen fallen und die feuchten Zweige böse und finster wedeln lassen würde. Aber vor dem Tauwetter mußte es noch einen Schneesturm geben und … Dem Jungen fiel ein, warum er unterwegs war, und das kalte Messer des Schmerzes blitzte zwischen Herz und knurrendem Magen auf. Russisch bereitete vielen in der Klasse Schwierigkeiten, nicht nur dem Jungen. Er konnte dank seines großen Bruders schon vor der Schule fließend lesen, und als in der ersten Klasse andere, eckige Buchstaben hinzukamen, konnte er sich auch die leicht merken. Obendrein war ihre alte Lehrerin ganz ruhig. Langsam im Gehen und langsam im Reden. Graue Haare. Überhaupt nicht so wie … Larissa. Eine bösartige, grausame Ratte. Diesen Winter liegt der Schnee so hoch, daß er sogar in Vaters hohe Jagdstiefel eindringen würde.

Das Essen ist selbstverständlich das reinste Spülicht. Schlimmer ist, daß ich hier momentan der einzige Este bin.

Wenn der Junge am Sonntagmorgen manchmal beim Warten auf den Kinderfilm im Zentralsender die Sendung »Ich diene der Sowjetunion« laufen ließ, stellte Mutter den Fernseher aus, sobald sie durchs Wohnzimmer kam. Dem Jungen war mittlerweile klargeworden, daß seine kindliche Hoffnung, sein Bruder würde mit umgehängtem Maschinengewehr und lässig in den Nacken geschobenem Barett im Gedränge unter anderen Soldaten auf der flimmrigen Mattscheibe auftauchen und ihm mit seinem bekannten Schmunzeln durch die Bildröhre und über Tausende von Kilometern hinweg zuzwinkern – daß diese Vorstellung Mutter irgendwie gegen den Strich ging. Der Junge wußte nur zu gut, daß bald schon drei Monate seit dem letzten Brief des Bruders ins Land gegangen waren. Er selbst ging an manchen Tagen mehrere Male zum Briefkasten an der Mihkelson-Kreuzung und sah, wie Mutter jedes Mal kleiner wurde, wenn er außer Atem zurückkam und nur einen Stapel Zeitungen unterm Arm hatte.

In der Armee gibt's auch noch anderes zu tun, als Briefe zu schreiben, versuchte der Junge Mutter zu trösten. Sie antwortete ihm nur mit einem Blick, einem düsteren Aufblitzen, in dem Verzweiflung ob der Dummheit des Jungen und Wehmut angesichts ihrer beider Ängste und Sehnsüchte mitschwangen. Aber das war nur ein Augenblick eines ganzen langen Tages. Im nächsten Moment war Mutter wieder die Alte, packte bis zu den Ellenbogen reichende Plastikhandschuhe und riesengroße Spritzen in ihren grauen Lederkoffer und fuhr zur Besamung der Kühe in die Ställe. Der Junge blieb alleine zu Hause und mußte an den Abschied seines Bruders denken, an den Blick, als dieser ihn, bevor er ins Auto stieg, plötzlich schmerzhaft an der Schulter griff, mit seinem Gesicht beinahe sein Gesicht berührte und ihn anschaute, durch ihn hindurchschaute, wie eine Zigeunerin, die Handlinien betrachtet, oder wie man sich im Spiegel anschaut, wenn man alleine ist.

Stumpfsinn gibt es hier natürlich zur Genüge.

Im langen nordischen Winter kommt die Nacht nicht ohne Vorwarnung. Es ist die stille und leuchtende, unauffällige und vergängliche Stunde der Barmherzigkeit. Auf der Waldwiese liegen dann noch fromm die blassen Schatten der Bäume, und in einem grauen, schneegeschwängerten Himmelsspalt blitzt es rosa. Die Rehe, deren zarte Pfoten bei der Futtersuche am Waldrand durch die Schneekruste sacken, blähen ihren Windfang auf und heben eins nach dem anderen unruhig den Kopf. Dann kann eines aus der Herde die Spannung nicht mehr ertragen und die zierlichen Silhouetten setzen sich in Bewegung und lassen den Schneestaub hoch aufwirbeln. Hochsitze erheben sich wie Wachposten über den Wiesen und Feldern. Am Rande des Waldes, dort, wo die Dachsbaue Hügel unter den Bäumen gebildet haben und der beißende Wildgeruch durch die Dornen- und Schneeschicht an die Oberfläche dringt, verläuft eine menschliche Fußspur.

Der Schritt des Jungen ist jetzt unsicherer und auch sein Gemüt droht an Festigkeit zu verlieren. Die Kälte lauert im Wald auf die Schutzlosen und hat den herumstreunenden Menschen bereits ausgemacht. Der Junge hat anderthalb Stunden die Richtung eingehalten, die vom Weg zum Forstrevier führt, aber das Verlassen des Holzwirtschaftswegs schob er bis zur Dämmerung hinaus. Die Augen müssen sich gewöhnen, und bald bleibt jemandem, der durch den Wald streift, nichts anderes mehr übrig, als seinem ermüdeten und hungrigen Körper zu gehorchen und dem Schnee und der Winternacht zu gestatten, den Plan zur Vollendung zu bringen. Der Wandernde wird von einem aufkommenden, schleichenden Wind angetrieben, der Schnee verspricht. Schon spürt der Junge die ersten kalten Flocken auf seinen rauhen Wangen.

Wie geht es bei euch dort? Ich habe starkes Heimweh …

Auch der längste Schultag ist einmal vorbei, bei den Garderobenspinden verebbt der Lärm und im strengen elektrischen Licht wickelt die Putzfrau einen groben grauen Feudel um einen langen Schrubber. Die grüne Sporttasche mit dem verschlissenen Boden wandert von der Flurecke zum Aufsichtstisch, gemeinsam mit einem einsamen Fäustling und einem verknitterten Halstuch aus der Mädchenumkleide. Als die Putzfrau im Schatten der Thujahecke zu den Wohngebäuden geht, schaut sie nach oben, um die Sterne zu sehen, aber auf ihr Gesicht fallen die ersten weichen Flocken des nächtlichen Schneesturms. Sie denkt an ferne Galaxien und die Unendlichkeit des Universums, an all das, worüber in der Zeitschrift »Horizont« geschrieben wird. Im Kolchosstall hält die Mutter des Jungen das aus der Kuh heraushängende Kalb an den Beinen fest und dreht es im Bauch des großen Tieres, mit der Kraft einer studierten Tierärztin, sanft, um dem Tier nicht weh zu tun, und denkt an ihren Ältesten, der aus dem fernen Land noch immer nicht schreibt, aus der gefrorenen Wüste, von seinem einsamen Weltraumbahnhof in der unendlichen Leere. Wenigstens nicht aus Afghanistan. Nicht aus Afghanistan, wiederholt die Mutter zu ihrer eignen Verwunderung laut, Schwein gehabt, was für ein Glück, die Kuh leckt mit ihrer rosa Zunge ihr Kalb, das von der schweren Geburt ganz außer Atem ist. Die Düfte der frischen Streu, der blutigen Fruchtblase und des Stalls lassen die Mutter schwindeln, sie kniet vor den Beinen der Kuh nieder und will in die Nacht der schwarzen Augen des feuchten Kalbs stürzen.

Das hier unterscheidet sich angeblich nicht viel von einem Gefängnis.

Als jener Junge am Grabenrand gefunden wurde und in der Schule die Nachricht eintraf, deren eisiger Kern die Kinder wie die Erwachsenen berührte, sagte Mutter, daß Erfrieren der beste Tod ist. Anfangs ist einem kalt, aber dann wird einem warm, dann noch wärmer, und dann schläfst du ein. Sie saßen zu dritt auf dem Sofa, Mutter redete, in einem tiefen, einschläfernden Ton, mit beruhigenden fremden Wörtern, Hypothermie und Lethargie, während sie gleichzeitig unaufhörlich ihren Söhnen übers Haar strich, dieses Streicheln war eigentlich ein bißchen albern, aber sie ließen sie gewähren.

In der Krippe für die Rehe ist sprödes braunes, aber immer noch nach Sommer duftendes Heu. Der Junge zwängt sich durch die halb vergammelten, brüchigen Stäbe hindurch, zieht die Knie unters Kinn und häuft sich noch Heu auf die Beine. So müßte es ein wenig länger dauern. Der Junge hat keine Eile, aber die Kälte zwickt bereits ungeduldig an seinen müden Zehen. Die graue Watte der Dämmerung um die Krippe herum wird schwarz. Der schlanke Körper des Jungen zittert leicht im Heu der Rehe und die Kälte will seinem Zweifel Nahrung geben. Wenn die Stunde heute ausgefallen ist? Vielleicht ist Larissa am Wochenende von ihrem Grobian von Sportlehrer dermaßen vermöbelt worden, daß sie krankgeschrieben zu Hause sitzt und eine Sonnenbrille aufhat. Aber was würde das ändern? Die Schule bleibt ein Gefängnis und zu viele Jahre liegen noch vor ihm. Wenn es hier aufhört, fängt es woanders wieder an. Russischlehrerinnen, Fäuste, Steine, Spucke und Jungentoiletten, auf denen die Pause sich endlos in die Länge ziehen kann, die sind überall dasselbe. Der Junge kratzt sich und leckt mit der Zunge am Salzstein, den man den Rehen gebracht hat. Dem kalten Stein des Schmerzes.

Habt ihr was von Vater gehört? Kommt er zurück nach Hause?

Der Vater des Jungen war dieses Jahr die Sommermonate über weg, als Fahrer auf einer Wehrübung, den ganzen heißen Sommer lang fuhr er radioaktiven Abfall zu dem Ort, wo er vergraben wurde. Als die Männer von der Werkstatt einer nach dem anderen die Einberufung erhielten, erlaubte Mutter niemandem mehr, die Tür zu öffnen, wenn geklopft wurde, weder dem Vater noch dem Jungen. Als Mutter an einem warmen Aprilabend ihre übliche Runde durch die Ställe machte, saßen Vater und der Junge im dämmrigen Zimmer hinter den bräunlich-roten Wollvorhängen und sahen fern, es gab den »Hund von Baskerville«. Vaters Einberufung erreichte ihn am nächsten Tag dann doch im Büro der Kolchose, und das Ende des Films, den zweiten Teil, konnte er nicht mehr sehen. Der Junge träumte noch im Herbst vom grausamen Leuchten der phosphoreszierenden Lefzen des Hundes. Vater sagte, daß der Film in Estland gefilmt worden sei, diese Moore und Parks.
Dort, wo er diesen Sommer arbeitete, war es streng verboten, in den Wald zu gehen. Das erzählte Vater, als er noch zu Hause wohnte. Als er von dort zurückkam. Als er noch mit ihnen sprach. Der Wald war mit Stacheldraht umzäunt. Wer es wagte, näher heranzugehen, konnte die wie von einer unsichtbaren Flamme verbrannten Wipfel der Bäume sehen. Und diese Stille! In einem estnischen Wald ist es niemals still. Der Wald lebt, er atmet und schnauft, die Vogelstimmen verstummen auch nachts nicht, Tiere ziehen umher und machen Geräusche, ihre

Leiber streifen Zweige, die Bäume ächzen, wenn sich ihre Rinde beim Wachsen strafft. Die Stille des dortigen Waldes hatte Vater und die anderen Männer bestürzt. Es war ein lautloser, stehender Sommer gewesen. Die Vögel waren entweder gestorben oder hatten den Wald verlassen. In den Wald zu gehen bedeutete, in den Tod zu gehen. Nach diesen Berichten träumte der Junge davon, daß er in einem windlosen und lautlosen Wald der Stille herumspaziert, in dem das einzige Geräusch der rhythmische Herzschlag auf seinem Trommelfell ist, und in jeder Richtung, in die er seinen Blick zu lenken versucht, steht eine Reihe von Bäumen mit gelben Wipfeln. Und er wußte, ohne zu schauen wußte er, daß dort hinter den Bäumen das leuchtend funkelnde Monster von Baskerville lauerte.

Manchmal denke ich, daß ich den Eintritt in die Universität nur geträumt habe.

Das Auto der Tierärztin stand noch am späten Abend vor dem Viehstall, frischer Schnee überzog den Lada Niwa mit einer weichen Schicht. Gelbes Licht strahlte aus einem Fenster des langen dunklen Gebäudes auf den Schnee. In einem brauen Sessel mit Kunstlederbezug, der an den Armlehnen eingerissen war, ruhte die Tierärztin und sah hinter geschlossenen Lidern ihren Mann, der einen Bleikittel trug. Seit dem Fortgang des älteren Sohnes, der Rückkehr des Mannes und seinem bald darauf folgenden Weggehen waren in ihren Träumen immer wieder Männer in Bleikitteln oder Zinksärgen aufgetaucht. Zwischen ihr und ihrem Mann erhob sich nun eine bleierne Wand. Die Mutter wußte, daß sie dieses schwere Blei nicht durchdringen konnte, die Überzeugung des Mannes, daß mit ihm der Tod von dort zurückgekommen und es seine Pflicht sei, eine undurchdringliche Mauer zwischen seiner Frau und dem Tod zu errichten. Blei steht zwischen dem Menschen und dem Tod. Die Mutter des Jungen kann es auch im Traum nicht durchdringen, wie eine Frau es einmal getan hat, die trotz Verbot den Zinksarg ihres Sohnes, der sich im Dienst erhängt haben sollte, aufschweißen ließ. Schwach, konnte den Druck nicht aushalten, so stand es in einem mit Stempeln versehenen Papier. In dem Zinksarg hatte der bekannte Körper mit einem zur Unkenntlichkeit zerschlagenen Gesicht gelegen, um den Hals ein zum Schlips geknotetes Seil. Die Mutter des Jungen schrie heiser, kraftlos im Schlaf, während der Duft von löslichem Kaffee und das Schrillen des Telefons zu ihren Sinnen durchdrangen. Der Nachtwächter nahm mit der einen Hand den Hörer und reichte mit der anderen der Tierärztin die dampfende Tasse, deren dunkel gewordenes Porzellan aus der Zwischenkriegszeit mit einem matten Goldrand verziert war.

Die Kälte raschelte im Heu und den Jungen quälte der Gedanke an seine Mutter, die ihn immer mit dem Tretschlitten an der Bushaltestelle abholt, wenn es nach Schneesturm aussieht oder ein klarer Sternenhimmel eine kalte Nacht vorhersagt. Der Junge sagt jedes Mal, sie solle nicht kommen, die Strecke sei nicht so lang und er nicht mehr klein. Die anderen würden es sehen. Dann blüht im Graben schon der gelbe Huflattich, die kühle Frühlingswitterung läßt einen immer noch schlottern, aber der Junge ist jetzt auf dem Heimweg. Er ist auch gar nicht alleine am Graben, ein anderer Junge, in voller Winterkluft, mit Pelz und einer in der Kooperative gestrickten Pudelmütze, geht vor ihm. Der Junge fängt an, hinter dem anderen Jungen herzugehen, legt einen Schritt zu, um ihn einzuholen. Er will fragen, warum er mitten im Frühling in Wintersachen herumläuft, aber der Abstand zwischen den Jungen wird nicht kleiner. So gehen sie eine Weile, dem Jungen wird vom Marschieren schon wärmer. Dann wendet sich der fremde Junge um und mit einem Mal ist es sein Bruder. Er hat die Pudelmütze von der Kooperative, die jetzt sogar dem Jungen schon zu klein ist, wieder auf dem Kopf. Warum schreibst du nicht, fragt der Junge. Sein Bruder lächelt, dann lacht der fremde Junge, aus der Ferne naht Mutter mit dem Tretschlitten, das Atmen fällt schwer und die Frühlingssonne scheint dem Jungen direkt auf den Augengrund.

Vermutlich werde ich nachher einige Stellen dick und fett durchstreichen, in Sätzen, die ich noch schreibe, Mutter. Ich schreibe diesen Brief tatsächlich aus dem Krankenhaus. Manchmal passieren Sachen … über die man nicht zu schreiben braucht. Oder? Nein. Mach dir keine Sorgen. Es besteht kein Grund zur Sorge. Außerdem ist hier das Essen besser und man kann schlafen. Und nachdenken, sogar zu viel nachdenken.
Mutter, erinnerst du dich noch an diesen Jungen, der in unserer Gegend erfroren ist? Der an der falschen Bushaltestelle ausgestiegen ist. Von dem Truppenteil hier geht keiner stiften, weil … man nirgendwohin kann. Im Winter ist die Umgebung eine grenzenlose und unendliche Schneewüste. Jeden, der zu gehen wagte, würde das gleiche Schicksal ereilen. Warum fühle ich mich schuldig, wo ich diesen Jungen nicht einmal kannte? Ich liege da und überlege, wie das passieren konnte …
Der Schuljunge nickt auf der Rückfahrt ein. Ein weiter Weg, ein langer Schultag. Der Bus heult und im Innenraum ist es durch die lange Fahrt warm, im Winter ist es schon längst dämmrig, wenn die Busse endlich im letzten Krähwinkel ankommen. Das Kind wacht zu spät auf, seine Haltstelle ist vorbei. Er greift sich seinen Tornister vom Sitz und drängelt sich, seine Jackenschöße zusammenziehend, nach vorne zum Busfahrer, erschrocken und noch warm vom Schlaf. Der Busfahrer hält an und drückt auf den Knopf, die Türen des Schulbusses öffnen sich mit einem

widerstrebenden Stöhnen, eisige Luft dringt von draußen herein. Der Busfahrer schaut zur Seite, schaut nach links. Während der Junge noch etwas schläfrig umständlich die Stufen hinuntersteigt, blickt der Busfahrer auf den in der Lichtgarbe der Vorderscheinwerfer aufleuchtenden, funkelnden Schnee auf dem dunklen Feld, Flocken fliegen in den Innenraum. In der Kälte löst sich die stinkende Dieselwolke nur langsam auf und aus den Rücklichtern des Busses rollt die Dunkelheit des Winters auf die Straße, die totale nachtschwarze Dunkelheit der Provinz. Der Junge macht sich auf den Rückweg, die Straße entlang, die er gekommen ist, hinein in die schwarzweiße Nacht …

So, Mutter, jetzt gibt's was zu lachen! Während ich hier liege und die Zeit totschlage, wird im Truppenteil fieberhaft gearbeitet. Meine Gefährten, eifrige sowjetische Dienstpflichtige aus fernen Schwesterrepubliken, machen gerade den Schnee weiß. Sie kalken den Schnee, so wie bei uns zu Hause eine Stallwand gekalkt wird. Ja, du hast richtig gelesen! Für den Blick der Staatsmacht schickt sich nur das weißeste Weiß. Und warum soll man es dann nicht weißer machen? Wenn es geht. Auch du würdest nicht gerne mit bloßen Füßen in den Schnee rund um diese Kasernen treten. Denn es ist schwarzer Schnee, sobald er niedergefallen ist, verschmutzt von all dem Kehricht und Ruß und dem sich überall auf die Erdoberfläche ergießenden stinkenden Brennstoff. Vom Dreck. Vom Schweröl. Es ist verschmutzter Schnee mit der falschen Farbe. Dieser Schnee wäre zu grausam für dich.

Aus dem Estnischen von Cornelius Hasselblatt

NASIMA SOPHIA RAZIZADEH

ZEICHENSPRACHE

Gedichte

ZEICHENSPRACHE

Nachts wird
das Fragezeichen zum
Synonym des Punktes
und wir schaukeln
auf Gedankenstrichen,
die in der Esche an
langen Stricken baumeln.
Nachts wird
die Zeichensetzung zum
Brückentier des geträumten
Stammbaums und wir klettern
entlang der Blattadern
und wissen nicht um
das sich nähernde
Lauffeuer.
Nachts wird
das Getrappel der
Gänsefüßchen zum
weißen Rauschen und
selbst der baumblinde Pfadfinder
liegt fern jeder Fährte
im stillen Gehege.
Hier spricht man nicht.

PAPILIO IN PAPAVER

Mohnnah flügle ich,
inmitten des lichten Feldes,
bis zart,
wie mit frisch gespitztem
Bleistift gezeichnet,
die Beine auf dem Stiel des Gewächses
landen und das Flügelpaar,
seine Felder, Zellen, Adern
in das Dunkel der Eigenheit
verbannend,
gänzlich gefaltet mir mehrlagig
den Rücken deckt.
Mohnnah fühlere ich,
inmitten des lichten Feldes,
gegliedertes Paar
gelenker Stiele
biegend kreisend wendend streckend,
fühle all das, was
den Facetten entgeht
und taste das Gewächs in
dem Dunkel der bloßen Berührung
ad libitum
aufmerksam ab.
Die Klapperrose,
Abzeichen unseres
farblosen Sommers,
Auszeichnung unseres
behutsamen Feldzugs,
trage ich über
den Antennenherzen
und verbleibe so, mohnnah,
still und störrisch.

MONDTAG

(*Im Stavenhof 1*)

Am achten Tag
häng ich im Hinterhof
zum Trocknen in die verdunkelte Sonne,
dem Trabanten zum Trotz,
mein Lungen- neben dein Rippenfell.

Vom Tau des linkisch erwählten,
lichtarmen Zeitfensters benetzt,
schließen sie, die nackten Felle,
miteinander den pneumatischen Pakt.

Wir sitzen gemeinsam,
innen entkleidet,
in Tontöpfen ausharrend,
auf der Fensterbank zum Hinterhof,
und vermuten von dort,
die Gewebe musternd,
daß am achten Tag endlich
im Mondschatten sich vollzieht,
was wir in Brusthöhlen an Wochentagen nicht vermochten.

SCHLAG UND STRICH

Es ist ein Flügel in mir
und ein Paar Krallen,
es ist ein Fell in mir,
das schimmert und glänzt.
Es ist ein Flattern in mir,
ein Aufbegehren,
es ist eine Jagd in mir
und auch eine Flucht.
Die dunklen Federn, das dunkle Haar,
der lange Flug, der weite Sprung.
Es ist eine Ferne in mir
und eine Fremdheit,
es ist eine Wärme in mir,
die schimmert und glänzt.

HUBERT WINKELS

DER ZIEGEN-ZYKLUS

Ich hatte es vergessen, es war verschwunden in den Falten des Gedächtnisses. Und wie so oft, wenn Abgelehntes, Abgelegtes sich zurück ins Bewußtsein drängt, hat man ein spontanes Gefühl für den ursprünglichen Grund der Verdrängung oder den nachträglichen, wie in diesem Fall. Bei einer Reise durch Jordanien konnte ich wie einst Moses vom Berg Nebo aus nicht nur das Heilige Land sehen, sondern auch Jerusalem, die Heilige Stadt, und weiter nördlich *bis* Jericho, den Ort selbst nicht richtig. Die biblische, heute palästinensische Stadt auf der Westbank liegt tief im Jordantal und ist die tiefstgelegene Stadt der Welt, wie es heißt. Und die älteste, wie es ebenfalls heißt. Hier hatte ich mich in einen zweibeinigen Ziegenbock verwandelt, vor etlichen Jahren, als junger Student, bei einem halbjährigen Aufenthalt in einem israelischen Kibbuz; in einen großen, zweibeinigen, stinkenden Ziegenbock, und das gefiel mir, ich fürchte, ich gefiel mir so. Jedenfalls lief ich versehentlich, noch im Gespräch mit einem zähen Verkäufer von alten (biblischen!?) Münzen beim benachbarten Marktstand, in ein ausgehängtes weißes Ziegenfell. Ich roch es, bevor ich es sah. Es war eine Art bodenlanger Mantel aus schwach gegerbtem Leder, auf der einen Seite halbwegs glatt gearbeitet, aber wie von einem leicht rötlichen Aussatz überzogen, auf der anderen Seite noch voller drahtiger Haare, die am Kragen und an den Ärmeln besonders dicht und lang waren. Ich steckte schon mitten in der Tierhaut, als ich es verstand, und fühlte mich geradezu hineingerissen in eine exquisite Naturgeschichte: Tier, Lust, hoher Mittag, Pan, brüllende Sonne, Frauen mit schwarzen Ray-Ban-Sonnenbrillen und Schlangen um den Hals, verschwimmende Konturen, Glast, Erlösung von der Gedankenschwere, Ziege werden.

Ich sah mich mit einem menschenhohen Stecken, gekrümmt, mit starker Gabelung am oberen Ende, durch wüstenhaftes Geröll schreiten und in einem Beduinenzelt beim Tee sitzen. Das ganze Bild hineinkopiert in eine europäische Stadt meiner Wahl, Amsterdam, Köln, Düsseldorf, Frankfurt. Ein Prediger ohne Worte, die Beredtheit ganz nach außen gewendet, in Fell und Haar und Huf und Hunger und Kraft, und war mit einem riesigen Joint auf dem Weg vom Ratinger Hof zum Creamcheese in der Düsseldorfer Altstadt, zu den Kellerkneipen und Bars besetzter Fabriken (Kölner Stollwerck) und den Wiesen vor den Universitätsgebäuden. Ich kaufte das gute, von den dürren Wiesen Judäas genährte Fell sofort, das heißt, den lokalen Üblichkeiten folgend feilschte und tändelte ich herum, trank Tee mit dem nach Ziege riechenden Verkäufer und seiner seltsamen Sippschaft, die meine deutsche Herkunft zu einem »Hitler-gut«-Schulterklopfen bewegte, kaufte es von der Stange weg, zog es über ... und flog bald schon mit diesem riechenden Riesenteil, das alleine einen ganzen Koffer ausfüllte, zurück nach Deutschland. Dort wußte ich nicht richtig weiter. Studium, Journalismus, Freundin ... Ach ja, der Mantel! Man könnte sagen, man drückte mich einmal herzlich als hippie-eske Ziege, dann rümpfte man die Nase. Auch meine kleine Wohnung in einem Bilker Hinterhof, früher ein Pferdestall, mitten in Düsseldorf in der Konkordiastraße, roch nun nach Ziegenstall.

Ziegenwaschanlage

Eine andere Reise in den Nahen Osten kommt mir in den Sinn, ein Aufenthalt, Jahre später, in einem recht luxuriösen Hotel im Golf von Aqaba in Jordanien, am Toten Meer gelegen, genau gegenüber von Eilat in Israel. Ich verbrachte dort eine ärztlich empfohlene Auszeit, um eine Hautkrankheit zu lindern, eine schuppenbildende Psoriaris-Variante. Bekanntlich ist die Verbindung von starker Sonnenstrahlung an diesem tiefgelegenen Ort mit dem außerordentlichen Salzgehalt des Wassers sehr heilsam. Für die Haut und, wie sich zeigte, auch für das Fell. So durfte ich beobachten, wie das Bad im zubeißenden Wüsten-Salzsee der äußeren Leibesschicht der Ziege ebenso zuträglich ist wie der des Menschen.
Dreimal am Tag schritt ich mit wohlsituierten, meist westlichen, aber auch einigen arabischen Menschenkindern an einer fein terrassierten Kaskade von Swimmingpools von der Hotellobby vorbei hinunter zum berühmten Toten Wasser; als ob die blaugrün glitzernde Treppe aus gepflegten Schwimmbädern die Begegnung mit dem archaischsten aller Gewässer erst erträglich machte, mit einem Wasser, das reißt und beizt, die Haut in jede Schmerzrichtung reizt (höchste Warnung: nicht mit den Augen in Berührung bringen).
Nachdem wir nach vorsichtigster Annäherung an das flüssige Element, in das wir uns, als enthielte es Nitroglyzerin, zeitlupenlangsam rücklings hineinschweben ließen, eine komfortable Liegeposition gefunden hatten, konnten wir, da wir den Kopf mit einer ungewöhnlichen Anstrengung über der Wasseroberfläche halten mußten, sanft kreiselnd und umeinander treibend täglich beobachten, wie eine Herde Ziegen, zwischen zwanzig und dreißig Tiere stark, gleich neben unserem drahtgesicherten Ressort, auf einem von Disteln, Moos und Steinen grüngesprenkelten Wüstenareal ins Wasser gezwungen wurde; um sie, ja was? zunächst zu reinigen und dann zu heilen und zu imprägnieren?
Nach Auskunft unserer mit Handtüchern am Meeressaum wartenden Badewärter tötet das Wasser Parasiten im Tierfell, wirkt antibakteriell, reinigt kleine

Wunden und schützt so eine Weile vor Qualen aller Art. Das weiß eine in den Tag hineinlebende Wüstenziege natürlich nicht und erwartet offensichtlich das Allerschlimmste. Sie will partout nicht hinein ins Nasse, aber sie muß! So daß es rund zwei Stunden dauert, bis die kleine Gruppe von Hirten jede einzelne der großen Ziegen erst ziehend, dann reißend und stoßend, meist ihre Vorderbeine zur Seite tretend, sie an Kopf und Hörnern packend und zugleich von hinten drückend hinein in die ätzende Brühe bugsiert hat. Unter lautestem Geschrei der Hirten zudem, das wie ein vorzeitlicher Kanon klang und selbst die härteste Ziege zum Zittern hätte bringen müssen, wenn sie denn ein menschliches Gehör gehabt hätte. Die panischen Tiere schafften es jedoch, noch lauter zu schreien und zu blöken und mit ihrem Hochfrequenzmeckern, Jaulen und Röhren wie durstige Rinder die Luft erzittern zu lassen. Mit ihrem Bocken, Strampeln, plötzlichem Aufspringen und wieder Zurückdrängen brachten sie die ganze Landschaft zum Vibrieren, was noch gesteigert wurde durch schrille, nahezu menschliche Klagelaute bei den allfälligen Schlägen mit der Gerte auf die Kruppe – sie bekamen regelrecht und lustvoll von ihren Herren eins übergebrannt –, was uns als stumme Zeugen schmerzte und innerlich schwer bewegte. Dies um so mehr, als wir uns keinen einzigen Zentimeter unbedacht bewegen durften. Wir und die Hirten – sozialpsychologisch getrennt durch Tausende Jahre, Aktion und Leiden, lustvolle Arbeit und passiven Schmerz. Doch die Ohren können sich bekanntlich nicht selbsttätig verschließen, alles Gehörte geht ungefiltert ins Gemüt ein, fast jeden Tag ging das so mit den gehörnten Nachbarn und ihren Hütern, zwei heiße Stunden lang, zwanzig, dreißig Ziegen hintereinander, von denen jede, war sie erst mal im seichten Wasser zum Stehen gekommen, wie zur Salzsäule erstarrte, ohne eigenen Willen, sich bis hin zum gelegentlichen Wegsacken ihrem Schicksal ergab, so daß ihr Hirte, dessen Stimme sie gewiß als Teil ihrer selbst vernahm und die nun eher murmelnd oder betend klang, sie nun ein übers andere mal vorsichtig mit Wasser übergoß und mit Bedacht abrieb. Ein schönes Paar! Und schon tobte das nächste hybride Pärchen von der steinigen Uferzone hinein ins erneut belebte tote Meer.

Indessen trieben hinter zwei Reihen eng ins Seil geflochtener Bojen wir konsternierten Kurgäste bewegungslos und stumm um das infernalische Getöse herum. Das ganz andere zweifellos. Aus der Tiefe von Zeit und Raum. Ohne die Ziegenwaschanlage neben unserem Sanatorium, so dämmerte es mir in den Wochen danach, hätte mir die quietistische Sonnen- und Salzkur nicht wirklich geholfen.

Der Ort war geologisch und therapeutisch und, ja, auch politisch, also im wesentlichen profan bedeutsam. Und doch hallte ein rätselhafter biblischer Satz aus dem Buch Daniel durch die ganze Szene. Eine unfaßbare Ziege wird dort in einer

Vision aufgerufen: »Der zottige Ziegenbock aber ist der König von Griechenland; und das große Horn zwischen seinen beiden Augen, das ist der erste König.« So rätselhaft klingt Vers 21 im 8. Kapitel. Der »zottige Ziegenbock« meint prophetisch (in Unkenntnis der genauen Entstehungszeit hat man es als Vorhersage verstanden) den mazedonischen Welteroberer Alexander den Großen und sein riesiges Reich. Vers 22 setzt dann fort: »Und daß es zerbrach und vier an seiner Statt aufkamen: vier Königreiche werden aus dieser Nation aufstehen, aber nicht mit seiner Macht.«

Die genannten »vier Königreiche« zielen, mit einer unwahrscheinlichen Präzision, auf Alexanders vier Nachfolger, darunter die Seleukiden, deren Herrschaftsbereich auch Judäa umfaßte, Feinde eines freien Israels.

Nun hat wiederum der jüdische Historiker Flavius Josephus in seinen »Jüdischen Altertümern« (Ant. Jud. X, 337) berichtet, man muß wohl sagen, gemutmaßt (es ist auch allzu schön und rund), daß eines Tages der Große Alexander tatsächlich jene Stelle im Buch Daniel gelesen und sich selbst als Erfüllung der jüdischen Prophetie erkannte habe; göttlich vorhergesagt, in einem schwindelerregenden Loop von Geschichte und Geschichtsschreibung: er, Alexander, der Herrscher der Welt, der Zottige Ziegenbock, dessen aufgeschriebene Geschichte dem tatsächlichen Ereignis vorangeht.

Tierwerden

Dies begab sich nun lange nach meinem Ziegenfellerwerb in Jericho. Nach meiner Rückkehr mit dem naturechten Prunkmantel aus dem Heiligen Land nach Düsseldorf gab es ebendort eine große studentische Demonstration. Ich ging nie auf derlei Veranstaltungen, meine Abneigung gegen Kollektive, spontane und emotionalisierte zumal, war schon damals groß. Zudem ging es gegen das neue Hochschulrahmengesetz, und das interessierte mich als Student der griechischen Philosophie (»Vom Mythos zum Logos«) und Hölderlinscher Odenkunst noch weniger als gar nicht. Und eben dieses mir eher unsympathische, mit Trommeln und Megaphonen aufgeblasene Nicht-Ereignis nutzte ich für die Ehrenrettung meines eingeschleppten orientalischen Ziegen-Ichs. Ich lief mit dem Ziegenmantel mit. Von der Uni bis zum Düsseldorfer Landtag an der Rheinkniebrücke. Zuerst ganz hinten, mit einigen politisch witzelnden Kommilitonen, dann wurde ich nach vorne gereicht, der Bock, noch einen Block und noch einen Block weiter. Ich mußte am Rand gehen, wegen der vielen Photographen, die mich als unidentifiziertes Fellobjekt identifiziert hatten – meine eigenen Haare in dieser Zeit fielen bis weit über die Schultern, und der Bart war, kein Kinnbart zwar, kein spitzer, das nicht, aber doch ein kräftigen Schnäuzer und … Ach Gott,

wie konnte ich das nur bis jetzt, bis in diese Schreibsekunde hinein vergessen: Ich hatte eine Ziegenmütze, einen weißen Vollhaarziegenhut auf dem Kopf, eine Art Muff in der Senkrechten, den ich zu meinem Ziegenmantel auf dem Markt in Jericho geschenkt bekommen hatte und nun auf dem Schädel trug (er könnte Hörner verbergen).
Jetzt sehe ich die Bilder wieder, die Fotos, die von mir auf dieser Hochschulrahmengesetzdemo geschossen wurden, mit Mantel, Bart und Mütze, ganz vorne im mehrtausendköpfigen Zug, auf den Uni-Aushängen, auf Schwarzen Brettern, in Stadt- und Tageszeitungen. Die »Westdeutsche« war es wohl, die mich ziemlich groß auf die Titelseite (des Lokalteils) gebracht hatte, gleich neben dem Studentenführer (dem AStA-Vorsitzenden), dem Verbindungen zu Unterstützergruppen der RAF nachgesagt wurden (wie jedem, der in dieser Zeit in linksstudentischen Kreisen etwas auf sich hielt). Dieser Typ da in dem Fellmantel mit der Fellmütze – hatte Edgar Broughton nicht solch einen Mantel getragen, einen bärenbraunen Fellmantel? Und der Kojotenpartner Joseph Beuys? So einer hatte sich ins westdeutsche Polittheater verirrt. Der Ziegenmann jedenfalls dominierte die Demonstration, er war die Demonstration, er war, was bleibt, sagten die Bewunderer, doch für den Ziegenfellträger war es keine Sache von Dauer.
Nur dieses eine Mal hatte er das Tierfell getragen, nur einmal hatte ich mich unter Tiere verirrt, in die Zone des großen Pan, obwohl mir das *Tierwerden* nach der Lektüre der einen oder anderen Schrift von Deleuze und Guattari durchaus unheimlich nah gekommen war, der Gattungszwitter als utopisches Bild. Es war nicht nachhaltig, scheiterte schon an meiner Unfähigkeit zu meckern. Und grundsätzlicher am Wandel des Zeitgeists. Mir wurde die Ziegenepisode, die so gut zu einem hippiehaften Weltverständnis paßte, mit den kälteren Zeiten der Postpunkkultur offenbar so peinlich, daß ich sie vergaß, die konstatierte Verdrängung eben: So will man nicht gewesen sein! So schafsköpfig, pfauenhaft und lammfromm. (Warum eigentlich nicht? Weil die Tiermoden wechseln? Mit David Cronenberg Fliege werden? Mit Kafka dozierender Affe? Batman? Catwoman, Wolverine, der Wolfsmann? Kater Murr und Kater Carlo? Kungfu Panda und die Biene Maja? Balu, der Bär und Richard Löwenherz? Melusine, Undine, Arielle? Sirenen und Erinnyen, die Vogelfrauen mit den scharfen Krallen? Beredte Raben auf dem Rücken von fliegenden Frauen? Das Tier mit den zwei Rücken? Zentauren, Zenpriester, Minotaurus? Zeus als Stier, wie er Europa von Phönizien in die Ägäis trägt?) Der Bär, der Stier, das Schaf, die Ziege – welch eine peinliche mythohistorische Mitgift des Menschen, das Tier in uns und auf uns und unter uns, als Trieb und Fell, Federkleid und Begierde. Bevor man den Druck in den Lenden spürt, rasiert man sich rasch alle Fellreste von Leib und Seele. Rasur als körperlicher Ausdruck einer spirituellen Reinigung. Maria Magdalena – der

weiße Leib von Haaren eingehüllt. Bedecken der Blöße nach dem Verlust der Unschuld. Schamhaare. Doch der Sünderin, verhüllt in lockigem Haar, kann geholfen werden, zumal in der Rasur-Moderne: mit Epilation und Depilation, Brasilian waxing und Lasern in der hairfree lounge. Tierresteentsorgung. Körper überwinden. Engel werden, Heilige. Aufsteigen in den Himmel. Denken statt kämmen.

Man schreibt von ferngerückten Zeiten und liest die aktuelle Zeitung. Warum nur kommentiert, konterkariert oder verstärkt die Gegenwart auf hinterlistige Weise andauernd die Vergangenheit. Ich schlage die New York Times vom 12. November 2023 auf und stoße mit dem ersten Blick auf die Schlangenfrau, sehe verführerisch kalte, elegante Zeichnungen auf handtuchbreiten hellen Lederhäuten und werde dann in die Bilder hineingesogen, in die feinen, symmetrisch wirkenden, wie hingetuschten graphischen Strukturen auf zwei kostbaren, wie Stolen stolz getragenen Pythonhäuten. Sie gleiten von den schmalen Schultern der Schlangenjägerin bis zum Boden. Auf einem weiteren Foto hält sie eine lebende Schlange fest unter dem Kopf gepackt, eineinhalb Meter tiefer knotet sich der Schlangenschwanz um ihre linke Wade. Es handelt sich um die Burmesische Python, eine invasive Art, die sich in den Everglades Floridas rasend vermehrt und heimische Kleintiere verzehrt. Ihre Häute werden gut bezahlt, man trägt sie als Leggings, Handschuhe, Gürtel. Besonders: Apple Watch bands. Man kann die Schlangen auch lebend tragen, für Fotos und kurze Filme, auch Kleingruppen lassen sich willig von den großen, geschmeidigen, smarten Körpern umfassen. Stolz berichtet die schlangenjagende Hybridkünstlerin aus den Sümpfen Floridas: »Eine Familie ging lieber mit mir auf Jagd statt nach Disney World.«

Wendeziegen

Bevor die kleine Metamorphose in den großen Wandlungen des Lebens verschwand, kam mir »Der Ziegenmann« tatsächlich noch einmal entgegen, Jahrzehnte später, in einem Buch der sogenannten Wendeliteratur, in Lutz Seilers Roman »Stern 111«. Gut vorbereitet durch die Figur des »Kruso« in Seilers gleichnamigem ersten Roman betritt der Ziegenmann in »Stern 111« um 1990 gleich sechshufig die Abrißkneipen und Szenekeller am Fuße des Prenzlauer Bergs (zwischen Torstraße und Oranienburger, wo man inzwischen den Kunstchaosort Tacheles in ein Wohn- und Einkaufswohlfühlparadies verwandelt hat). Der Ziegenmann gerät hinein ins frühe Anarchistenglück, wo mit dem Vorschlaghammer neue Raumfluchten definiert und Menschenpaarungen arrangiert werden. Cool, genauer ost-cool, getrennt in zwei Gestalten, in die Ziege und ihren

Hirten Hoffi, tritt der Herr der Outlaws, der Ostberliner Hausbesetzer auf: der Ziegenmann. Er hält den Roman zusammen wie ein Hirte.

»Carl fuhr herum und erblickte das Tier. Sein Schädel über ihm, sehr nah und fragend. Es sah ihm direkt in die Augen, nicht aggressiv, nur wie erstaunt: das weißborstige Haar, die außerirdische Pupille – ohne Zweifel eine Ziege.

›Auferstanden aus Ruinen …‹

Hoffi, der Hirte – er riß das Bettzeug vom Fenster und öffnete es. Gute kalte Luft strömte herein, eine Straßenbahn fuhr vorüber, Schritte, die Geräusche der Stadt.

›Komm, Dodo!‹ Mit einem Arm schob er die Ziege beiseite und überreichte Carl ein frisch gefülltes Glas. ›Ziegenmilch, mein Freund! Damit heilen wir alles. Die Röteln, Durchfall, Depressionen.‹«

Als hätte sich der Ziegenmann in einer weltpolitischen Wendung als amerikanischer Büffelmann reinkarniert, kam er mir einige Jahre später noch einmal entgegen, aus allen Medien dieser Welt, vornean und obenauf, als theatralischer Anführer eines hysterisierten Mobs beim Angriff auf das amerikanische Parlament, dem Sturm auf das Kapitol am 6. Januar 2021. Mit seiner Fellmütze und den großen Hörnern, dem tätowierten Körper, der die Grenzen von Haut, Kleidung und Fell verwischt, wurde er auf der Stelle ikonisch. Nicht als Jacob Anthony Angeli Chansley, wie sein bürgerlicher Name lautet, sondern als »Der Büffelmann« oder »Bison man«. Nicht einmal die schlechte Sache, der er diente, konnte verhindern, daß sich sein Bild in das visuelle Gedächtnis der Welt einbrannte. Es sind nicht Exzentrik und Theatralik allein, die diese magische Wirkung erzeugen, es ist eine Anknüpfung an schamanistische, naturgöttliche Praktiken spürbar, eine mythische Spur, die sich durch die Geschichte hindurch gezogen und variiert hat, bis in die scheinbar profansten Verhältnisse hinein. *Pan* amerikanisch jetzt, PANAM, *Pan* international.

In ihren performativen Dimensionen wandeln sich die Bilder und rücken in immer neue Zusammenhänge ein. Im christlichen Mittelalter wurde die tierische Ikonographie des Pan für die Darstellung des Teufels übernommen. Die in der Antike Lust und Wildheit versprechenden Attribute der Bocksfüße und der Kopfhörner, Zeichen des dionysischen Rausches und der Überschreitung (Transzendenz nach unten), wurden uminterpretiert in Zeichen sündiger Wollust, die in die Verdammnis führen, in die Hölle, zum Leib-haftigen, der einen lüsternen Leib besitzt und nicht im Geiste lebt.

Doch Pan diffundiert in unterschiedliche Sphären. Als einsamer Hirte geht er auch in die christliche Figur Johannes des Täufers über. Dieser streift seine tierische Mitgift ab im Zeichen des Heiligen Geistes, der über der Taufszene am Jordan schwebt, wie einst bei Moses der Geist in der Höhe, transparent und

»schwebend über den Wassern«, wie es in der biblischen Schöpfungsgeschichte (1. Moses 1) heißt. Ikonographisch als Taube gefaßt, als geflügelter Supervisor des Taufakts.
In der Taube berührt die Ziegenwelt als Unterwelt ihr Gegenstück, die engeldurchwirkte Sphäre zwischen Gott und den Menschen, berührt eine von geflügelten Wesen oder modernen Datenströmen vibrierende Sphäre, die sich von den »Träumen eines Geistersehers« bis zur Künstlichen Intelligenz erstreckt. Diese geruchlose angelische Welt von Flügeln, Flaum und Federn wird uns als das andere zum bocksbeinig müffelnden Hybrid von der Ziege und ihrem Hirten nie verlorengehen. »When Monsters Roar and Angels Sing.«

Ziegenwende

Doch zunächst weiter in kleinen Schritten vom Hirtengott zum biblischen Erlösergott und seinem Wegbereiter Johannes dem Täufer. Solch quasi-mythischer Bild-Transfer läßt sich auch nüchternen Sinnes beobachten, doch nie ohne einen größeren Anteil exegetischen Muts und Willens, um das Wort Mutwillen zu vermeiden. Einmal in einer Ausweichbewegung auf der Frankfurter Buchmesse begriffen, fand ich mich in den fast besucherfreien grandiosen Gefilden der Galerie Alter Meister im Frankfurter Städel Museum wieder. Erschöpft auf eine Lederbank hingegossen ließ ich meinen Blick auf eine Bildtafel Rogier van der Weydens mit der Taufe Jesu durch den Propheten Johannes ruhen, der Täufer mit wildem Kopfhaar zwar, aber doch ein eher ruhiges Bild an den Wassern des Jordan. Und es zog eine ganze Reihe von weiteren Gemälden auf, an den Wänden, im Gedächtnis, die dem wohl bedeutendsten aller männlichen Heiligen gelten, den nicht wenige mit Jesus selbst identifizieren wollen, was schwer einzufügen ist in die Heilsgeschichte, weil der Heiland hier selbst Heiligung empfängt. Dieser Hirte Johannes mit einem hölzernen Stab oder Stecken, abgerissener Kleidung, Fellüberwurf und immer wieder mit einem Paarhufer, einem Schaf oder häufiger noch dem Lamm an seiner Seite, dem Lamm Gottes eben, so die Linie in die Transzendenz, die auch sein ausgestreckter Finger aufweist, Jesus meinend als Ziel und Erfüllung. Oder, wie bei Leonardo da Vinci, ganz nach oben gestreckt zum Kreuz am Stab und zu Gott in der Höhe, im Himmel.
All diese Bildtafeln feiern auch das Ende der Verführung, der Ver-Lockung, der wilden Mähne, der Barbarei des Körperauswuchses, der Klauen, Haare, Zähne, wie sie den wilden Mann markieren. Johannes der Täufer. Eine der wichtigsten Etappen wohl auf dem Weg des lustvollen Gottes Pan in eine Figur der christlichen und anderer Nachtgebete. Nicht zu vergessen Salome, die eine grandiose Schlußwendung dieser Geschichte tanzt, die lockende und höhnende grausame

Göttin Salome, die ihn genießen wollte: Johannes, noch im gewaltsamen Tod Diener der Lust, die er zu spenden und anzuregen berufen war.
Museumsufer, Städel, Alte Meister. Man kann unfaßbar lange allein bleiben mit den Herrlichkeiten aller Zeiten. Ein großformatiges Frühwerk Rembrandts ist »Die Blendung Simsons«, die zeigt, wie der männliche Gewaltmensch von einer Frau, Delila, seiner ganzen Macht beraubt wird, indem sie seine wilden Locken abschneidet und triumphal über dem Kopf schwingt, ein lüstern neugieriger Blick zurück auf das Opfer ihres Attentats, das verzweifelt auf dem Boden sich windende Ungetüm, das dabei ist zu vertieren. Delilas Philisterschergen blenden derweil den so zugerichteten, entmannt darniederliegenden Simson, sie stechen ihm mit einem Dolch die Augen aus, das heißt mit Sigmund Freud: kastrieren ihn, berauben ihn der Kraft und Männlichkeit. Nicht die Ferse ist es, nicht die Schulter, es ist die Locke, das Tier am Mann, die Naturkraft, die seine schwache Stelle markiert. Die Stärke ist seine Schwäche. Simson vergeht vor den schadenfroh-lustvollen Blicken der starken Frau. Kein Gegenblick ist mehr möglich. Er geht ein in den Orkus der sexualisierten Gewalt. Nicht ohne mit Gottes Billigung das Haus und das Volk der Philister in einem gewaltigen Racheakt zu zerstören.

Pan, der Sohn des Zeus und der Nymphe Hybris, mußte untergehen, damit Johannes der Täufer erstehen konnte. Bekleidet mit einem Hauch von Nerz (bei Leonardo), doch meist mit einem Fellrest seiner tierischen Verwandtschaft, verweist er auf den, der kommen wird in einem menschlichen Körper, um diesen auch bald wieder zu verlassen und in den Himmel aufzusteigen. Inhalte überwinden. Erlösung von der Erdenschwere. Ende der Besuchszeit.

Ziege und Lamm (und Löwe)

Als ich das Städel verlassen mußte, um achtzehn Uhr mit anderen Schafen aus den Weidegebieten der Kunst in den kühlen Frankfurter Abend hinausgetrieben, kam ich zufällig vor einer großen Außenskulptur von Markus Lüpertz zu stehen. Ein grobschlächtiger Bronzekerl mit irren Augen trägt ein Fellwesen auf den breiten Schultern, bei der Annäherung treten auch die Hörner auf dem Tierschädel deutlich vor, eine Ziege, schau!, und ein Schild versteckt im Gras weist die Figur als »Der Hirte« aus. So ist es nur ein Schritt vom Ziegenhirten zum Hüter des Lamms, vom Vorplatz des Kunsthauses in sein Innerstes. Der große Pan, immer schon angegriffen von den feineren Künsten des Apoll und der Orphiker, als göttlicher zwar, doch triebgesteuerter, also etwas tumber Naturbursche, Flöte blasend statt vornehm Saiten zupfend, dieser Pan hat sich beim Schritt hinein in

die heiligen Hallen – der Kirche erst, dann der Kunst – in die Gestalt Johannes des Täufers transformiert. Aus Begierde wird Demut, aus dem nach unten zur Erde weisenden, chtonischen Weltbezug wird die nach oben zum Himmel, zum Erlöser zeigende religiöse Geste. Aus dem Hirtenstab wird der Kreuzstab, aus dem archaischen Huftier mit den teuflischen Augen das reine, weiß leuchtende Lamm, in seiner paradiesischen Unschuld symbolische Verkörperung Jesu.
Das *Lamm Gottes* zentriert bildräumlich und ikonographisch eines der bedeutendsten Werke der spätmittelalterlichen oder frühneuzeitlichen Kunst, den »Genter Altar« der Brüder van Eyck. In ihrem breit ausladenden Wandelaltar »Die Anbetung des Heiligen Lamms« ruht dieses im Mittelpunkt des Universums, das Innerste der Schöpfung der Malerbrüder Jan und Hubert. Ein Bildwerk, viele Jahre in einer eher engen Kapelle der Genter Kathedrale St.-Bavo aufgebaut, die keine rechte Übersicht gewährte und den Betrachter zu immer neuen Nahsichten zwang. Das Ganze mußte er ergänzen, von jedem Punkt aus, wie wir alle immerzu das Ganze von eingeschränktem Blickpunkt aus ergänzen müssen. Doch hier vom sanften Zwang der Kunst *animiert*, in der Mitte das Lamm. Es ist die Seele der Welt.
Heute sind die Welt und das Lamm nach langer Restauration in ihrem feinmalerischen Ur- und Idealzustand zu sehen, am Scheitelpunkt des Chorumgangs von St.-Bavo, eigentlich der perfekte Ort, nun aber in eine kompakte dicke Panzerglaskonstruktion eingesperrt. Das große metaphysische Kino, das der Wandelaltar eben auch ist, größer als das Leben, unüberschaubar, wird hier wiederum zum bloßen Bildwerk degradiert, gewissermaßen historisch abgeschlossen.
Zugegeben, man kann es einem nicht recht machen: das Schicksal jeder Präsentation religiöser Kunst. Das nahe Kölner Schnütgen Museum für mittelalterliche Kunst, das relativ wenige Exponate im Innenraum der romanischen Basilika St. Cäcilien präsentiert, hat einen passablen Weg zwischen Dokumentation und Wirksamkeit der Kunstwerke gefunden. Und wenn wir schon in Köln sind, muß ich doch kurz von einer unverhofften Begegnung mit einem außerordentlichen Lamm berichten. In einer Ausstellung über Bergkristalle war in diesem Frühjahr im Schnütgen Museum ein Lamm zu sehen, das märchenhafter, nein, paradiesischer Weise zuvor ein Löwe gewesen war. Kein Gender-, sondern ein zoologischer Gattungswechsel hatte stattgefunden. Es handelt sich um einen Kokosnußpokal, bekrönt mit einem sogenannten fatimidischen Bergkristall, der ein liegendes Tier mit nach hinten gedrehtem Kopf darstellt, ein kleines Lebewesen, vor sich eine in Wellen wehende große Fahne aus Gold. Schon dieser Gegensatz in der Größenordnung zeigt den innersten Widerspruch des Christentums, die Religion der Armen und Beladenen zu sein und zugleich die der ewig Siegreichen (in hoc signo). Der Löwe im Lamm übrigens stammt widerspruchsfrei von

der mächtigen islamischen Dynastie der Abbasiden und kam wohl schon vor den Kreuzzügen als Geschenk nach Europa. Hier wurde das orientalische Raubtier zum liegenden Lamm umgearbeitet, indem man dem Löwen den Kopf absägte und verkehrt herum wieder aufsetzte, so daß es der Ikonographie des siegreichen Lamm Gottes entsprach, dem Christussymbol also. In einer Bohrung ist zudem eine Blutreliquie sichtbar eingeschlossen. Es soll sich um das Blut Jesu handeln. Das ost-westliche Löwe-Lamm-Reliquiar gilt als das älteste erhaltene seiner (Kokosnuß-)Art und schmückt normalerweise die Domkammer der Kathedralkirche St. Paulus in Münster. Ein Blutreliquiar im orientalisch-karibischen Ambiente.

Zwei Liebende auf Lesbos

Wir sind vorhin bei der religiösen Übernahme des Pan- und Hirtenmotivs in den symbolischen Bestand des Christentums abgebogen und bleiben nun einen Moment bei der profanen Übernahme der einschlägigen Hirtenmotive in eine pastorale erotische Tradition, die die gesamte Literaturgeschichte prägt und die Bukolik und Schäferdichtung inspiriert, mit entsprechender bildkünstlerischer, also plastischer und malerischer Begleitung, mit einem Höhepunkt in Barock und Rokoko.

In ihrem Mittelpunkt steht der vielbewunderte (auch von Goethe), der weitererzählte und variierte und in Bildwerken fixierte (selbst noch von Rodin) spätantike Roman »Daphnis und Chloe« von Longos. Hier geht das wilde, lustgetriebene, von Dionysos bis Pan bestimmte Naturphänomen über in eine sanfte Liebesgeschichte zweier Waisenkinder auf der griechischen Insel Lesbos, die sich im Blick des jeweils anderen (und des anderen des anderen, also des Nebenbuhlers) aus sich herausgehoben fühlen und sich und die Liebe so erst erkennen.

Ich will nur drei Besonderheiten dieses äußerst wirkmächtigen Romans erwähnen, die uns an genau dieser Erzählstelle faszinieren. Er paßt perfekt in ein Kapitel »Ziege und Lamm«, weil beide Waisenkinder, die in Liebe zueinander entbrennen, jeweils in einer anderen Höhle von Tieren genährt und aufgezogen wurden: Daphnis von einer Ziege und Chloe von einem Schaf.

Die aparte Erzählsituation des Longos-Romans wirkt geradezu wie ein postmodernes Arrangement. Auf der Insel Lesbos entdeckt »ein Jäger in einem Nymphenhain das schönste Schaustück«, das er je gesehen: »ein Gemälde, das die Geschichte einer Liebe darstellte. Schön war freilich auch der Hain, baumreich, voller Blumen und wohlbewässert; eine Quelle tränkte alles, Blumen wie Bäume. Doch anziehender war das Bild, das mit erlesener Kunst gemalt war und Freud und Leid einer Liebe darstellte.« Die Schönheit der Künstlichkeit, der

Artificialia, übertrumpft die der Natur, der *Naturalia*. Das weckt den Künstler im Jäger, der seinerseits die Künstlichkeit der Malerei zu übertrumpfen gedenkt und dabei durchaus sportlich gesinnt ist: »Da ich noch viele andere Dinge, die sich alle um die Liebe drehten, sah und bewunderte, faßte mich ein heftiges Verlangen, die Darstellung des Malers wetteifernd in Worten wiederzugeben.« Nun eine wundersame, etwas aus der Mode gekommene Arbeitsteilung (Thomas Mann griff bei Gelegenheit darauf zurück): Der Erzähler sucht sich zuvörderst »einen Erklärer des Gemäldes«. Die Exegese der künstlichen Welt, der Welt der Kunst, geht also dem nachahmenden Erzählen dieser Welt voraus. Nun erst kann der Erzähler die vier Bücher mit Szenen einer großen Liebe ausarbeiten.

Es ist nicht ohne Witz, daß dieser abendländisch grundlegende Roman über die aus der Innigkeit der Naturbezüge geborene Liebe in einen erzähllogisch so anspruchsvollen künstlichen Rahmen gestellt ist. Und doch, folgt man Longos' wunderschönen und zugleich einfachen Worten, geht es um die Liebe selbst: »Denn gänzlich ist der Liebe noch niemand entronnen, und keiner wird ihr je ganz entrinnen, solange es Schönheit gibt und Augen sehen.« Und doch wird man im literaturhistorischen Rückblick dasselbe artifizielle Bauprinzip auch in der Liebe erkennen. Denn die Augen werden lesende Augen, einer Grammatik des Sehens unterworfen sein. Einen starken Hinweis eben darauf gibt Longos mit seinem unschuldigen schönen Satz.

Longos ist bekanntlich kein postmoderner Autor, sondern ein Erzählgenie der Spätantike, lange vor dem Prosaroman, wie wir ihn kennen, und er schreibt seinen wendungsreichen Liebesroman ausdrücklich zu Ehren der Götter *Pan* und *Eros* sowie der *Nymphen*.

Tausend Gründe also, den großen Pan zu ehren, was man immer schon wußte, aber seit der Aufklärung nicht recht zu sagen wagte. Nur einige Außenseiter und große einzelne, die das Flötenspiel und die Resonanzen der göttlichen Natur liebten, wie, in der *pan*ischen Moderne am Ende des neunzehnten Jahrhunderts, Friedrich Nietzsche oder Arnold Böcklin.

Ein anderer, in diesem Fall realhistorischer Übertragungsweg, eine physische Translokation nämlich des Heiligen Johannes, führte mich in den Topkapi-Palast in Istanbul, dem ehemaligen Herrschaftssitz der Osmanen, heute ein grandioses kulturhistorisches Museum, in dem auch zwölf Barthaare des Propheten aufbewahrt werden. Diese islamische Reliquie hat ein bedeutendes Gegenstück im selben Gebäude, im Fragment eines christlichen Heiligen. Im Pavillon Emanat-ı mukaddese wird nämlich ein goldenes Armreliquiar ausgestellt, das die Knochen des rechten Unterarms Johannes' des Täufers enthält. Diese Reliquie wurde von Mehmet II. bei der weltverändernden Eroberung Konstantinopels durch die Söhne Allahs im Jahr 1453 erbeutet. Zudem wird ein Stück des Schädels von

Johannes dem Täufer gezeigt. Meist dominiert die Schädelreliquie die Räume, doch hier ist es der Arm, mit dem der Künder des Erlösers das Wasser aus dem Jordan geschöpft und über das Haupt Jesu gehalten hat. Aus der hohlen Hand rann das Wasser der Reinheit und der Rede auf Jesu Haupt, von einem zum anderen.

Die Heilige Tigris aus Frankreich, so heißt es in den Heiligenviten, reiste im 6. Jahrhundert als Pilgerin ins Heilige Land. Von dort brachte sie den Finger von Johannes dem Täufer mit. Wir wissen nicht, ob es der *digitus crucis* gewesen ist.

Am Ende von Lutz Seilers Roman »Stern 111« und am Ende des anarchischen Aufbegehrens gegen die staatliche Ordnung in der geschenkten Zwischenzeit der Wende bringt der Hirte Hoffi seine Ziege Dodo zurück in den Berliner Tiergarten und fügt sie und sich wieder ein in die regelgeleitete Welt der echten Trennungen, der basalen physiologischen und funktionalen Differenzierungen:

»›Die wilden Zeiten sind vorbei, nicht wahr?‹

Im Rückspiegel die Ziege. Sie blickte mich an: unschuldig, vertrauensvoll, und als wisse sie noch weniger als ich, wer das gerade gesagt haben könnte.

›Dodo?‹

Dodo schwieg.

Aus heutiger Sicht ist es ganz gleich, ob Dodo gesprochen hat oder nicht. Entscheidend ist, was ich gehört habe, damals. Und daß in diesem Moment plötzlich sehr viel zusammenkam – ich kann es nur so undeutlich sagen. Dazu Dodos stechender Geruch, der mir die Tränen in die Augen trieb.

›Laß uns gehen.‹«

GÜNTER ERBE

DIE LAVA DER PHANTASIE

Lord Byron nach 200 Jahren wiedergelesen

Byron ist nicht antik und ist nicht romantisch, sondern er ist wie der gegenwärtige Tag selbst (...) Solche Männer und ihresgleichen (...) erleben eine wiederholte Pubertät, während andere Leute nur einmal jung sind.

Goethe zu Eckermann, 5. Juli 1827

Lord Byron (1788–1824) verfügte bis zu seinem frühen Tod über eine erstaunliche schöpferische Energie. Er verdankte sie einer nie versiegenden Kraft der Empfindung. In einem Brief an seine spätere Ehefrau Annabella Milbanke schreibt er: »Das große Ziel des Lebens ist (...) zu spüren, daß wir existieren – wenn auch unter Schmerzen – es ist diese ›sehnsuchtsvolle Leere‹, die uns antreibt zu spielen – zu kämpfen – zu reisen –, zu zügellosen, aber heftig empfundenen Unternehmungen jeder Art, deren hauptsächlicher Reiz die Erregung ist, die sich untrennbar mit ihrer Ausführung verbindet.« Diese oft zitierten Zeilen stellen eine Art Manifest der Romantik dar. Will der romantische Held fühlen, daß er lebt, geschieht dies »in der schrecklichen Exaltiertheit eines kurzen heftigen Tuns« (Camus).
Auf seinen Reisen durch die Länder des Mittelmeerraums und des Vorderen Orients begleitete den jungen Byron das Gefühl, er habe die verschiedensten Erregungszustände schon hinter sich. Am 22. Mai 1811 notiert er in seinem Tagebuch: »Mit dreiundzwanzig ist das Beste im Leben vorbei und seine Bitterkeit verdoppelt (...) Ich habe die Menschheit in verschiedenen Ländern kennengelernt und finde sie überall gleich verachtenswert (...) Mein Herz ist krank.« Äußerungen dieser Art zeugen von Misanthropie, Lebensüberdruß, Langeweile. Robert Burtons »Anatomie der Melancholie« ist ein Lieblingsbuch des Dichters. Es ist jene Melancholie, die für Baudelaire untrennbar mit dem modernen Gefühl des Schönen verbunden ist.
Im März 1812 hatte Byron mit seinem Versepos »Childe Harold's Pilgrimage« einen Sensationserfolg erzielt. Von einem Tag auf den anderen war er berühmt. In der vornehmen Gesellschaft Londons machte er sein Entree als Salonlöwe. Die Frauenwelt lag ihm zu Füßen.
Byron war sich bewußt, daß ihn die englische Society als Dichter niemals so umworben hätte, wäre er nicht auch ein Lord. Der König der Dandys, Beau

Brummell, der die Mode diktierte, wurde auf ihn aufmerksam. Die Dandys liebten die Dichter nicht, doch schätzten sie in Byron den geistreichen Kopf und Mann von Welt. Byron wiederum bewunderte Brummells Unbekümmertheit, seinen Witz und seine völlige Verachtung für den großen Haufen.

Byron wollte ein *man of fashion* sein und stufte – nicht ohne eine gewisse Koketterie – die Dichtkunst und die Dichter auf der Leiter des Intellekts nicht besonders hoch ein. »Mir sind die Talente zur *Tat* – zum Krieg – zur Politik – oder sogar zur Wissenschaft – lieber als alle Spekulationen dieser bloßen Träumer eines anderen Daseins.« Sich von sich selbst zurückzuziehen, seine verfluchte Selbstsucht zu überwinden sei der einzige Beweggrund für sein Schreiben gewesen.

Schon zu Lebzeiten war Byron ein Mythos. Er verstand es, durch sein waghalsiges, jeder Konvention spottendes Leben die Öffentlichkeit weit über England hinaus in seinen Bann zu ziehen. Jedes neue Versepos, jeder neue Gedichtband war ein literarisches Ereignis. Sein Exhibitionismus in Werk und Leben erhitzte die Gemüter und verlangte nach stets neuer Kost. Sein Verleger John Murray lancierte einen Bestseller nach dem anderen. Man glaubte in den Figuren seiner Werke den Autor selbst zu erkennen. Der Historiker Thomas Macaulay schreibt: »Er war der Anfang, die Mitte und das Ende aller seiner Dichtungen, der Held jeder seiner Geschichten, das zentrale Objekt auf jeder Landkarte.«

In England herrschte noch nicht der Puritanismus der viktorianischen Zeit. Im Highlife der Regentschaftszeit des Prinzen von Wales, des späteren Königs Georg IV., waren Ausschweifungen und Frivolitäten nichts Seltenes. Tabus existierten, um durchbrochen zu werden. Da Byron mit seiner provozierenden Exzentrik ständig gegen die guten Sitten verstieß, machte er sich in den Salons zum Tagesgespräch. Seine Werke lieferten dazu die Begleitmusik und bestätigten die Leser in der Auffassung, es handele sich bei ihm um den exemplarischen Fall eines satanischen, verdammten Dichters.

Zunächst verarbeitete Byron die Erlebnisse seiner Grand Tour, später, nachdem er England verlassen hatte, die Eindrücke, die er in der Schweiz und Italien empfing: als großer Liebhaber und Lebemann, als Sympathisant der Carbonari und Förderer des Freiheitskampfs der Griechen gegen das Osmanische Reich. Byron fühlte sich in Italien und im Orient freier, seine unbändigen Leidenschaften und sein Verlangen nach Größe auszuleben.

Seine Ausnahmestellung manifestierte sich in virtuos komponierten Werken von purpurner Pracht, in denen Heldentum, Libertinage, Aufbegehren gegen die Religion und der Kampf gegen die Obrigkeit verherrlicht werden. Der Dichter faszinierte seine Leserschaft in ganz Europa durch seine Weigerung, sich auf ein Mittelmaß zurechtstutzen zu lassen. In der Restaurationsepoche nach dem Sturz Napoleons litt die europäische Jugend an dem prosaisch gewordenen Zeitgeist.

Byron stillte ihr Bedürfnis nach Heroismus, außergewöhnlichen Taten und einem höheren Menschentum.

Der Dichter setzte mit seinem politischen Engagement ein Fanal, das in der nachfolgenden Generation Begeisterung hervorrief. Einige der namhaftesten Dichter, Komponisten und Maler der Zeit sahen in Lord Byron ihren Heros. Kunstausübung und Kontemplation allein reichten ihnen nicht. Hinzu kam der Drang nach einem Leben der Tat, der Einsatz für unterdrückte Volksmassen, für die Ideale der Freiheit und der nationalen Selbstbestimmung.

Es gelang Byron, mit seinen Dramen und Versepen dem Skandalcharakter seines Lebens – Inzest mit seiner Halbschwester Augusta, homosexueller Umgang mit jungen Männern und Bigamie – einen ästhetischen Mehrwert abzugewinnen. Dabei scheute er nicht die Stilmittel der Schauerromantik. Seine männlichen Helden umgibt die Aura des Dämonischen und Abgründigen. Sie ergehen sich im Weltschmerz und sind durchdrungen vom Ennui. Auf ihnen allen lastet ein Fluch. Ihr schillernder, oft satirisch überzeichneter Charakter faszinierte seine Leser. Sie fühlten sich durch die geschilderten Reiseabenteuer für den Mangel an eigenen Erlebnissen entschädigt, die England, durch die Napoleonischen Kriege vom Kontinent weitgehend abgeschnitten, ihnen vorenthielt.

Es war die Schaffung eines Freiheitsraums, die Utopie eines selbstbestimmten Lebens. Byrons zentrale Botschaft lautet: Nil admirari, sich keinem Trend zu verschreiben und sich dem gleichmacherischen Zeitgeist entgegenzustellen.

Byron wuchs in einer Welt der klassischen Bildung und des antiken Heroenkults auf. Sie bildete den Humus für seine geistigen Bestrebungen. Seine Freiheitsliebe und sein Unabhängigkeitsdrang sind ein Produkt der Aufklärung und der Französischen Revolution. Es bedarf einer gründlichen Kenntnis der Geschichte der griechischen und römischen Antike und der Literatur seiner Zeit, um in den vollen Genuß seiner Werke zu gelangen. Aus einem Verzeichnis der gelesenen Bücher des etwa neunzehnjährigen Byron geht hervor, daß sein Wissen beträchtlich war. Am 21. Januar 1808 schreibt er: »In Betreff meiner Belesenheit darf ich wohl ohne Übertreibung behaupten, daß sie im historischen Fache ziemlich ausgebreitet ist, so daß wenig Nationen existieren, oder existiert haben, deren Annalen, von Herodot bis Gibbon, mir nicht bis auf einen gewissen Grad bekannt wären. Von den Klassikern weiß ich so viel, als die meisten, die auf Schulen einen dreizehnjährigen Unterricht genossen haben.«

Byrons vielfältiges Werk wurde nicht nur im 19. Jahrhundert mit Enthusiasmus aufgenommen. Seine Gedichte werden auch heute noch geschätzt. So ist zum Beispiel das 1816 in der Villa Diodati am Genfer See entstandene und von einer apokalyptischen Vision getragene Poem »Finsternis« von beklemmender Aktualität:

Ich hatte einen Traum, der nicht ganz Traum:
Das Licht der Sonne war verlöscht, die Sterne
Im Dunkel durch die ew'gen Räume zogen,
Strahllos und pfadlos, und die kalte Erde
Hing schwarz und blind im mondlos trüben Äther.
Der Morgen kam und ging und kam und brachte
Doch keinen Tag, und in dem öden Graus
Vergaßen ihre Leidenschaft die Menschen,
Und aller Herzen flehten bang um Licht.
Bei Feuern lebten sie, und die Paläste
Gekrönter Könige wie der Armen Hütten
Und aller Wesen Wohnungen verbrannten
Sie jetzt, so daß verzehrt die Städte wurden,
Und um ihr flammend Obdach sammelten
Die Menschen sich, zu blicken sich noch einmal
Ins Angesicht. Beglückt sie, die da wohnten
Im Strahl der Bergesfackeln der Vulkane –
Nichts war mehr in der Welt als banges Hoffen.
Entzündet wurden Haine – Tag um Tag
Hinsinkend schwanden sie, die Kohlentrümmer
Verlöschten prasselnd: da ward alles schwarz;
Der Menschen Mienen schienen nimmer irdisch
Beim grausen Schein der sterbend grellen Flamme.
Die lagen nieder, das Gesicht verhüllend
Und weinten bitter; jene stützten auf
Geballte Hand das Angesicht und lachten
Unheimlich bleich; noch andre liefen hin
Und her und rührten frisch der Flammen Glut
Und sahn verzweifelnd auf zum dunklen Himmel,
Dem Bahrtuch der versunknen Welt; dann warfen
Wild fluchend sie sich nieder in den Staub
Und heulten zähneknirschend; grausig schrien
Die wilden Vögel, und sie flatterten
Entsetzt am Grund und wußten nicht, wohin.
Die wilden Tiere kamen zahm und zitternd,
Und Schlangen wanden sich inmitt der Menge
Und zischten stachellos, und man verschlang
Als Nahrung sie; der kaum gestillte Krieg
Fraß jetzt sich wieder voll – mit Blut erkauft

Ward jedes Mahl, das jeder einsam mürrisch
Verschlang; nur ein Gedanke war die Erde,
Und dieser: Tod – ruhmlos und allzu nah.

(Auszug aus der Übersetzung von Alexander Neidhardt)

Die Lektüre der Versepen und Dramen Byrons dagegen vermag kaum noch etwas von dem Faszinosum begreiflich zu machen, das der Dichter für seine Zeitgenossen darstellte. Sie sind voller schwer entzifferbarer literarischer und zeithistorischer Bezüge und meist nur noch mit Hilfe von Kommentaren verständlich. Wer kennt heute noch Pope, Milton, Alfieri oder Monti? Für Bühnenzwecke sind sie fast ausnahmslos unbrauchbar. Die monumentale Verssatire »Don Juan« ist überfrachtet mit pikaresken Liebesabenteuern des Helden und ausufernden, grotesken Schlachtengemälden, zwar in einem ironischen Ton gestaltet, doch auf einen Stoff fixiert, dessen heroische Seite sich dem heutigen Leser nur schwer erschließt.

Es hat immer wieder Bestrebungen gegeben, die Dramen Byrons auf die Bühne zu bringen. Er selbst hielt wenig von solchen Versuchen. Seine Erfahrungen am Drury-Lane-Theater in London hatten ihm die Grenzen der Theaterarbeit bewußtgemacht. Seine Stücke waren nicht dazu gedacht, aufgeführt zu werden. Byron betrachtete sie als *mental theatre* für den Leser.

Jüngst bemühte sich die Berliner Volksbühne um das Drama »Sardanapal«, die schaurig-schöne Geschichte des letzten Assyrerkönigs, eines verweichlichten Sybariten, dessen Leben als gigantisches Spektakel im freiwilligen Flammentod endete. Das Vertrauen auf die Bühnenwirksamkeit des Stücks hielt sich bei den Verantwortlichen freilich in Grenzen. Byron wurde in Watte verpackt und – gefällig musikalisch umrahmt – dem Zeitgeist angepaßt. Zweifellos kann man in Byron einen Vorläufer der »queeren« Bewegung und einen Liebhaber des *cross-dressing* sehen. Sardanapal bietet durch seine verweiblichte Männlichkeit Anlaß genug, ihn in diesem Sinne zu interpretieren. Doch die Doppelnatur der Figur, deren Größe neben der exaltierten Feier des Ichs das Heroische einschließt, das sich in der Tat erweist, kommt dabei zu kurz.

Auch andere Versuche, Byrons dramatische Gedichte auf die Bühne zu bringen, sind mehr oder weniger gescheitert. Nur in Verbindung mit Kompositionen von Schumann, Berlioz, Liszt und anderen scheinen diese Werke einem der klassischen Bildung verlustig gegangenen Publikum noch zumutbar.

Byron hat nicht nur Gedichte, Dramen und Versepen hinterlassen. Er war auch ein fleißiger Brief- und Tagebuchschreiber. *Dieser* Byron ist tatsächlich eine moderne Erscheinung. Liest man die Texte, ist man von der Lebendigkeit des

Ausdrucks, der Farbigkeit der Schilderungen und der analytischen Schärfe vieler Passagen überrascht. Sie lassen den Menschen Byron jenseits aller Maskeraden und Neigungen zur Selbstmystifizierung in seiner Nacktheit, seinem Pathos und seinem Sprachwitz vor uns erstehen. Es finden sich neben Stellungnahmen zum Zeitgeschehen Notizen über das reiche Innenleben des Autors und Reflexionen über seine Rolle als Schriftsteller. Alles das wird gleichsam im Plauderton vorgetragen. Byron liebt es, als Mann von Welt sein Schreiben als etwas Beiläufiges darzustellen, das ihm mühelos aus der Feder fließt. Bildhaft und lebendig sind auch Byrons Reiseschilderungen. Im September 1816 hielt sich der Dichter in den Schweizer Alpen auf. Über die Landschaft bei Grindelwald schreibt er: »Kamen durch *ganze Wälder von verdorrten Kiefern – alle verdorrt* – die Stämme kahl und ohne Rinde – die Zweige abgestorben – das Werk eines einzigen Winters – ihr Anblick erinnerte mich an mich und meine Familie.« Auch über den Tourismus seiner Zeit beklagt sich der Dichter. Im Frühjahr 1817 notiert er: »Ich wäre gern nach Rom gegangen, da ist aber jetzt alles von Engländern verpestet – einem Schwarm von glotzäugigen Strohköpfen, die alles angaffen und zugleich wohlfeil und auf großem Fuß leben wollen. Man muß nicht recht gescheit sein, wenn man jetzt in Frankreich oder Italien reisen will, ehe dieses Geschmeiß von elenden Wichten wieder nach Haus geschwemmt ist.« Die Rom-Reise Byrons fand wenig später dennoch statt.

Neben Reiseimpressionen und philosophischen Betrachtungen nimmt das Verhältnis zu seinen Geliebten breiten Raum in seinen Tagebüchern ein. Byron gibt vor, gegenüber den menschlichen Angelegenheiten gleichgültig zu sein. Verachtung für viele, aber Haß gegen niemanden sei die Maxime seiner Philosophie.

In Italien führte Byron ein Leben in großem Stil. Nachdem er seinen Wohnsitz Newstead Abbey verkauft hatte, verfügte er über genügend Mittel, um sich jede Laune leisten zu können. Über den Haushalt Byrons in Ravenna berichtet sein Dichterfreund Shelley an seine Frau Mary: »Er besteht außer den Dienern aus zehn Pferden, acht enorm großen Hunden, drei Affen, fünf Katzen, einem Adler, einer Krähe und einem Falken; und alle diese, mit Ausnahme der Pferde, gehen im Haus herum, das von Zeit zu Zeit von ihren nie geschlichteten Streitereien widerhallt, als ob sie die Herren davon wären. (...) Ich habe eben herausgefunden, daß meine Aufzählung der Tiere in diesem Palast der Circe lückenhaft war, und zwar in einem wesentlichen Punkt. Ich bin gerade in dem großen Treppenhaus fünf Pfauen, zwei Perlhühnern und einem ägyptischen Kranich begegnet.«

Trotz gelegentlicher Neuauflagen einzelner Werke ist das Œuvre Byrons heute vor allem ein Gegenstand der akademischen Forschung. Anders steht es mit der Vita des Dichters. In regelmäßigen Abständen erscheint eine neue Biographie.

Obwohl eigentlich alles gesagt ist, stellt Byron – insbesondere für die feministische Literaturwissenschaft – nach wie vor eine Herausforderung dar. Wie kaum ein Protagonist der Romantik ragt er durch sein Leben in unsere Zeit hinein. Er verkörpert jenen schrankenlosen Hedonismus, jene radikale Libertinage, in der ihn einzig ein Marquis de Sade – die »graue Eminenz der Romantik« (Mario Praz) – übertraf.

Was Byron durch seine Abweichung von der heterosexuellen Norm auf seinem Geschlechterkonto gutgeschrieben wird, wird ihm freilich durch sein misogynes Verhalten wieder abgezogen. Für seine Frau war die Ehe eine Abfolge von Demütigungen und Erniedrigungen. Byron liebte es, sich als Monstrum zu inszenieren, spielte Annabella und seine Halbschwester Augusta gegeneinander aus und gebärdete sich wie ein Wahnsinniger, der zu jeder Grobheit oder Tätlichkeit fähig schien.

Byron hatte Sades Roman »Justine« gelesen und drohte, im Umgang mit den beiden Frauen dessen Ideen in die Tat umzusetzen. Er entschuldigte sein Verhalten mit seiner angeborenen Wildheit, Unbeherrschtheit und Zerstörungslust. Die Mißhandlungen der Frauen schrieb er seinem dämonischen Charakter zu.

Als Byron England verließ, bildete er sich ein, er habe für sein aristokratisches Rebellentum und seine moralischen Verfehlungen einen hohen Preis gezahlt. Seine Leser litten mit ihm. Byron schlug aus seiner Rücksichtslosigkeit im Umgang mit Frauen literarisches Kapital. Er romantisierte und entschärfte dieses Kapitel seines Lebens in der Gestalt luziferischer Helden, die jenseits von Gut und Böse agierten. Das garantierte seinen Erfolg, nicht nur bei den männlichen Lesern, die sich in den Übermenschen hineinphantasieren konnten. Auch Leserinnen kamen auf ihre Kosten, konnten sie doch masochistische Phantasien befriedigen.

Während Byron in seiner Zeit als romantischer Held wahrgenommen wurde, dessen Zügellosigkeit, Leidenschaftlichkeit und Egozentrik Furore machten, kam sein Geistesverwandter Sade über die Rolle des Wüstlings und gefährlichen Gesetzesbrechers nicht hinaus. Daß Sades Amoralismus in Leben und Werk weitaus radikaler war als der eines Byron, fand erst im 20. Jahrhundert gebührende Beachtung.

Außer Frage steht: Byron verstand es, aus sich eine Berühmtheit zu machen. Er ist der Ahnherr der *celebrities* und bediente souverän wie kein zweiter die Erwartungen der Öffentlichkeit. Einen Widerhall fand er in der Popkultur des späten 20. Jahrhunderts. Popstars wie Elvis Presley und David Bowie (im Video »Jazzin' For Blue Jean« von 1984 parodiert Bowie den Dichter) erkannten in ihm einen Vorläufer. Sie identifizierten sich nicht nur mit dem Herold des gesellschaftlichen Protests, sondern auch mit dem Genie der Selbstvermarktung. Im Unterschied zu den Virtuosen des Self-Fashioning bleibt Byron freilich eine melancholische Figur. Die permanente Selbstdarstellung, so unverzichtbar sie für ihn auch sein mochte – am Ende langweilte und ermüdete sie ihn.

Byron war keineswegs nur ein Mensch der Leidenschaften und der Tat. Eine Tagebuchnotiz vom 10. April 1814 zeigt eine andere Seite des Dichters: »Ich weiß nicht, ob ich am glücklichsten bin, wenn ich allein bin; aber dessen bin ich sicher, daß ich nie lange in Gesellschaft bin, nicht einmal in *ihrer* [gemeint ist die Halbschwester Augusta], die ich liebe (Gott weiß es nur zu gut und der Teufel vermutlich auch), ohne mich nach der Gesellschaft meiner Lampe und meiner äußerst unordentlichen und unaufgeräumten Bibliothek zu sehnen. Sogar tagsüber schicke ich meine Kutsche häufiger weg, als ich sie brauche oder mißbrauche.«

Durch sein aufreibendes Leben fühlte sich Byron schon mit Anfang dreißig am Ende seiner Kräfte. Die Liebschaft mit Gräfin Guiccioli verschaffte ihm neuen Auftrieb, doch gab er sich keinen Illusionen hin. »Ich bin ihr aufrichtig zugetan, aber die Wahrheit ist, meine Gewohnheiten sind nicht die zum Glück einer Frau erforderlichen: Was Gefühle betrifft, bin ich verbraucht (…) Ich liebe die Einsamkeit, die für mich eine unbedingte Notwendigkeit geworden ist; schließe mich gern auf Stunden ein, und im Zusammensein mit dem Menschen, den ich gern habe, bin ich oft zerstreut und düster. Meiner Überzeugung nach steckt etwas im poetischen Temperament, das Glück ausschließt.«

Ein besonderes Kapitel im Leben Byrons ist der Umgang mit seinem Körper, den er durch Leibesübungen, Boxen und Schwimmen zu stählen suchte. Sicher nahm er solche Strapazen auch auf sich, um seiner Neigung zur Fettleibigkeit etwas entgegenzusetzen. Sein Faible für das Boxen ist jedoch mehr als ein Kompensationsversuch für körperliche Gebrechen – Byron lahmte wie sein großer Zeitgenosse Talleyrand beim Gehen. Er hielt sich in Form, um den Herausforderungen seines Lebens zu begegnen. Byron verstand sein Leben als Kampfkunst. Jedes neue Werk war entweder eine gezielte Attacke oder ein demonstrativer Akt der Selbstverteidigung. Sein Blut mußte wie Lava kochen, damit er es in seinen Adern überhaupt schlagen hörte. Er war kein reiner Kopfmensch und begriff, daß nur die tägliche Kampfübung ihm den Kopf für seine geistigen Bestrebungen als Dichter freihielt.

»*Per esempio* – habe ich mich in diesen letzten vier Tagen nicht aus den Gemächern gerührt: aber ich habe, um mir Bewegung zu verschaffen (bei offenem Fenster) mit Jackson täglich eine Stunde geboxt, um abzumagern und den ätherischen Teil von mir zu erhalten. Je heftiger die Ermüdung, desto besser ist meine Stimmung für den Rest des Tages; und dann haben meine Abende diese ruhige Nichtigkeit der Ermattung, die mich am meisten erfreut. Heute habe ich eine

Stunde geboxt – eine Ode auf Napoleon Buonaparte verfaßt – sie abgeschrieben – sechs Biskuits gegessen – vier Flaschen Sodawasser getrunken – den Rest meiner Zeit gelesen – und darüber hinaus dem armen ++ eine Unmenge Ratschläge für seine Mätresse gegeben, die ihn bis zur Schwindsucht und unerträglichen Langeweile plagt.«

Byron zog geschickt sämtliche Register, um sich ins rechte Licht zu rücken. Er liebte es zu posieren. Berühmte Maler haben den »hinkenden Teufel« in zahlreichen Porträts festgehalten. Wenn er sich konterfeien ließ, pflegte er meist auf die Krawatte zu verzichten, um seinen wohlgeformten Hals besser zur Geltung zu bringen. Er liebte die prunkende Eleganz. Seine Finger waren mit Ringen geschmückt. Er hatte die Gewohnheit, in Kontrast zu seiner hellen Haut schwarze Röcke in Verbindung mit weißen Westen und hellen Hosen zu tragen. Auf seinen Reisen zeigte er eine Vorliebe für die jeweilige Landestracht. Besonders bewunderte er die malerische Tracht der Albaner. Thomas Phillips hat ihn 1813 in dieser Kleidung porträtiert. (Das Original befindet sich heute in der Britischen Botschaft in Athen, ein Replikat in der National Portrait Gallery in London.) In Konstantinopel zeigte sich Byron in einem scharlachroten, reich mit Gold bestickten Rock im Stile einer englischen Aide-de-Camp-Ausgehuniform.

Auch der letzte Akt im Leben Byrons war durch und durch theatralisch. Der Dichter suchte sich in der Aktion zu verwirklichen. Wie der Held seines Stücks »Sardanapal«, der sich kokett im Spiegel betrachtet, bevor er sich ins Kampfgetümmel stürzt, wollte Byron auf Inszenierungseffekte nicht verzichten, als er sich für den griechischen Freiheitskampf rüstete. Er ließ sich einen prächtigen vergoldeten Helm mit Federbusch anfertigen, der dem homerischer Helden nachgebildet war. Noch auf dem Sterbebett, umgeben von seinem treuen Diener Tita, verkündete er voller Pathos: »Oh questa è una bella scena.« In Griechenland war es Byron nicht vergönnt, den Heldentod auf dem Schlachtfeld zu sterben. Ganz unheroisch erlag er in Missolunghi dem Sumpffieber. Für seine Bewunderer in ganz Europa war es gleichwohl ein sublimer Tod. Wenige Jahre nach Byrons Dahinscheiden war Griechenland von den Osmanen befreit.

MICHAEL HAMBURGER

MODERNE DEUTSCHE LITERATUR IN ENGLAND

Ein persönlicher Erfahrungsbericht (1981)

Michael Hamburger, Übersetzer aus der Not des Übersetztwerdens. Eine Vorbemerkung

Der mit dem Werk Michael Hamburgers vertraute Leser mag in der erstmals auf deutsch abgedruckten Rede über eine bemerkenswerte Auslassung stolpern. Denn anders als in seiner Autobiographie »Verlorener Einsatz« oder in seiner Essaysammlung »Zwischen den Sprachen« bleibt die Urszene seiner literarischen Existenz, seiner dreifachen Identität als Dichter, Übersetzer und Kritiker hier unberührt. Immer wieder greift Hamburger in seinem Werk ein Schlüsselerlebnis auf: den Schreck des verstummenden Kindes, dem in der Fremde keine Worte mehr zur Verfügung stehen. Es beginnt 1933 mit einem neunjährigen Jungen aus Berlin-Charlottenburg, der über die Flure einer britischen Schule geistert. Aufgrund seiner jüdischen Herkunft – von der er ein paar Monate zuvor noch nichts wußte – ist er aus Nazi-Deutschland vertrieben worden. Den Blick in den wortlosen Abgrund hat Hamburger, der später zum entscheidenden »cultural mediator« deutschsprachiger Literatur in Großbritannien werden sollte, auf unterschiedliche Weise geschildert. Berichtete er in seiner Muttersprache Deutsch von dem Erlebnis, so nahm er eine aufschlußreiche Verschiebung des Wortes Übersetzung vor: Statt der aktiven Form betonte er die ungewollte Variante eines Übersetztwerdens.

In diesem Sinne beantwortete er dreißig Jahre später in einer deutschen Zeitung die selbstgestellte Frage »Warum ich übersetze«: Er sehe da zwei Jungen, ihn und seinen Bruder, in einem Edinburgher Schulgebäude die richtige Schwelle in eine neue Welt suchen: »Ich selber war ins Englische übersetzt worden. Nun galt es, das fremde Element (...) zu bewältigen – oder unterzugehen.« Und in seiner Autobiographie schrieb er: »Es war, als sollte man schwimmen lernen, indem man in tiefes Wasser geworfen wurde.« Doch, so seine Deutung dieser »linguistic transplantation«, gerade die Erfahrung der Sprachnot mobilisierte eine eigene Dringlichkeit zu verstehen – und zu übersetzen.

Diese Grunderfahrung haben auch andere jüdische Exilanten und Exilantinnen seiner Generation geschildert. So etwa Georges-Arthur Goldschmidt, den der schockhafte Weltwechsel bei der Emigration unvermittelt in die »Wahrheit der Sprache« stellte. Hamburger drückte es so aus: »Es kann geschehen, daß man anfängt, Sprache als etwas nicht mehr Selbstverständliches zu begreifen, so wie die meisten Menschen Sprache für selbstverständlich nehmen.« Es ist die Erfahrung einer Zerrüttung, bei der die Mehrsprachigkeit zunächst weniger als Bereicherung denn als »Gebrechen« erfahren wird. Goldschmidt hat dafür den Begriff der Doppelsprachigkeit geprägt. In Abgrenzung von der Zweisprachigkeit bestimmt er ihn durch die Geschichte: »Sie ist ein persönliches Schicksal, sie ist zu jeder Zeit eine verdoppelte Seinserfahrung.« In seiner Selbstvorstellung 1973 vor der Deutschen Akademie für Sprache und Dichtung meinte Hamburger, daß es nicht allein seine »Geschichte« gewesen sei, die ihn nach Großbritannien »versetzt« habe. Es war die Erfahrung eines »age of dispersion«, wie es in seinem literaturgeschichtlichen Werk »After the Second Flood« heißt, das ihn zum »displaced poet« und Übersetzer in der Fremde habe werden lassen.

Die Übersetzungserfahrung wird zum herstellungsästhetischen Problem. Jüngst hat der britische Germanist Jeremy Adler davon gesprochen, daß der exilierte Schriftsteller nicht nur zum Verstehen der ihn umgebenden Welt angehalten werde, sondern »notgedrungen« Neues erschaffe, so es ihm gelinge, seine Separierung produktiv werden zu lassen. In diesem Sinne vermochte Hamburger jenen Zwischenraum zwischen den Sprachen, den er mit dem deutschen Wort Niemandsland umschrieb, fruchtbar zu machen. Er nannte seine Tätigkeit daher ein »carrying over«, ein Vorgang, der in den Bau seiner Arche aus Übersetzungen in England mündete. Inwiefern dieses Überlieferungsbewußtsein auch ein Erbteil seiner Herkunft aus dem assimilierten Berliner Judentum war, dazu hat er nur Andeutungen gemacht: Er hielt fest, daß ihn die Begegnungszonen des Geistes interessiert hätten, aus denen das Beste einer »deutsch-jüdischen Verschmelzung« entstanden sei. Darauf verweist der weite Bogen seines Werks als Übersetzer, von Friedrich Hölderlin bis zu Paul Celan. Daß der gerade eingebürgerte Neuzehnjährige 1943 seine erste Publikation Hölderlin, dem Dichter eines Leidens an der Suche nach dem Ausdruck schlechthin, widmete, fügt sich zur eigenen Sprachnot im Exil. Vermutlich ging es ihm aber auch darum, Hölderlin den Händen des NS-Regimes zu entwinden, indem er ihn mitten im Krieg zum Dichter »in desolate times«, zum Unbehausten machte.

So wurde Hamburger schließlich selbst – im Sinne Jean Pauls – zu einem »Bindegeist« zwischen den Kulturen in der Epoche nach 1945, die er in seinem literaturkritischen Hauptwerk »Wahrheit und Poesie« als an allen Enden lose charakterisierte. Er wurde zu einem Hermes im Transitraum der Sprachen. Es sei ihm darum gegangen, ein Verfahren der »Verpflanzung« zu entwickeln, das weder freie »Nachdichtung« noch »Besitzergreifung« sei. In seinem maßgeblichen Aufsatz »Erfahrungen des Übersetzers« merkte Hamburger nicht ohne Ironie an, er habe dieses Verfahren der deutschen Literatur abgeschaut, die immer wieder bewiesen habe, wie fruchtbar die »Einbürgerung von Fremdem« sein könne.

In Anlehnung an den Dichter und Kritiker John Dryden (1631–1700) unterschied er drei Übersetzungsarten, die Metaphrase, die Paraphrase und die Imitation. Man könnte auch von einer wörtlichen, einer allegorischen und einer poetischen Übersetzungsweise sprechen. Die wörtliche schied für Hamburger als zu bedeutungsfixiert aus, die poetische war ihm allzu frei und zu besitzergreifend. Insofern bevorzugte er die umschreibend-allegorische Vorgehensweise und versuchte, die Andersartigkeit des Textes, seinen Eigensinn oder seine »quiddity« in die Zielsprache hinüberzutragen. Seine Übersetzungen lassen eine Tendenz zur »foreignisation« statt zur »domestication« erkennen.

In dieser gewinnenden Fremdheit liegt ein Prinzip doppelter Anreicherung. Einerseits füllt die gelungene Übersetzung eine Lücke in der Zielsprache. Eine unbekannte Position scheint auf. Die Eigentümlichkeiten der Nationalliteraturen werden nach Hamburger erst dann ganz wirksam, wenn der neu eingeführte Autor in der anderen Sprache eine Lücke besetzt. Tut er dies, wie im Fall von Goethes »Faust« oder Hölderlins Lyrik, so bereichert er deren Literatur. Ist dieser Platz hingegen schon durch eine eigene Tradition besetzt – das gilt für Goethes Stücke der klassischen Periode –, so hat er es schwer, in

die andere Überlieferung einzutreten. Andererseits aber kann das Übersetzen im Dialog mit einer kritischen Essayistik auf die Ausgangssprache zurückwirken.
Ein Beispiel dafür ist Hamburgers eigenes Werk, denn er schlug keine klassische akademische Karriere ein, sondern begleitete seine Übersetzungsarbeit vornehmlich mit Essays. Die Resultate, wie etwa die Bände »Vernunft und Rebellion« oder »Das Überleben der Lyrik«, haben ihren Weg auch in die deutschsprachige Öffentlichkeit gefunden. Im angelsächsischen Raum war es insbesondere die deutschsprachige Lyrik, der er eine Stimme verlieh. Daß der Bau dieser Arche auch persönlich motivierter Bewahrungsakt im Exil war, gehört zu den diskret verschwiegenen Aspekten seines hier abgedruckten, 1981 vor einem westdeutschen Publikum auf englisch gehaltenen Vortrags.
Daß in dessen ersten Sätzen die deutschen Begriffe »Wirkungsgeschichte« und »Rezeptionsgeschichte« verwendet werden, weist Hamburger als *poeta doctus* aus, der mit den jüngeren Strömungen der Hermeneutik vertraut war. Das Typoskript fand sich schließlich im Nachlaß Hans-Georg Gadamers im Deutschen Literaturarchiv in Marbach. Gleichwohl darf man annehmen, daß Hamburgers eigenes Modell produktiver Wirkungsgeschichte mehr gegen die von Hans Robert Jauß formulierte Position einer Rezeptionsgeschichte gerichtet war, führt er doch aus, es sei ihm um eine allmähliche Revision der Vorurteile gegen die deutsche Literatur gegangen, die sich nicht bloß in Absatzzahlen manifestiert habe. Hamburger ging es um die komplizierten Wege einer anderen Wirkungsgeschichte: jener Glut literarischer Überlieferung, wie sie von Autor zu Autor geht.
Aus den eigenen Produktionserfahrungen speist sich auch ein zu Beginn der Rede vorgebrachter Einwand, den man als Hamburgers Theorieskepsis bezeichnen kann. In einer Zeit, in der die Literaturwissenschaft begann, ihr Heil in der Methodisierbarkeit ihres Gegenstandes zu suchen, formulierte er unüberhörbar Kritik an einer »mißbräuchlichen Verwendung wissenschaftlicher Methoden« in den Geisteswissenschaften. Die alte Frage von Wahrheit oder Methode scheint auf. Hamburger hat sie auf seine Art noch in den neunziger Jahren in einem Gespräch im deutschen Rundfunk beantwortet, indem er den Nutzen der Methode mit den Worten »Und es geht doch in der Dichtung um Wahrheit« in die Schranken wies.
Was den Lyriker und Literaturkritiker betraf, konnte den Übersetzer nicht kalt lassen. So bestand Hamburger auf der kaum abschließbaren Annäherungsarbeit an den Kern des Gedichts, die sich durch dessen Wandlungen zieht. Der Fall Celans führte ihn als Übersetzer an seine eigenen Grenzen. Für Hamburger hatte das mit seinem verzweifelten »Ansturm gegen das Unsagbare« zu tun. Er eignete sich ein gewissenhaftes Verfahren an, dachte und fühlte sich in die Sphäre des osteuropäischen Judentums ein. Manche Gedichte mußten unübersetzt bleiben, wie er in »On Translating Celan« bekannte. In diesem Lassenkönnen hält er dem Unsagbaren die Treue. Doch das Scheitern des Übersetzers mag den Kritiker befruchtet haben. Für diesen war gerade der stille Zwischenraum der Sprachen sein eigentliches Zuhause: »Darum mußte ich«, so Hamburger in »Warum ich übersetze«, »Wörter suchen, zwei Sprachen verbinden, um in einer Sprache beheimatet zu sein.«

Till Greite

Zunächst muß ich klarstellen, daß ich mich nie mit dem beschäftigt habe, was man im Deutschen Wirkungs- oder Rezeptionsgeschichte nennt, ein Gebiet, das eingehende Recherchen und präzise statistische Angaben erfordert und eine eher soziologische als literarische Herangehensweise verlangt. Einzig aus diesem Grund beschränke ich mich hier auf die unmittelbaren Erfahrungen, die ich im Laufe von vier Jahrzehnten als Übersetzer und Kritiker vor allem, aber nicht nur, deutscher Texte gesammelt habe. An statistischen Zahlen standen mir in all diesen Jahrzehnten allein meine Tantiemen-Abrechnungen zur Verfügung. Selbst wenn ich für meinen Vortrag darauf zurückgreifen könnte – aber die meisten wurden vor langer Zeit weggeworfen oder verbrannt –, würde ich mich damit nicht aufhalten, weil ich nicht glaube, daß die Anzahl der verkauften Bücher uns Bedeutsames über die Lebens- und Schicksalswege und die Wirksamkeit der betreffenden Werke verrät. Wie jeder Autor im Laufe seines Arbeitslebens erkennen muß, wissen wir nur wenig über die Rezeption und die etwaige Wirksamkeit literarischer Werke, aus dem einfachen Grund, weil die Mehrheit der Leser ihre Eindrücke für sich behält. Veröffentlichte Kommentare in Form von Rezensionen, kritischen Abhandlungen und gelegentlich einem Leserbrief sind nur die sichtbare Spitze eines Eisbergs, und viele dieser Kommentare sind Routinearbeiten, die keine rechte Stellungnahme zu oder Auseinandersetzung mit dem besprochenen Werk erkennen lassen. Daher würde ich, selbst wenn ich all diese Jahrzehnte hindurch gewissenhaft Zeitungsausschnitte gesammelt hätte – was ich nicht tat –, meinen Vortrag nicht gern auf solche Belege stützen. So bleibt mir nichts anderes übrig, als mich auf mein Gedächtnis zu verlassen – ein Gedächtnis, das mehr und mehr einem Sieb gleicht. Aber wenn Kultur, wie es heißt, das ist, was wir vergessen haben, dann ist Erfahrung der Bodensatz oder Restbestand, der von allem übrigbleibt, was wir je gewußt und getan haben. Ich habe nun – eigens für diesen Vortrag – eine Liste meiner Übersetzungen erstellt und hoffe, daß sie einigermaßen vollständig ist. Diese Liste werde ich jetzt annähernd chronologisch durchgehen und vielleicht etwas allgemeiner über die jeweils herrschenden Meinungen und Vorlieben in den verschiedenen Jahrzehnten sprechen.

Mein erstes Buch mit Übersetzungen erschien zu einem denkbar ungünstigen Zeitpunkt, mitten im Krieg; es war die erste, ein ganzes Buch füllende Übersetzung von Hölderlin, die es auf englisch gab. Vorher gab es nur einen kleinen Band von David Gascoyne, der »Hölderlin's Madness« hieß und vielleicht sechs oder acht Übersetzungen enthielt. Gascoyne war allerdings vom Französischen ausgegangen (er konnte kein Deutsch), von Pierre Jean Jouves Fassungen. Hölderlin interessierte ihn vor allem als Vorläufer des Surrealismus; Gascoyne war 1938 ja einer der ganz wenigen britischen Surrealisten. Und Jouves Interesse galt vor allem den sogenannten Gedichten des Wahnsinns, was eine falsche Bezeichnung war, da die besten von ihnen geschrieben wurden, als noch niemand Hölderlin für geisteskrank hielt. Wie es der Zufall wollte, erschien meine Übersetzung gerade rechtzeitig zum hundertsten Todestag Hölderlins, weil ich sie zum größten Teil während meiner Schulzeit angefertigt hatte; bei ihrem Abschluß war ich achtzehn Jahre alt. Die Veröffentlichung 1943 fiel mit dem Jahrestag zusammen. Ich weiß noch, wie ich mich als Schüler für Hölderlin zu interessieren begann und mein Lehrer, ein sehr guter Lehrer für neuere Sprachen an einer ziemlich guten Schule, der Westminster School, sich entsetzt zeigte, daß ich mir Hölderlin ausgesucht hatte. Selbst als ich ihm später das fertige Buch schickte, schrieb er mir einen anerkennenden Brief und fragte noch einmal: »Warum hast du dir nur diesen verrückten Dichter ausgesucht?« Und im »Oxford Book of German Verse«, damals ein Standardwerk, das in Schulen und Universitäten gelesen wurde, war tatsächlich ein Auszug aus einem Klopstock-Gedicht unter Hölderlins Namen abgedruckt. So war es damals um die Hölderlin-Forschung bestellt. Doch das Erstaunliche war, wie mein Buch zu der Zeit in England aufgenommen wurde. Es fand erheblich mehr Beachtung, als so ein Buch heute finden würde. Ich erinnere mich, daß es in der Zeitschrift »Punch« besprochen wurde. »Punch« ist, wie Sie wissen, ein Satireblatt und eine britische Institution; aber daß so etwas in »Punch« besprochen wird, ist heutzutage völlig undenkbar. Und auch in der allgemeinen Presse waren zahlreiche nicht sehr sachkundige, aber wohlwollende und interessierte Rezensionen zu finden.

Ich sollte hinzufügen, daß in Großbritannien ein starkes antideutsches Ressentiment herrschte, was nichts mit dem Nationalsozialismus zu tun hatte, da es viel früher aufgekommen war, noch vor dem Ersten Weltkrieg. Die Hochphase der Rezeption deutscher Literatur fiel in das Viktorianische Zeitalter, als die bedeutenden Literaten Großbritanniens (wie etwa George Eliot) zumeist über deutsche Neuerscheinungen informiert waren, die Sprache beherrschten und deutsche Bücher lasen. Doch mit dem Tod von Thomas Carlyle, der sich leidenschaftlich für die deutsche Literatur eingesetzt hatte, war ein Rückgang zu verzeichnen, und in den vierziger Jahren, als ich auf der Bildfläche erschien, war dieses Ressentiment in allen avantgardistischen Kreisen deutlich zu spüren. So hat etwa Cyril Connolly – der einflußreiche Herausgeber der vielgelesenen Zeitschrift »Horizon« – später ein Buch über die europäische Literatur der Moderne herausgebracht, in dem kein einziger deutscher Autor vertreten war. Man orientierte sich an Frankreich, was von dort kam, galt als schick. Das hatte auch einen gesellschaftlichen Aspekt. Es war ein gesellschaftliches Muß, nach Paris zu gehen, denn dort schlug der Puls der Zeit. Alles Französische hatte eine Aura von gesellschaftlichem Snobismus; das war bei Deutschland nicht so, auch wenn verschiedene junge britische Schriftsteller, wie Stephen Spender und Christopher Isherwood, in den dreißiger Jahren nach Deutschland, insbesondere nach Berlin gingen. Dabei konnte W. H. Auden in Wirklichkeit nur schlecht Deutsch und sein Interesse an deutscher Literatur regte sich erst später. Spender war etwas aufgeschlossener, wie seine Übersetzungen und Essays zeigen, aber seine Sprachkenntnisse blieben hinter seiner aufrichtigen Sympathie für bestimmte deutsche Schriftsteller zurück. Isherwood interessierte sich, soweit ich weiß, nicht besonders für die deutsche Literatur.

Dennoch hatte der Literaturbetrieb damals etwas, was in England seither verschwunden ist. Literatur wurde mit einem gewissen Ernst aufgenommen. Das war sozusagen ein Gebot des Anstands, selbst in Zeitschriften, die sich nicht eigens der Kunst widmeten, so daß eine gewisse Rezeption gewährleistet war. Das ist heute anders. Hier muß ich eine Episode erwähnen, die ein Licht auf diese Zeit wirft, auch wenn ich schon in dem Buch mit meinen Erinnerungen darüber geschrieben habe. Als 1943 der Hölderlin erschien, diente ich in der britischen Armee und absolvierte gerade meine Infanterieausbildung, als mich die Poetry Society in London zu einem Vortrag und einer Lesung meiner Hölderlin-Übersetzungen einlud. Es war das erste Mal überhaupt, daß ich in der Öffentlichkeit auftreten sollte. Ich war damals erst neunzehn und hatte natürlich noch kaum Erfahrungen auf dem Gebiet. Ich schrieb zurück, es tue mir furchtbar leid, aber ich sei gerade in der Infanterieausbildung. Daraufhin schrieben sie an den Kompaniechef meines Regiments, den Royal West Kents. Ich wurde zu ihm beordert und in sein Büro geführt. Ich dachte, ich hätte mir etwas Furchtbares zuschulden kommen lassen. (Wenn man vom Sergeant Major abgeführt wird, soll man in der Regel bestraft werden.) Aber der Kompaniechef hatte den Brief bekommen und sagte: »Sie gehen nach London und halten den Vortrag als Repräsentant des Regiments« – ein Vortrag über einen deutschen Dichter mitten im Krieg! Im Rückblick finde ich das wunderbar, so typisch für alles, was damals wirklich gut war in England und nun, wie ich leider sagen muß, zum großen Teil verschwunden ist. Ich mußte also meinen Vortrag in dieser Poetry Society halten, die ein seltsamer Verein war. Das Publikum bestand im wesentlichen aus alten Damen, die Strümpfe strickten und noch nie von Hölderlin gehört hatten. Das Buch hatte übrigens eine recht hohe Auflage, obwohl ich mich heute dafür schäme, ein ausgesprochenes Jugendwerk. Es gab ein ungeheuer langes Vorwort, das mit belanglosem Zeug vollgestopft war. Ich fürchtete damals, dies würde mein einziges Buch bleiben, weil ich in den Krieg zog und vielleicht sterben würde. Darum dachte ich, ich müßte mein gesamtes Wissen in dieses Vorwort packen. Unter anderem griff ich eine Äußerung von T. S. Eliot über Goethe auf, seine bekannte Behauptung, Goethe habe sich auch als Philosoph und Dichter versucht und beides ohne nennenswerten Erfolg – übrigens wieder ein Beispiel für das erwähnte antideutsche Ressentiment. Ich habe diese Behauptung in Frage gestellt, später ist T.S. Eliot dann auf meine Kritik eingegangen und hat seine Äußerung über Goethe zurückgenommen. Das war in seinem Vortrag »Goethe der Weise«, den er hielt, als er in den fünfziger Jahren mit dem Goethepreis ausgezeichnet wurde. Er nannte mich beim Namen, weil ich ihn gezwungen hatte, seine Meinung zu revidieren. So hat dieses Vorwort aus meiner Jugendzeit doch eine gewisse Wirkung gezeigt. Manchmal sagt auch heute noch jemand zu mir: Ich habe damals im Krieg dieses Buch von Ihnen gelesen. Anthony Burgess zum Beispiel, der Romancier, dem ich einmal in Amerika begegnet bin, hatte es in jener Zeit gelesen. Man weiß nie, was aus einem Buch wird, es gerät hierhin und dorthin, fällt den seltsamsten Leuten in die Hände und hat manchmal eine ganz seltsame Wirkung auf sie. Dann gab es eine Unterbrechung in meiner Übersetzungsarbeit, aus naheliegenden Gründen, weil ich vier Jahre lang Soldat war. Dabei konnte ich meine nächste Übersetzung, einige von Baudelaires Gedichten in Prosa, sogar in meiner Soldatenzeit anfertigen. Ich war zeitweilig auf den Shetlandinseln stationiert, wo es absolut nichts zu tun gab und die Soldaten nur in ihren Hütten herumsaßen, in dieser öden Landschaft, wo der Wind um sie herum wehte und alle so demoralisiert waren, daß nicht einmal Paraden abgehalten wurden.

Meine nächste Übersetzung war wieder aus dem Deutschen, aber sie war nur halb literarisch, es ging um Musik. Es war ein Buch mit Beethovens Briefen, Tagebüchern und Gesprächen. Obwohl das eine der wenigen Auftragsarbeiten war, die ich je angenommen habe, kam sie meinen Neigungen entgegen, weil ich mich immer ebenso für Musik wie für Literatur interessiert habe, und zu der Zeit gehörte Beethoven zu meinen Lieblingskomponisten. Es gab auch ein Vorwort, in dem das Verhältnis von Musik und Literatur behandelt und die Frage aufgeworfen wurde, wie Musiker denken und wie sie sich ausdrücken. Beethoven drückte sich in seinen Briefen recht merkwürdig aus. Ja, in mancherlei Hinsicht stand seine Unfähigkeit, sich mit Worten auszudrücken, im umgekehrten Verhältnis zu seiner Ausdruckskraft in der Musik. Das berührte ein Thema, das mich persönlich beschäftigte, ich habe später noch mehr darüber geschrieben. Das Beethoven-Buch hat sich lange gehalten. Tatsächlich ist es noch immer lieferbar, dreißig Jahre nach seinem Erscheinen. Beachtung fand es naturgemäß eher in musikwissenschaftlichen als in literarischen Kreisen.

Im darauffolgenden Jahr, 1952, kam eine Broschüre mit meinen Übersetzungen von Georg Trakl heraus, eine Auswahl weniger Gedichte, die in einem kleinen Verlag in Cornwall erschien. Ich erinnere mich an eine Rezension im Times Literary Supplement, in der Trakl wie ein morbider österreichischer Dichter zweiten

Ranges behandelt wurde. Zu der Zeit konnte niemand etwas Bemerkenswertes an ihm erkennen, was sich in späteren Jahren jedoch änderte, als man sich allgemein für den Expressionismus zu interessieren begann und in der europäischen Literatur ähnliche Bewegungen entstanden. Die meisten dieser Trakl-Versionen erschienen später in einer größeren Auswahl, die viel mehr Beachtung fand. Sie kam in London bei Jonathan Cape und in Amerika bei Grossman heraus.

In den nächsten Jahren war ich vor allem als Literaturkritiker tätig. Ich war inzwischen Dozent für Deutsch an der University of London. Da ich es abgelehnt hatte, eine Dissertation oder Doktorarbeit zu schreiben, sagte man mir, ich müsse ein literaturkritisches Werk vorlegen, das anstelle des akademischen Grads akzeptiert werden würde. Allerdings habe ich es in den drei Jahren meiner Anstellung als Lehrbeauftragter auf Probe nicht geschafft, dieses Werk fertigzustellen, und wurde deshalb vor die Tür gesetzt. Ich ging an eine andere Universität, wo man auf derartige Formalitäten weniger Wert legte. Als das Buch 1957 endlich vorlag, war viel von meiner Übersetzungsarbeit darin eingeflossen: Fast alle der in »Reason and Energy« (deutsch unter dem Titel »Vernunft und Rebellion«) behandelten Autoren hatte ich auch übersetzt, wenngleich manche dieser Übersetzungen – etwa von Novalis, Kleist und Büchner – nur in Zeitschriften erschienen waren oder für spätere Buchveröffentlichungen zurückgehalten wurden. Damals begann auch meine Beschäftigung mit dem Expressionismus, obwohl sich mein Interesse immer auf spezielle Werke und Autoren beschränkte – auf die Wegbereiter dieses Stils und einen späteren Expressionisten, Gottfried Benn, von dem ich in dieser Zeit einige Gedichte übersetzte.

Ich muß leider sagen, daß ich in all den Jahren nie irgendwelche Kenntnisse der deutschen Literatur voraussetzen konnte, nicht einmal Grundkenntnisse der Literaturgeschichte. Noch heute treffe ich Leute, die Hölderlin für einen Zeitgenossen Rilkes halten. Daher ging es bei meiner literaturkritischen Tätigkeit in dieser Zeit immer auch schlicht darum zu erklären, was ich als Übersetzer tat, um ein gewisses Hintergrundwissen zu schaffen, das eine Rezeption erst möglich machte. Für mich war das also nie eine rein akademische Arbeit. Es war einfach eine Notwendigkeit, damit es überhaupt eine Grundlage für die Rezeption meiner Übersetzungen gab.

Ende der 1950er Jahre begann ich mit der Übersetzung ausgewählter Werke von Goethe – ein paar Gedichte und das Trauerspiel »Egmont«, das 1959 in dem Band »The Classic Theatre« erschien, herausgegeben von Eric Bentley. Einige der von mir übersetzten Gedichte wurden in einem Taschenbuch mit dem Titel »Great Writings of Goethe« veröffentlicht, 1958 von Stephen Spender herausgegeben. Als Autor konnte Goethe in der englischsprachigen Welt nie recht Fuß fassen; die einzige Ausnahme bildet der »Faust«, der ja im 19. Jahrhundert viel gelesen wurde und weiterhin immer wieder übersetzt wird. Obwohl neue Übersetzungen herauskommen, stößt die Goethe-Rezeption auf ein erhebliches Hindernis: Er läßt sich nicht in die europäischen Entwicklungen einordnen und sein Schaffen bleibt den Menschen unverständlich. In Deutschland gilt er, wie Sie wissen, vor allem als klassischer Schriftsteller. Doch in Europa war die klassische Periode zu seiner Zeit bereits vorüber. Daher gilt Goethe in England als romantischer Schriftsteller; aber dann können viele nicht verstehen, warum er Werke wie »Iphigenie« hervorbrachte, die sich mit ihrem Romantikbegriff einfach nicht vereinbaren lassen. Ich habe immer wieder festgestellt, daß Hölderlin inzwischen seinen festen Platz in der englischsprachigen Welt gefunden hat, Goethe mit seinen Gedichten dagegen nicht, was merkwürdig ist. Das liegt auch daran, daß unsere Zeit höchsten Wert auf so etwas wie eine persönliche Idiosynkrasie legt, und die besaß Hölderlin in hohem Maße, während Goethe eigentlich eher klassisch wirkt in dem Sinn, daß bei ihm das Genre mehr im Vordergrund steht als die persönliche Eigenart oder Vision. Goethe hat sich in praktisch jedem Genre versucht, in der Dichtung reicht die Spanne vom Epischen bis hin zum Lyrischen und zum Epigramm, und selbst innerhalb dieser Genres bewies er eine erstaunliche Vielfalt. Diese klassische Vielseitigkeit ist heutzutage praktisch unvorstellbar. Wenn ein Schriftsteller seinen Platz in der Literatur finden kann, dann hat er immer etwas ausgesprochen Persönliches und Idiosynkratisches vorzuweisen, oder er hat in seiner Literatur etwas geschaffen, was es in anderen Literaturen nicht gab, und deshalb eine gewisse Lücke gefüllt. Doch vieles von dem, was man bei Goethe fand, hatte man zuvor schon in anderen Literaturen gefunden. Es hatte zum Beispiel einen Shakespeare gegeben; hätte es keinen Shakespeare gegeben, dann hätten Goethes Dramen in der englischsprachigen Welt eine andere Wirkung entfaltet. Für Schiller gilt das um so mehr.

Die nächsten Jahre, vom Ende der fünfziger bis in die frühen sechziger, waren Hofmannsthal gewidmet. Mich reizte vor allem das Phänomen Hofmannsthal; ja, ich sehe viele Parallelen zwischen ihm und Goethe, denn Hofmannsthal wollte erreichen, was diesem zu seinen Lebzeiten gelungen war: eine ganze Kultur ins Leben zu rufen. Auch er war von der Idee durchdrungen, sich nicht als Einzelwesen zu begreifen, sondern Literatur als Institution zu verstehen und dorthin zu tragen, wo es seiner Meinung nach keine Literatur gab. Dieses Bestreben faszinierte mich ungemein, darum beschäftigte ich mich viele Jahre mit Hofmannsthal und arbeitete in dieser Zeit sogar tatsächlich wissenschaftlich – ich stellte Recherchen zu den Büchern an, die er gelesen und mit Anmerkungen versehen hatte. Ich ging seine persönliche Bibliothek durch, die damals im Besitz seines Sohnes in London war. Das erschien mir lohnenswert, da Hofmannsthal sich bemüht hatte, alles von Bedeutung zu lesen, wie es in der englischsprachigen Welt T.S. Eliot und bis zu einem gewissen Grad auch Ezra Pound versucht hatten – um so etwas wie einen exemplarischen Literaturkanon zu erstellen, den jeder gebildete Mensch kennen sollte. Das geschah wiederum aus dem Gefühl heraus, daß die Kultur Europas im Zerfall begriffen sei, daß man angesichts der Vielfalt der modernen Welt nicht mehr von einer Kultur sprechen könne, weil es keinen gemeinsamen Fundus an Wissen und Normen mehr gebe. Diese Erkenntnis erwies sich in Hofmannsthals Fall als ausgesprochen gefährlich, da sie ihn weit nach rechts rücken ließ, zu der von ihm so bezeichneten »Konservativen Revolution«. Dies trifft natürlich ebenso auf T.S. Eliot und Ezra Pound zu, den sein Verständnis der »Konservativen Revolution« zum Faschisten werden ließ. Andererseits entspricht das in mancherlei Hinsicht den Bestrebungen von Schriftstellern wie Bertolt Brecht auf der Linken. Tatsächlich stimmten Brecht und Hofmannsthal trotz der Unterschiede in ihrer politischen Ausrichtung in manchem überein. Auch Brecht wollte ja erreichen, daß der Individualität in der Literatur weniger Bedeutung zukommt, und eine Literatur schaffen, die als Institution über das hinausgeht, was aus dem Ausdruckswillen eines einzelnen entsteht. Interessant ist auch, daß Hofmannsthal in seiner Zeitschrift »Neue Deutsche Beiträge« als einer der ersten größere Arbeiten von Walter Benjamin veröffentlichte. Auf der Linken wie auf der Rechten gab es solche Versuche, die gesamte Literatur zusammenzuführen und diese Zersplitterung durch einen gleichsam öffentlichen Raum für die Literatur zu ersetzen.

In dieser Zeit gab ich zwei Bände mit Werken Hofmannsthals auf englisch heraus. Der erste Band hieß »Poems and Verse Plays«, der zweite »Selected Plays and Libretti«. Was die Rezeption angeht, so war dieses Unternehmen wohl ein kompletter Mißerfolg. Es erwies sich als ebenso unmöglich, Hofmannsthal in der englischsprachigen Welt Geltung zu verschaffen, wie das bei Goethe der Fall war. Das hat anscheinend ähnliche Gründe, denn Hofmannsthals Werk erschließt sich erst in seiner Gesamtheit, weil alles, was er in den verschiedenen Genres geschaffen hat, seinen Platz in einem übergeordneten Konzept hat. Wie Goethe versuchte er, sich in allen literarischen Genres zu betätigen, als Kritiker wie als Dichter, und wieder wurde dieses Bemühen im Kontext anderer Literaturen nicht gewürdigt. Zum Beispiel wurden die Dramen, die größeren Dramen im zweiten Band, meines Wissens in Großbritannien und in den USA nie auf die Bühne gebracht. Zwei davon wurden im Dritten Programm der BBC ausgestrahlt. Es gab eine eindrucksvolle Radiosendung von »Der Turm« mit sehr guter, eigens dafür komponierter Musik, und als Hörspiel hat das gut funktioniert. Auch Willa Muirs Übersetzung von »Der Schwierige« wurde als Hörspiel gesendet. Nun ist es natürlich eine ausgesprochen diffizile Angelegenheit, ein Stück wie »Der

Schwierige« zu übersetzen oder in einen anderen gesellschaftlichen und sprachlichen Bereich zu übertragen, auch wenn das darin gesprochene aristokratische Wiener Idiom in Wirklichkeit eine künstliche Sprache ist, die Hofmannsthal auf der Grundlage dieses Idioms erfand, etwa so, wie John Synge ein schönes Irisch erfand, das nie ganz so gesprochen wurde, wie er es für seine Dramen aus der Umgangssprache herausdestilliert hat. Diese Art der Rede in einer anderen Sprache wiederzugeben ist ein überaus schwieriges Problem. In der britischen Aristokratie zum Beispiel wird ganz ungekünstelt gesprochen, in gewisser Weise recht vulgär. Es gibt überhaupt keine Entsprechung zu dieser manierierten Redeweise der Wiener Aristokratie, zumindest nicht zu Hofmannsthals Zeit. Man hätte ins 17. Jahrhundert zurückgehen müssen, in die Restaurationszeit, um ein Äquivalent zu finden. Aber man kann ein Drama, das im 20. Jahrhundert spielt, nicht ins Englisch des 17. Jahrhunderts übersetzen. Das Problem scheint nahezu unlösbar, obwohl vor zwei Jahren eine andere Übersetzung von »Der Schwierige« in Manchester erfolgreich aufgeführt wurde. Es geht also, aber vielleicht nur durch eine recht freie Adaption des Stücks, und das war Willa Muirs Version nicht.

Es kann gut sein, daß meine Übersetzungen dramatischer Werke – von Goethe, Büchner, Hofmannsthal, Kokoschka und anderen – eher literarisch als bühnengerecht sind, und vielleicht werden sie auch deshalb nicht aufgeführt. Auf jeden Fall ist es meiner Erfahrung nach so, daß man nicht nur ein Faible fürs Theater braucht, um den Übergang von der gedruckten Seite zur Bühne zu schaffen, sondern auch Beziehungen zu Produzenten und Schauspielern. Das war beim Radio anders, zumindest in den alten Tagen des Dritten Programms der BBC, als dort deutsche Bühnenstücke, die in der englischsprachigen Welt selten oder nie zur Aufführung kamen, ebenso gesendet wurden wie die Hörspiele, die in den fünfziger und sechziger Jahren ihre Blütezeit erlebten und besonders für Dichter ein wertvolles Medium waren. Dank einiger beherzter Produzenten bei der BBC, allen voran Christopher Holme, wurden viele solcher Hörspiele ausgestrahlt – darunter eins von Peter Weiss und drei von Günter Eich in meiner Übersetzung.

Wenn ich jetzt zur gedruckten Seite zurückkehre, muß ich erwähnen, daß meine Hölderlin-Übersetzung mehrere Metamorphosen durchmachte, weil die erste Version ein Jugendwerk war. 1952 erschien eine zweite, vollkommen überarbeitete und erweiterte Ausgabe, die auch in den USA veröffentlicht wurde. Zu der Zeit hatte ich begonnen, Hölderlin-Gedichte in dem von ihm verwendeten Versmaß zu übersetzen, weil ich irgendwann fand, daß man ihn nicht in ein anderes Metrum übertragen kann. In meiner ersten Version hatte ich eine Art Vers libre mit Anklängen an die metrische Struktur, aber ohne strenges Schema verwendet.

Doch vom zweiten Buch an habe ich versucht, das Metrum des Originals beizubehalten. 1961 habe ich eine Prosafassung von Hölderlins Gedichten vorgelegt, die auf meinen Übersetzungen in Versform basierte und in der Serie »Penguin Poets« erschien; dieses Buch fand eine ausgesprochen weite Verbreitung. Ich glaube, es wurden wohl zwanzig- bis dreißigtausend Exemplare davon verkauft; wieder etwas, was nur in den sechziger Jahren möglich war. Die Zeit war, das muß ich sagen, besonders günstig für die Rezeption ausländischer Werke. Es waren Jahre des Durchbruchs – auch in bezug auf das einst weitverbreitete Ressentiment gegen die deutsche Literatur. Damals wurden Lesungen internationaler Lyrik in Großbritannien zur festen Einrichtung. Im häufig engstirnigen geistigen Klima Englands trat eine allgemeine Entspannung ein und es sah so aus, als könne sich jetzt alles mögliche Bahn brechen. In dieser Zeit startete der Verlag Penguin Books seine Serie »European Poets«, in der Dichterinnen und Dichter wie Nelly Sachs, Enzensberger, Grass und sogar Celan einem breiten Publikum vorgestellt wurden, darunter vielen Lesern der jungen und jüngsten Generation. Bei jungen Leuten wurde es geradezu Mode, solche Bücher zu kaufen – eine Mode, die anscheinend spurlos vorbeigegangen ist. Diese »Penguin Books« wurden gesammelt. Viele junge Leute, die ansonsten der Literatur nicht besonders zugetan waren, zeigten Interesse daran. So war es möglich, Zehntausende Exemplare solcher Werke zu verkaufen. Der Penguin-Hölderlin ging gegen meine Überzeugungen, weil für die gesamte Serie eine wortgetreue Übersetzung verlangt wurde, was ich hasse. Ich habe es trotzdem gemacht, um so Leser an Hölderlins Texte heranzuführen, die sich nie mit Versen abgegeben hätten; aber ich habe meine Vers-Übersetzungen genommen und mit ein paar Änderungen als Prosatext angeordnet, damit man, wenn man sie aufmerksam liest, noch etwas von den unter der Prosa verborgenen Rhythmen erfaßt. Jede Ausgabe meiner Hölderlin-Versionen wurde um neue Übersetzungen erweitert und enthält Überarbeitungen einiger früherer. Als 1966 das Buch »Poems and Fragments« herauskam, hatte ich den Großteil von Hölderlins Spätwerk übersetzt, darunter auch zwei Fragmente des »Empedokles« und eine Auswahl der gereimten Verse seiner sogenannten Gedichte des Wahnsinns. Doch in dieser Zeit, in den sechziger Jahren, begann schon meine immer intensivere Beschäftigung mit den Werken meiner deutschen und österreichischen Zeitgenossen, besonders der Schriftsteller meiner Generation. Ich übersetzte damals viele ihrer Werke neben denen einiger älterer Dichter wie Benn und Brecht. Dann übertrug ich drei Hörspiele von Günter Eich und einige seiner Gedichte sowie solche von Enzensberger, Grass, Celan und Peter Huchel. Außerdem entwickelte ich ein besonderes Interesse an den Werken ostdeutscher Dichter. Ein anderer westdeutscher Schriftsteller meiner Altersgruppe ist Helmut Heißenbüttel. Ich stellte ausgewählte Werke von ihm in

einem Band mit dem einfachen Titel »Texts« zusammen; er kam Ende 1977 heraus. Da hatte sich das Blatt bereits gewendet und ernsthafte Werke in egal welcher Sprache wurden kaum noch rezipiert. Das Buch blieb in Großbritannien wie in den USA, wo es gleichfalls vertrieben wurde, praktisch unbeachtet. Ich habe nur eine einzige britische Rezension gesehen, in einer Sonntagszeitung, und sie ist typisch für die jetzige Situation. Es wurde von irgendeinem frisch aus Oxford gekommenen jungen Mann besprochen, doch etwa die Hälfte der Rezension verwendete er darauf, daß er in Oxford in einem Stocherkahn saß und ein Buch von Hermann Hesse las, aber plötzlich befand, daß er Hesse nicht leiden konnte, und das Buch ins Wasser warf. Dann kamen ein paar Sätze über Heißenbüttel, die ihn als Kommunisten hinstellten, der er nie war, nur weil in dem Buch ein Gedicht mit dem Titel »The Future of Socialism« (Zukunft des Sozialismus) stand; es ist ein ebenso kluges wie witziges Gedicht, eine indirekte Kritik des Kommunismus in Form rein grammatischer Umstellungen. Der Rezensent hatte nicht einmal das auffälligste Merkmal von Heißenbüttels Werk erkannt – das hohe Maß an Autonomie, das er der Sprache selbst zubilligt, und daß er ihr die Freiheit läßt, Bedeutung nicht nur zu transportieren, sondern selbst zu erschaffen.
Etwas früher, 1963, hatte ich mit Christopher Middleton die zweisprachige Anthologie »Modern German Poetry 1910–1960« zusammengestellt. Der Band wurde ein Erfolg, soweit das bei solchen Büchern möglich ist. Er konnte sich in Amerika wie in Großbritannien zehn bis fünfzehn Jahre lang halten. An viele der Rezensionen kann ich mich nicht mehr erinnern, aber ich weiß noch, daß Werke der verschiedensten deutschen Dichter positiv aufgenommen wurden. In den frühen sechziger Jahren trug sich in England etwas Merkwürdiges zu, das höchst bezeichnend war für den bereits erwähnten Durchbruch. Ein junger Mann in London interessierte sich plötzlich für die Gedichte von Johannes Bobrowski. Vor lauter Begeisterung gründete er einen Verlag eigens zu dem Zweck, sie zu veröffentlichen. Er setzte eine Anzeige in das Times Literary Supplement, in der er für das Buch warb, um Subskribenten zu gewinnen. Er bekam nur vier oder fünf Antworten, aber das schreckte ihn nicht ab. Zum allgemeinen Erstaunen war in ein, zwei Monaten die gesamte Auflage ausverkauft und er mußte nachdrucken. Bis dahin hatte kaum jemand in England Bobrowski gekannt. Mag sein, daß ich in irgendeiner Zeitschrift über ihn geschrieben hatte. Die Übersetzungen stammten nicht von mir, weil ein anderer Übersetzer, Matthew Mead, die Gedichte mit Hilfe seiner Frau Ruth übertragen hatte. Er hatte sie Bobrowski geschickt, der Middleton und mich zu Rate zog, und wir fanden sie so gut, daß er die gesamten Übersetzungsrechte an die Meads übertrug, die seitdem seine Stammübersetzer sind. Wie das Beispiel zeigt, kann so etwas ganz unverhofft geschehen, ohne daß eine Werbetrommel gerührt wird. Die dichterische Qualität

konnte sich trotz aller Ressentiments und aller Ignoranz durchsetzen, und plötzlich hatte dieses Buch eine Leserschaft gefunden.

Ich will mich jetzt kurz fassen. 1966 kam zunächst eine Broschüre mit Gedichten von Enzensberger in einem kleinen englischen Verlag heraus, 1968 dann das Buch »Poems for People Who Don't Read Poems«, das in Amerika und in England erschien, und gleichzeitig »Selected Poems« in der erwähnten Serie »Penguin European Poets«. Auch Günter Grass wurde verlegt: 1966 »Selected Poems«, 1969 »Poems of Günter Grass« bei Penguin in der Serie »Modern European Poets« und 1968 nur in Amerika »New Poems«. Von Nelly Sachs habe ich nicht viel übersetzt, konnte aber etwas zu den beiden umfangreichen Sammlungen beitragen, die in den sechziger Jahren erschienen, nachdem sie den Nobelpreis bekommen hatte: »Oh, the Chimneys« (1967) und »The Seeker and Other Poems« (1970). Auch meine Brecht-Übersetzungen wurden nun in Zeitschriften und Anthologien abgedruckt. In Buchform erschienen die meisten erst viel später, weil die Herausgeber der großen Sammlung seiner Gedichte, die inzwischen in England und Amerika herausgekommen ist, rund fünfzehn Jahre an dem Projekt gearbeitet haben und darum vieles zurückgehalten wurde. Etwa sechzig Übersetzungen in dem Band sind von mir. Die meisten habe ich Anfang der sechziger Jahre oder früher erstellt.

Der Dichter, der mich die nächsten zehn Jahre beschäftigte, ist Paul Celan, dessen Lyrik so schwer zu übersetzen ist, daß ich sie mir nur nach und nach vornehmen kann. Ich bin so vorgegangen, daß ich alle seine Gedichte wieder und wieder gelesen habe, und jedesmal bot sich ein neues Gedicht zur Übersetzung an, so als hätten die bereits übersetzten als Schlüssel zu denen gedient, die für mich so obskur waren, daß ich sie nicht übertragen konnte. Darum hat es so lange gedauert. Außerdem habe ich ein paar Prosatexte von Peter Bichsel übertragen, die ich ganz bezaubernd fand, und zwei davon wurden veröffentlicht. Einer heißt »Really, Frau Bloom Would Very Much Like to Meet the Milkman« (Eigentlich möchte Frau Blum den Milchmann kennenlernen), der andere »There's No Such Place as America« (Amerika gibt es nicht). Er wurde in England in einem Band namens »Stories for Children« veröffentlicht (der deutsche Titel lautet »Kindergeschichten«). Bedauerlicherweise erfuhren diese Bücher, soweit ich weiß, überhaupt keine Rezeption. Ob sie sich verkauft haben, kann ich nicht sagen, weil ich in diesem Fall keine Tantiemen bekam, sondern eine Art Pauschalhonorar, darum habe ich nicht einmal diese Zahlen zur Verfügung. Ich weiß allerdings, daß es beide Bücher in Großbritannien wie in Amerika nicht mehr gibt, und das ist schade. Obwohl sie eher etwas für Erwachsene sind als für Kinder, haben meine Kinder diese Geschichten geliebt, und ich bin mir sicher, daß Kinder wie Erwachsene sie auch heute noch lieben würden.

1973 habe ich eine Anthologie ostdeutscher Lyrik herausgebracht, in der Brecht, Huchel, Kunert, Bobrowski, Kahlau, Kunze, Biermann, Volker Braun, Kurt Bartsch, Bernd Jentzsch und Sarah Kirsch vertreten waren. Dieses Buch wurde, glaube ich, ziemlich viel gelesen, obwohl es in bezug auf die verkauften Exemplare sicher kein Erfolg war. Doch wieder gab es überhaupt keine Resonanz. Ich erinnere mich an kaum eine Besprechung in Amerika, und das habe ich in den letzten zehn Jahren leider immer wieder erlebt. Man weiß nie, ob es überhaupt irgendwelche Rezensionen geben wird. Ob ein Buch besprochen wird, und wenn ja, dann wo, scheint eine Frage von Willkür und Zufall zu sein. Man kann nicht mehr auf bestimmte Zeitschriften zählen, wie das früher zumindest in Großbritannien der Fall war. Einst konnte ich davon ausgehen, daß das Times Literary Supplement jede Übersetzung eines bedeutenden oder auch nur interessanten Werks besprechen würde. Das ist jetzt nicht mehr so. Meine letzte Celan-Übersetzung zum Beispiel wurde im TLS überhaupt nicht besprochen. Mein Hölderlin, der 1980, also im vergangenen Jahr, mit ein paar zusätzlichen Übersetzungen neu aufgelegt wurde, wurde überhaupt nicht besprochen. Als der Verlag die Zeitschrift drängte, haben sie einen etwa drei Zeilen langen Hinweis darauf gebracht, daß das Buch erschienen sei. So sieht es heute leider aus. Wenn ich über die Rezeption meiner Werke, sagen wir, in den letzten zehn Jahren sprechen sollte, hätte ich rein gar nichts, worauf ich mich noch stützen könnte. Es wäre reine Spekulation. Darum lasse ich es dabei bewenden.

Aus dem Englischen von Gertraude Krueger

ANGELICA SEITHE

AUF DER HUT

Gedichte

AUF DER HUT

Dir glauben? Ach –
deiner Bärenstimme
kein Wort

Am Fluß mit offenem Maul
fängst du Forellen

Behäbiger Koloß!
In deinem schönen Fell
könnt' ich den Tag verschlafen

Doch dann der Abendhimmel –
blutige Spur
auf verschneitem Land

MIT NACKTEN FÜSSEN

Es ist wahr, daß ich zuletzt
mit nackten Füßen kam
über die Schlacken des Hochplateaus
Vulkanstimmung unter den Tränen
das armseligste Kleid auf der Haut
bis in die Seele zerfranst

Es ist wahr, daß in der Mitte
noch ein dünnes Feuer stand
In seinen Lichtkranz
zog ich ein
hockte dort, ein Häufchen
Erde, das verlorenging
ohne Namen, ohne Hand
ausharrend nur
bis auch dieses Sterben
vorüber war

DU AUCH

Du stehst
im selben Fluß
drei Meilen tiefer noch als ich und
bis ans Herz in den
Wechselbädern des Flußgotts
Der schwemmt nichts davon
außer sandiger Sehnsucht
vorbei an Fesseln und Spann
standfester Worte

Ein Tiersprung

und wieder am Ufer
brennt uns die Sonne
Satz für Satz
unter den Sohlen

ACHIM FREYER, NELE HERTLING

»DER ERSTE ZUSCHAUER IM THEATER BIN ICH«

Ein Gespräch über Malerei, Regie, Bühne und Brecht

NELE HERTLING: Es wurde erzählt, daß du als Kind und Jugendlicher in den vierziger Jahren mit Puppenspielen angefangen hast. Aber ins Theater bist du eigentlich nicht gern gegangen. Wie hat sich das verändert? Wie kam es vom Puppenspiel über den Unwillen, Aufführungen zu sehen, dann doch zur Theaterarbeit?

ACHIM FREYER: Meine Eltern waren Antifaschisten, das habe ich zu spüren bekommen, besonders auf dem Dorf, in Miersdorf bei Zeuthen südlich von Berlin. Furchtbare Repressalien erlebte ich und ergriff schon Partei, obwohl ich höchstens sechs Jahre alt war. Und das Erzählen und Sprechen mit anderen Kindern ... Theater, ich wußte gar nicht genau, was das ist, es war einfach das Spiel, in dem man heimlich über die Zustände klagte und sich solidarisierte: die Zuhörer, die Mitspieler, die anderen Kinder. Aber auch Eltern, vor denen man getanzt hat, spielte und etwas erzählte, was gar nicht immer stimmte. Das war wahrscheinlich mein Einstieg ins Theater. Malerei macht man schon als kleinstes Kind und muß man nicht erklären. Ich war heute im Flüchtlingslager in Lichterfelde. Da waren so herrliche Kinderbilder mit so viel Sehnsucht und so viel Aufschrei! Wir müssen mit so etwas viel mehr in die Öffentlichkeit gehen. Die große Kunst hat dieses Privileg. Daß Kunst eine Metasprache ist, um über Befindlichkeiten zu kommunizieren, wurde mir schon in frühen Jahren Entdekkung und Waffe.

HERTLING: Aber vielleicht sagst du doch ein Wort zu deiner Begegnung mit Brecht in den fünfziger Jahren, der eine große Rolle gespielt hat für deinen Weg ins Theater.

FREYER: Ich habe vom Dorf aus kaum eine Chance gesehen, mal ins Theater zu gehen. Und dann war ich im Deutschen Theater, habe Willy Kleinau spielen sehen, und es war faszinierend, wie in einem Shakespeare-Stück ein Besenstiel zum Versteck für eine Person wurde. Rechts und links des Stiels hat man natürlich alles gesehen. Das fand ich erfinderisch, doch das Pathos und die Routine im Theater haben mich nicht besonders begeistert. Da bin ich durch Zufall in eine Brecht-Aufführung geraten, im Berliner Ensemble oder im Deutschen Theater, ich weiß gar nicht mehr, wo. Das war so anders und fesselnd, weil nur das gezeigt wurde, was wirklich mitspielt. Da hatte ich später die Idee, ich müßte dem Brecht

Plakate machen, weil ich gerade in der Fachhochschule für Grafik und Buchkunst in Schöneweide studierte und Plakate zu entwerfen liebte. Ich habe meine Plakate also Brecht gezeigt, aber der meinte, das könne ich ja schon: Machen Sie Theater! Wenn es mich interessiere, würde er mir vorschlagen, Bühnenbildner zu werden. Und ich könne am Berliner Ensemble über die Akademie der Künste sein Meisterschüler werden, mit einem Stipendium von 300 Ostmark. Eine Verbesserung zu meinem vorherigen Stipendium von 90 Ostmark. Aber das war nicht ausschlaggebend, sondern die ganze Unterhaltung war so beeindruckend, wie ich sie im Studium nie erlebt hätte. Ich zeigte ihm Puppen, die ich gemacht hatte, Schildbürger, einer blau, einer rot, einer gelb, und alle hatten die gleiche Form. »Warum sind die gleich?« wurde ich gefragt. Ich sagte, die machen doch alle das gleiche. »Ja, das ist ja das Gefährliche. Sie sind aber in Wirklichkeit alle anders und sehen unterschiedlich aus.« Das hat mich überzeugt. Im Sommer sollte ich Brecht anrufen, ob es mit der Meisterschüler-Ernennung geklappt hat. Da bin ich kilometerweit mit dem Fahrrad, halbnackt und verschwitzt, zur nächsten Telefonzelle in Schmöckwitz gefahren – zum ersten Telefonat in meinem Leben. Ich habe angerufen und gesagt: Hier ist HERR Freyer, weil ich dachte, er könnte mich auch für eine Frau halten. »Ja, Sie können kommen!« Er war ein wunderbarer, schüchterner Mann. Wir haben uns die Hand geben wollen, er hatte sie mir entgegengestreckt, ich habe nicht gleich zugegriffen, dann hat er sie wieder zurückgezogen und ich habe ihm meine entgegengestreckt. Auch das war sympathisch. Später habe ich mit Benno Besson den »Guten Menschen von Sezuan« in der Ostberliner Volksbühne gemacht und war natürlich etwas aufgeregt, weil ich den Besson sehr schätzte. Der war im Berliner Ensemble von allen Regie-Koryphäen der Spannendste. Ich hatte nachts einen Traum, ich wäre mit meinem Modellentwurf in der gleichen Telefonzelle, um mein Sezuan-Konzept vorzustellen. Besson, der beim Inszenieren nie sitzen bleiben konnte, lief immer um die Zelle rum. Und ich mußte mich ständig drehen, um weiter zu erklären, und irgendwie hörte er mir auch nicht richtig zu, bis ich plötzlich schweißgebadet erwachte und merkte, die Zelle war ja geschlossen und er konnte mich nicht hören. Dann haben wir in Italien einen tollen Erfolg mit »Sezuan« gehabt, und der Haupterfolg war, daß ich so fasziniert war von der Freiheit dieser Menschen. Die Studenten haben mit ihren Professoren leidenschaftlich diskutiert. Sie waren laut. Wir waren Leisesprecher in der DDR. Ich dachte: Ich bin jetzt fast vierzig Jahre alt, ich muß so schnell wie möglich dorthin, wo man sich zuhört und gehört wird, und da bin ich heute noch. Hoffentlich.

HERTLING: Du hast nach einem Eklat die DDR verlassen, wobei die Umstände schwierig waren, deine Frau und Kinder waren zurückgeblieben, also eine komplizierte Entscheidung, aber du hast sie so getroffen. Im Westen hast du schnell

Anerkennung gefunden und Aufmerksamkeit erregt, so daß deine berufliche Arbeit dort bald weitergehen konnte. Du bist aber nicht nur als Bühnenbilder bekannt geworden, sondern hast angefangen, auch selbst Regie zu führen. Was hat dich dazu gebracht?

FREYER: Ich muß erst einmal richtigstellen: Meine Kinder und meine Frau hätte ich nie alleine in der DDR zurückgelassen. Ich habe sie nur für ein paar Monate verlassen, weil ich einen Fluchthelfer finden mußte. Wenn das nicht gelungen wäre, wäre ich brav wieder bei meinem sympathischen Ensemble an der Volksbühne in Ostberlin gelandet. Warum ich Regie führe? Ich spare Zeit, wenn ich die Konzeption mit meinen Mitarbeitenden selbst mache. Warum so viele Schwierigkeiten und Widersprüche in Kauf nehmen, die gar nicht dem Konzept dienen? Zweifeln verdirbt den Charakter, würze den Geschmack, hat Lao-Tse gesagt. Meine Studenten haben sofort protestiert: Es sei doch wichtig, daß man zweifelt und in Frage stellt. Ich liebe den Widerspruch und nicht den Zweifel.

HERTLING: Aber du hast auch weiter als Bühnenbildner gearbeitet und mit vielen der großen, bedeutenden Regisseure zusammengearbeitet. Blieb das eine Herausforderung? Hat es dich eingeschränkt oder war das manchmal auch eine Bereicherung, diese Kooperation zwischen Regisseur und Bühnenbildner?

FREYER: Ich würde es alleine immer ein bißchen anders machen, aber das meiste konnte ich mit den Regisseuren schon verwirklichen. Schwieriger war es oft, mit den Darstellern und Sängern klarzukommen, weil die natürlich sagten, ich bin doch keine Marionette, keine Puppe. Ich sagte, du bist eine Figur, gestalte sie wie ein Bildhauer mit Bewegung, mit Körperhaltung, mit dem Abstand zu anderen. In diesem Bereich menschlich und freundschaftlich zu überzeugen, ist die Hauptarbeit des Inszenierens.

HERTLING: Das sagt ja auch was aus über dein Verhältnis zum Zuschauer. Du hast mal gesagt, der Zuschauer muß mitarbeiten, und du mußt ihn dazu bringen, daß er das aus Spaß und Freude am Theater tut. Wie gelingt dir das, wie bringst du den Zuschauer in diese Rolle des Mitmachens, Mitdenkens?

FREYER: Der erste Zuschauer im Theater bin ich. Was mir nicht gefällt, gefällt anderen vielleicht auch nicht, und was mir gefällt, kann, aber muß anderen nicht auch gefallen. Ich glaube, man selbst ist sein bester Kritiker. Das hat nichts mit Zweifel zu tun, sondern das sind Prozesse, das ist die Suche nach Wahrhaftigkeit. Wir wissen ja in keiner Weise: Wie weit sind wir angepaßt? Was gehört uns? Was machen wir nach? Was verführt uns? Was machen wir unterbewußt? Wir hinterfragen nicht, warum Kriege entstehen, was den Krieg so lange dauern läßt. All diese Fragen zwischen Lüge und Wahrheit sind Thema unserer Kunst. Und es gibt dieses Fragen, weil die Antworten schwer und individuell sind und für jeden

Zuschauer offenbleiben müssen. Deswegen sind das Unkomplette, das nicht Perfekte, das Fragmentarische und der Zufall wichtig in der Kunst.
HERTLING: Wir haben jetzt nur über das Theater gesprochen. Wo bliebst du in dieser Zeit als Maler? Wie konntest du neben der Theaterarbeit dieser, wie es manchmal scheint, eigentlichen Berufung nachgehen? Oder ging das unter in der intensiven Theaterzeit?
FREYER: Ich habe immer jeden Tag gemalt, ob es im Malsaal, nach den Besprechungen oder während der Gespräche war. Das hatte nur bedingt mit dem jeweiligen Thema zu tun, hat es aber insofern erweitert, als ich mich immer wieder distanzieren konnte von dem, was ich täglich inszenierte. Dann hieß es manchmal: »Der Freyer ändert dauernd. Morgen kommt er schon wieder mit einer anderen Idee!« Wir haben Lust zu malen, wir haben Ohren, wir haben Augen, wir wollen Musik hören, wir wollen Musik machen, wir wollen spielen. Ich muß immer malen, daran partizipieren das Theater und mein Leben. Manchmal ist es wichtig, den ganzen Tag ans Theater zu denken, wenn man malt und die Sehnsucht nach dem Miteinander auslebt. Und manchmal kriegt man eine Wut aufs Theater, wenn man gerade in einer wunderbaren Malphase ist.
HERTLING: Auffällig an deinen Arbeiten ist die enge Beziehung zur Musik. Du hast Ur- und Erstaufführungen von zahlreichen lebenden Komponisten gestaltet, etwa von Philipp Glass und Helmut Lachenmann. Aber auch mit klassischen Werken bist du überall in der Welt bekannt geworden, hast erst kürzlich wieder eine große Wagner-Arbeit gemacht. Wie kamst du zur Musik? Was ist für dich anders bei der Arbeit an Oper oder Musiktheater? Wie gehst du damit um im Verhältnis zum Sprechtheater?
FREYER: Ich sehe da keinen Unterschied, Theater ist Theater. Mir fehlt im Sprechtheater oft das Musikalische in der Bewegung, der Sprache, dem Rhythmus und der großen Geste, die im antiken Theater wichtig war und der Oper näher ist als dem Schauspiel. Ich kann keine Noten lesen, ich kann nur Gitarre spielen in der Tanzkapelle, aber weiter nichts. Ich hatte immer wunderbare Assistentinnen und Assistenten, so daß mir kein Sänger und Dirigent bezüglich der Notenunkundigkeit etwas vorwerfen mußte. Ein Sänger wird als Figur natürlich schon viel mehr durch den Komponisten vor-interpretiert im Gegensatz zum Schauspieler, der noch ganz offen an die Figur herangehen kann. Dieser Schritt zur Form, der Figur, die spricht, die Raum greift, der Abstand und die Nähe zum Zuschauer und so weiter, das hat alles wesentlich mit Musik zu tun, und ich kann diese Musik hören und sehen.

UMSCHAU

FRIEDRICH DIECKMANN: DER SANFTE MAGIER ODER EIN ZAUBERSCHLOSS IN LICHTERFELDE

Nachdenken über Achim Freyer

I

Wer im Winter des Abends in Lichterfelde-West auf den Kadettenweg 53 zugeht, findet sich einem Zauberschloß gegenüber. Mit farbig erleuchteten Fenstern bis in das Dachgeschoß unterm spitzen Giebel strahlt es aus dem Dunkel, wobei eine Uneindeutigkeit ins Auge fällt: auf dem bläulich leuchtenden Fenster liest man das Wort »grau«, auf dem rötlich angehauchten »blau« und auf dem gelblichen »grün«. War dies die ursprüngliche Farbgebung? Sie mag den Meister des Hauses, einen Haus-Meister eigener Art, eines Tages gelangweilt haben, so daß er sich entschloß, die Farben zu wechseln, unbekümmert darüber, daß diese sich mißverstanden fühlen könnten. Ein hell leuchtender Spitzbogen markiert den axialen Eingang, und sieht man genau auf die Fassade der mit geschweiftem Fachwerk ausgestatteten Villa vom Ende des 19. Jahrhunderts, so erkennt man in eleganter Zeichnung eine Nilszene mit Palmen, Fluß und einem friedlich fauchenden Krokodil. Im Garten davor aber zwei plastische Gebilde, die gegensätzlicher nicht zu denken sind: eine rostige Eisenlatte, schmal und hochragend, mit einem kleinen Totenkopf zu Häupten, nahebei eine silbrig glänzende Metallspirale, die sich unten in schmalen, oben in ausladenden Windungen in die Höhe schraubt.

Was sich hier dem Passanten anträgt, ist ein Ort der Magie und der Verwandlung, der Lust am Gegensatz und der Offenheit für alles Taugliche. Tauglich wofür? Für das Lebenswürdige, wie Goethes unsterbliche Wendung lautet, gefunden im Grabgesang auf Schiller. Setzen wir, ein *n* auslassend, das Liebeswürdige dazu, haben wir den Radius dessen, was den Freyerschen Universalismus umkränzt, wobei bei »würdig« weniger an Würde als an Wert zu denken wäre, an den Lebens- und Liebeswert von Formen und Farben, gemessen einzig am Urteil des Zauberers, der im Innern des Hauses an Wänden, auf Fußböden und manchmal auch an der Decke versammelt hat, was ihm erwerbend, auflesend, sich beschenken lassend im Lauf vieler Jahrzehnte zufiel: Kunst aller Art, aller Zeiten, aller Herkünfte, bekannter, wohl gar berühmter ebenso wie namenloser. Was zählt, ist der je eigene Ausdruckswert, mit welchen Mitteln, in welchen Formaten er auch entstand. Ich finde an einer Wand außer einem lithographischen Selbstbildnis der Kollwitz zwei radierte Selbstporträts von Lovis Corinth, ein tätig-selbstgewisses und ein von Krankheit gezeichnetes, unweit davon die zart-genaue Bleistiftzeichnung eines etwa achtjährigen Knaben. Dem eminenten Filmporträt, das Marion Rasche zu Freyers achtzigsten Geburtstag geschaffen hat, entnehme ich, daß das Bild den kleinen Achim vorstellt, gezeichnet von seinem Vater, dem Telegraphenwerkführer, der im Krieg mit seiner Frau BBC hörte und den

Neunjährigen in die Lebensgefährlichkeit dieses Tuns einweihte. Der Junge hielt dicht; der Vater kam am Ende des Kriegs unter ungeklärten Umständen ums Leben. Vielleicht hatte er sich geweigert, als Volkssturmmann gegen die Sowjetarmee zu kämpfen.

In einem andern Raum finde ich, durchmischt mit anderem, einen miniaturisch-humoristischen Frauenakt, radiert von Albert Ebert, und eine Straßenszene von Dieter Goltzsche. Heinrich Ehmsen ist mit einer ländlichen Begräbnisszene nachdrücklich zur Stelle, drei hochverdichtete Schriftblätter von Carlfriedrich Claus finden sich und ein Stück weiter eine linear umrissene händeringende Hausfrau zwischen Besen und Werkzeugschrank, unter der ich »Kober Fritz« und 1982 entziffere. Gerhard Altenbourgs große Porträt-Lithographie von Horst Hussel erkenne ich ebenso wie die Herkunft der wundersamen Terrakotta-Büste einer jungen Frau mit von einem rötlichen Spitzenkleid eingefaßtem Dekolleté; sie kann nur von Robert Metzkes sein.

Aber von wem ist der bizarre Kopf mit der wie vernähten Augenbraue, auf dem die Nase anstelle des rechten Ohrs sitzt? Es gibt keine Beschriftungen außerhalb der gerahmten Bilder, wer undeutlich oder gar nicht signiert hat, bleibt unerkannt. Vielleicht gibt es in Zukunft verkleinerte Umrisse der Bilder mit den Namen der Urheber, soweit sie bekannt sind, doch das wäre museumsartig; dies aber ist kein Museum, es ist, wenn man so will, ein Anti-Museum. Die lückenlose Hängung versteht sich zu keiner äußeren Ordnung; die innere, gewiß nicht stringente ist durch den Haus-Meister vorgegeben. Hier widerspricht ein Bild dem andern, indem es auf sich selbst besteht; zugleich bildet es Gemeinschaft. Was in unserer Gesellschaft als Pluralismus eine Ideologie geworden ist (alle -ismen sind Ideologien), ist hier Bild geworden, anarchisch und kommunikativ, ein Gesamtbild aus Bestandteilen, die dem Betrachter in aller Toleranz zurufen: Hier bin ich!

Ist Vereinzelung, Zersplitterung, Chaos die Entelechie des Pluralismus? Freyer führt den bildhaften Nachweis, daß dem nicht so sein muß; das ist eine wahrhaft humane Botschaft und demokratisch ist sie auch: Nur das Bild zählt, nicht der Name. Sie markiert eine Konstellation, deren Ende absehbar ist: Es ist der Alexandrinismus einer Spätzeit, der sich hier als die Ganzheitlichkeit des Divergenten darstellt mit dem einzigen Kriterium glaubhaft-kunstfähiger Aussage.

II

Hat einer der vielen selbstlosen Helfer, die dieses Haus neben wenigen bestallten offenhalten, schon einmal die Bilder und Skulpturen gezählt, die an den Wänden des Zauberschlosses den Umschlag von der Quantität des Divergenten in die Qualität des Universellen vollziehen? Gibt es eine Liste der Urheber? Und wie sieht die Zukunft dieses einzigartigen Hauses aus, das auf den keineswegs festen Beinen einer Privatstiftung steht? Deren Grundstock besteht aus den Bildern des Stifters, der hier mit seiner Frau, Esther Lee Freyer, der südkoreanischen Sopranistin, lebt und wirkt. Denn Freyer, der Regisseur, Bühnenbildner, Theaterimaginator von einer Wirksamkeit, die nicht auf Europa beschränkt blieb, ist immer auch Maler gewesen und hat sich von Jugend an als solcher verstanden. Ein Dualismus durchzieht das Dasein des bald Neunzigjährigen: die existentielle Verbundenheit dessen, was man angewandte und reine Kunst zu nennen pflegt, zwei behelfsmäßige Termini, die erst in der Spätzeit europäischer Kultur in Kraft traten, als die Künstler begannen, sich von Anstellungen zu lösen, um als freischaffende für Käufer zu arbeiten, die der Markt ihnen zuführen sollte. Der Sozialismus, in geistiger Hinsicht eine säkulare Volksreligion, in politischer ein Ordensregiment mit sozialfeudalen Zügen, versuchte, die alten Abhängigkeiten auf neuer Basis wiederherzustellen und richtete seine Kunsthochschulen darauf aus; so war es plausibel, daß Achim Freyers Weg zu künstlerischer Freiheit über die angewandte Kunst führte, in deren Bereich die ideologischen Barrieren niedriger lagen.

Er durchmaß eine Meisterschule für Grafik und Buchgewerbe und erprobte sich danach bei einem volkseigenen Monopolisten namens DEWAG als Plakatgestalter, wo seine Originalität bald auf Widerstände stieß. Sein Ausweg: das Theater, aber nicht irgendeines, sondern das Berliner Ensemble. Der Zwanzigjährige, dem Puppentheater zugetan, packte eine Reihe modellierter Handpuppen in einen Koffer und wurde bei Brecht vorstellig, dem auffiel, daß diese Puppen, Schildbürger darstellend, sich nur in der Farbe, nicht in der Kopfform voneinander unterschieden. Warum, fragte er und bekam von dem jungen Mann zu hören, daß die Leute, so verschieden sie aussähen, doch meist das gleiche dächten und empfänden. Genau so ist es, fand der überraschte Dichter und sorgte dafür, daß Freyer als Meisterschüler der Akademie der Künste ein Stipendium bekam. B. K. Tragelehn ging zu dieser Zeit einen ganz ähnlichen Weg; Brecht, wie darauf wartend, daß für sein Theater entflammte junge Leute bei ihm vorsprachen, stellte den neunzehnjährigen Dresden-Flüchtling auf die Probe, indem er ihm aufgab, aus einer großen Serie von Szenenfotos eine Auswahl zu treffen. Der zarte Sachse wählte richtig, und auch sein Leben bekam eine neue Richtung; er wurde Meisterschüler im Umkreis des Regisseurs Brecht.

Und Freyer Meisterschüler des Chefbühnenbildners Karl von Appen? Freyer hat einmal erzählt, daß Appen ihn damals gebeten habe, Plakate für die Maidemonstration des Ensembles zu entwerfen, worauf er entgegnete, er würde lieber den ganzen Demonstrationszug gestalten; es war keine reale Alternative. Die beiden sind sich nicht nahegekommen, wozu sicherlich beitrug, daß von Appen, der, ehe die Nazis ihn mit Berufsverbot belegten, selbst Maler und der Neuen Sachlichkeit nahe, der abstrakten Moderne keineswegs zugetan war.

Nach Brechts Tod war Freyer wieder ganz auf sich und das malerische Experiment gestellt; die Chronik vermerkt für 1959 unter der Bezeichnung »Besetzen einer blauen Limousine mit Weinbergschnecken zwischen Dresden und Meißen« ein zweifellos sensationelles Environment. Damals griff auch das Theater wieder nach ihm, mit der Ausstattung von Tanzspielen für die damals an der Dresdner Palucca-Schule wirkende Ruth Berghaus. Erst der Einunddreißigjährige, ein Spätentwickler nach frühem Start, trat mit Bühnenbildern und Kostümen für Adolf Dresens Sean-O'Casey-Inszenierung am Deutschen Theater (»Der Mond scheint auf Kylenamoe« hieß dieser Abend aus drei Einaktern) in das Berliner Theaterleben ein und zeigte sich drei Jahre später mit der Ausstattung von Rossinis »Barbier von Sevilla« an der Deutschen Staatsoper als inspirierter Zögling des Berliner Ensembles: Sein Bühnenbild mit auf weiße Tücher gezeichneten In- und Exterieurs, über denen man eine aus dem gipsernen Plafondrelief wie herabstürzende Amorette erblickte, war eine ingeniöse Weiterentwicklung von Karl von Appens Szene zu Bessons Inszenierung der altenglischen Militärkomödie »Pauken und Trompeten« von George Farquhar.

Ist dieser »Barbier« in der Regie von Ruth Berghaus die dauerhafteste Aufführung der deutschen Theatergeschichte? Sie geht an der Lindenoper im Februar 2024 in ihr 56. Jahr. 1971 hatte ich Schwierigkeiten, ein Blatt mit farbigen Figurinenentwürfen zu dieser Aufführung als Umschlag einer Broschüre zum DDR-Beitrag für die Prager Quadriennale durchzusetzen. Auch dank Freyers, des Ältesten einer ganzen Phalanx exzellenter junger Bühnenbildner, bekam dieser Beitrag damals den Hauptpreis der im Prager Frühling gegründeten Weltausstellung des Bühnenbilds und der Theaterarchitektur. Es gibt sie noch heute; 1999 erhielt Freyer ihren individuellen Hauptpreis.

Neben diesen und andern Arbeiten fürs Theater trieb er in den sechziger Jahren die Erkundung des malerischen Feldes unvermindert weiter, mit Resultaten eines radikalen Neuerertums, die auch an einem so aufgeschlossenen Ort wie dem Kernphysikalischen Institut in Rossendorf nahe Dresden auf Befremden stießen. Nach einer mit persönlichen Kränkungen verbundenen Krise um Freyers Ausstattung zu Goethes »Clavigo« am Deutschen Theater folgte 1972 der Losriß; Freyer kehrte von einem Venedig-Gastspiel mit Bessons Volksbühne nicht in ein Land zurück, das seiner malerischen Arbeit keinen Wirkungsraum gab. Aber das Merkwürdige trat ein: Er fand diesen auch nicht im Westen. Der Antrag eines namhaften westdeutschen Galeristen, ihn zu vertreten, erschreckte ihn mehr, als daß er ihn erfreute; er witterte eine künstlerische Abhängigkeit von anderer, aber eben auch drückender Art als im Land des real exerzierenden Sozialismus. Freyer blieb dem Theater verschrieben, als Bühnen- und Kostümbildner und bald auch als Regisseur; die Arbeit am Menschen und mit Menschen, für ein Bildformat, das keine Leinwand (außer der für Tübke in der Sowjetunion gewebten) jemals erreichen konnte, blieb, wenn nicht die subjektiv primäre, so doch die öffentlich einschlagende Form seines Wirkens.

III

Die avancierte Moderne hatte, in Reaktion auf die automatische Bildproduktion der technischen Medien in Film, Fernsehen und Fotografie, den Menschen, die Figur aus der malerischen Arbeit verbannt, Freyer aber brauchte den Menschen als Gegenstand und Zielpunkt seiner Arbeit – im Theater war er vorgegeben. Soll man von der intensiven und extensiven Dimension seiner bildnerischen Arbeit sprechen? Seit geraumer Zeit ist die malerische Moderne zu erheblichen Teilen nicht sowohl eine nonfigurative als eine extensive Kunstübung: Man malt und zeichnet schnell, treffsicher, variabel, in einem Zug; das Übereinanderschichten malerischer Akzente zur »dichten«, kohäsiven Form ist der variativen Abfolge rasch hingeworfener Figurationen gewichen. Anstelle des *einen* Bildes, das in hingebungsvoller Detailarbeit über viele Monate hin aufwuchs, entsteht ein Wurf von Gestaltungen, deren inwendige Durchlässigkeit konstitutiv ist. Darin liegt ein Freiheitsmoment, das von elementarer Wichtigkeit für Freyer ist und sich mit einem andersartigen verbindet: der Freiheit von außengeleiteten Wertzuweisungen. So groß die Leinwände sind, denen er sich mit langen Pinseln manchmal wie einem Widersacher entgegenstellt – was hier geschieht, spontan und mit körperlicher Herausforderung, ist in jedem Fall ein Akt der Selbstversenkung.

Man kann diese sich in ländlichen Refugien oft über Monate erstreckende Malarbeit als laborartig verstehen, als ein Erkunden von Formen, die im Theater ihre anwendbare Seite zeigen. Aber nicht instrumentelle Dialektik treibt diesen Kunstwerker, dessen Namen der Komparativ von »frei« einbeschrieben ist, in die Einsamkeit; was hier wirkt, ist das elementare Bedürfnis nach einer Freiheit, die, im stillen erprobt und genossen, dann wieder zu dem Gegenpol drängt, der Arbeit für und mit lebendigen Figuren im Bund mit zielgerichteten Kollektiven. Freyer ist nicht der einzige, der eine solche Dualität der Kunstsphären verkörpert; für Jürgen Böttcher, seinen Altersgenossen, der als Maler Strawalde heißt, ergab es sich im Mit- und Nebeneinander von Bildern und

Zeichnungen von fessellos-supranaturaler Imagination mit Dokumentarfilmen, die mit tiefem Realismus ins Leben derer blickten, für die die DDR das freimaurerisch angehauchte Wort Werktätige parat hatte. In der Vätergeneration war Edmund Kesting als Porträtfotograf ein berühmter Mann, als Maler und Zeichner der Wegbereiter einer Moderne, die zu seinen Lebzeiten im Verborgenen wirkte.

Daß sich Freyer niemals entscheiden konnte, was er sei, Maler oder Theatermacher, indem er immer beides zugleich war, ist das Fundament seiner künstlerischen Existenz. Es ist die eines Magiers. Thomas Mann wurde von seiner Familie »der Zauberer« genannt, er besaß die einzigartige Fähigkeit, durch und in Sprache Wirklichkeit, vor allem: Menschenwirklichkeit erstehen zu lassen. Achim Freyer ist ein Zauberer durch die anders exzentrische Gabe, Formen zu erfinden und in Bewegung zu setzen. Er tut dies als Maler und Zeichner auf statische und im Theater auf dynamische Weise, das letztere am liebsten auf eigene Faust. Nur ein einziger Regisseur hat Humor genug gehabt, es mit ihm als Bühnenbildner dauerhaft auszuhalten, das war Claus Peymann an vielen Schauplätzen, zuerst in Stuttgart, wo beide mit andern ein Faust-Theater entfesselten, dessen Formenwelt das ganze Abendland umspannte, und erst kürzlich noch einmal in München, mit einem Stück Thomas Bernhards, das Peymann einst in Stuttgart mit dem titelgebenden Bernhard Minetti uraufgeführt hatte: »Minetti / Ein Porträt des Künstlers als alter Mann«. Manfred Zapatka spielte die Hauptrolle und sah tatsächlich ein wenig wie der Bühnen- und Kostümbildner aus, der einmal mehr in die Wundertüte seiner Bühnenphantasie gegriffen hatte.

Magier durchaus, ist er es auch in der wachen Zerstreutheit, die seine Erscheinung umspielt; während er spricht wie ein Erdgebundener, arbeitet das Bildwerk seiner Phantasie doch unaufhörlich weiter. Ich habe dergleichen nur bei einer ganz anders gerichteten Schöpfernatur wahrgenommen, dem Physiker Manfred von Ardenne, und auch bei diesem war die kaum merkliche Dauerabwesenheit von einem habituellen Lächeln begleitet, als sei Gelingen vorgegeben. Es blieb ihm auch treu, als in Venedig ein Unglück sich querlegte und Flammen das Teatro La Fenice verzehrten, ehe »Don Giovanni«, die Eröffnungspremiere des restaurierten Hauses, stattgefunden hatte. Doch fand die Premiere zu dem vorgesetzten Termin statt, obzwar nicht in der Brandruine des kostbaren Theaters, wie Freyer dem Oberbürgermeister brieflich vorgeschlagen hatte. In einem großen, auf der Isola del Tronchetto aufgeschlagenen Zelt begab sich am 22. Februar 1996 »Don Giovanni« in einer Aufführung, bei der Freyer die Sänger einzeln oder zu zweit zwischen fünf drehbare schwarze Paravents versetzt hatte, wo sie mit charakteristischen Gesten weniger als Individualitäten denn als Verkörperungen kontrastierender Spielarten des Menschlichen agierten.

Freyer ist ein Magier, der des Pathos ebenso enträt wie der Ironie. Da er stets bei sich zu Hause ist, braucht er weder das eine noch das andere, aber Witz hat er schon, und er geht ihm nicht aus; ich habe in einer Berliner Aufführung erlebt, daß er das Haupt des Dirigenten, unter dessen autoritativer Erscheinung er gelitten haben mochte, auf der Bühne als überdimensionale plastische Nachbildung in einer den Choristen vorbehaltenen Stuhlreihe plazierte. Als ihn Claus Peymann um ein Bild für sein Arbeitszimmer im Wiener Burgtheater bat und es im voraus bezahlte, lieferte er eine große schwarze Tafel, auf der wenig mehr zu sehen war als zwei weißgezeichnete Ungeheuer in der rechten oberen Ecke. Dem Assistenten, der es abholte, legte er zwei kompositorische Zugaben ans Herz: eine schwarze Kappe, links am oberen Rahmenholz

befestigt, und eine rechts neben die Tafel zu hängende Bürste mit langem Stiel, die eine genau bezeichnete Position einzunehmen hatte. Auf dem Theater gehörte zu seinen tollsten Streichen ein Salzburger Papageno (Matthias Görne sang ihn), der durch riesige Pumphosen und einen spitzen Hut ins Clownsmäßige getrieben war; auftretend balancierte er in seiner Rechten einen im Bühnenhimmel verschwindenen Stapel aus zehn aufeinandergetürmten Vogelkäfigen. Die Königin der Nacht aber, in einem roten Kleid ebenerdig auftretend, verwandelte sich bei ihrer spitztönigen Arie durch unsichtbare Kräfte in eine himmelhohe Tuchsäule, die am Ende jäh in sich zusammenfiel – wo war die Sängerin geblieben? Sechsmal, und immer neu, hat Freyer das Werk inszeniert, von Hamburg bis Salzburg und von Schwetzingen bis Moskau, und es in Warschau so drastisch in ein klerikal angehauchtes Schulmilieu versetzt, daß es nur eine einzige Wiederholung gab.
Keine Form, mit der dieser Meister nicht zu spielen, die er nicht aufzuheben und einzubinden vermöchte! Die Stiftung, die sein Zauberhaus trägt, indem er die Stiftung trägt, bedurfte einer Neujahrskarte mit Nachrichten von den Ausstellungen und Veranstaltungen aus Anlaß seines neunzigsten Geburtstags – und was tat er? Er überlagerte das zartgrau gedruckte Signet des Hauses und seiner selbst mit einer Zeichnung aus durcheinandergeworfenen bunten Stäben – schon hielt der Empfänger eine graphische Kostbarkeit in Händen. Vor Jahr und Tag kam er darauf, Aluminiumkugeln von etwa fünfzehn Zentimeter Durchmesser zu bemalen, eine ingeniöse Kleckserei, die die Kunsthistoriker vor ernste Probleme stellt: Ist es, wenn der Malgrund eine Kugelfläche ist, noch Malerei? Was immer er anfaßt, nimmt Gestalt an; dabei ist der Unterschied zwischen reiner und angewandter Kunst in jenes Dritte aufgehoben, das die wahre Kunst ist. Sie ereignet sich in der Fläche, dann ist es Zeichnung und Malerei, oder im Raum, dann heißt es Theater. Was er ergreift, wird lebendige Form, darauf versessen, »umzuschaffen das Geschaffne, damit sich's nicht zum Starren waffne«. Möge das Elixier, aus dem er schöpft, uns noch lange aus farbig schimmernden Fenstern entgegenleuchten!

TOBIAS LEHMKUHL: TIERE IN DER MATRIX

Über Nico Bleutge

Was sind das: Spinnenbeine, Storchenbeine, Giacomettibeine gar? Oder sind das etwa gar keine Beine, auf denen die Elefanten auf diesem Gemälde, in luftiger Höhe, in fünfzehn oder zwanzig Metern einherstolzieren? Sind es vielmehr knöcherne Taue, die sie an den Boden fesseln? Die den Traum vom Fliegen in letzter Sekunde vereiteln und die Dickhäuter dem Reich der Vögel entziehen?
Und was ist das für ein blut- oder glutroter Himmel, vor dem sich diese unwirkliche Szenerie zweier schwebender Elefanten abspielt, was sind das für Obelisken, die wiederum über den Rücken der Elefanten schweben? Und was, die wichtigste Frage, hat dieses Gemälde von Salvador Dalí im Gedichtband »schlafbaum-variationen« von Nico Bleutge zu suchen?
Als Freund des Surrealismus ist der Dichter bislang nicht aufgefallen, weder als Freund surrealistischer Malerei noch surrealistischer Literatur. Nicht die *écriture automatique*, nicht die Logik des Traums erwähnt er in den knappen Anmerkungen am Ende

der »schlafbaum-variationen«. Als Anregungen verzeichnet er statt dessen Gedichte von Thomas Kling und Inger Christensen, zwei Autoren, die die Tiefenschichten der Erinnerung erkunden und aus einem starken historischen Bewußtsein heraus arbeiten. Bleutge erwähnt auch H.C. Artmann und Elke Erb, in deren Werken ein spielerisches Element und eine poetische Eigenlogik herrschen, aber weder die einen noch die anderen stehen der Feier des Unbewußten, wie sie André Breton und seine Anhänger praktizierten, besonders nah.

Es mag an den historischen Umständen liegen, daran, daß Deutschland in den dreißiger Jahren, in der Hochzeit des Surrealismus, von den künstlerischen Entwicklungen des Kontinents abgeschnitten war, daß der Dadaismus der späten zehner und frühen zwanziger Jahre bis heute einen stärkeren Einfluß auf die deutsche Lyrik ausübt, als es der Surrealismus jemals tat.

Dennoch bleibt die Frage: Wie kommen Dalís »Elefanten« in die »schlafbaum-variationen«? In den Zyklus »hufe zählen«, um genau zu sein? Stehen Dalís Maltechnik, seine auf Staunen und Pointe zielenden Bilder nicht im völligen Gegensatz zur Verskunst Nico Bleutges? Während bei Dalí alle Gegenstände klar voneinander geschieden sind, die Objekte gestaffelt auf der Leinwand stehen, eins neben dem anderen, eins hinter dem anderen, farblich immer klar getrennt, zielt Bleutges Blick genau auf jene Bereiche, in denen eine Trennung fraglich wird, Grenzen sich als zweifelhaft erweisen, in denen eine gewisse Unschärfe herrscht.

Hieß Bleutges erster Gedichtband 2006 auch »klare konturen«, so ging und geht es dem Autor noch heute darum, diese Konturen überhaupt erst einmal zu bestimmen – und sie nicht, wie es Dalí tat, als gegeben hinzunehmen. Wollte man Bleutges Lyrik mit Gemälden vergleichen oder Wahlverwandtschaften suchen, läge es näher, auf einen Zeitgenossen Dalís zu verweisen, auf Edward Hopper. Ihm hat Bleutge in »klare konturen« drei Gedichte gewidmet.

Bei Hopper sind die Sujets und Szenerien durchgängig realistisch, aber mit seiner Maltechnik, seinem Umgang mit Licht, Farbe und Perspektive stellt er diesen Realismus doch zugleich in Frage. Je länger man Hoppers Bilder betrachtet, um so zweifelhafter erscheint, was man eigentlich sieht, was »wirklich« passiert, desto klarer wird einem, daß es sich nicht um einen Realismus der Oberfläche handelt, sondern um einen Realismus, der die verschiedenen Schichten der Wirklichkeit ins Bild zu bannen sucht: komplexe emotionale Zustände, historische, gesellschaftliche und ökonomische Verhältnisse.

Diesen Blick teilt Nico Bleutge mit Edward Hopper. Auch Bleutge sieht das Gewebe, aus dem sich diese Realität, aus dem sich die Oberfläche der Dinge zusammenfügt. Ein bißchen erinnert er an Neo aus den »Matrix«-Filmen, der nicht nur, wie alle anderen, Straßen, Häuser und Menschen sieht, sondern zugleich den Code, aus dem diese ganz real erscheinende Welt der Matrix gebaut ist, jene grünlich flimmernden Zahlen und Zeichenkolonnen, die wie ein steter Regen durch die Körper der Männer, Frauen, Bäume und auch der Tiere rieseln.

sich elefanten denken, weit in ein
   untergehendes rot, sich
ihre beine denken, lang, und gestreckt.
   die schwere
ihrer rauhen füße, wie sie im ziehen
   schmal
und schmaler werden. rot, das nicht im
   kopf sitzt. nicht
in den hügeln.

Es ist keine künstlerische Wahlverwandtschaft, die dazu geführt hat, daß Dalís »Elefanten« durch die Verse Nico Bleutges

schweben. Dalí fungiert vielmehr als eine Art Mittler. In den Anmerkungen der »schlafbaum-variationen« nämlich heißt es zum Zyklus »hufe zählen«: »Mit Bildern und Texten von Salvador Dalí, Federico García Lorca, Eugène Ionesco, Sor Juana Inés de la Cruz und René Magritte – sie alle hatten eine große Bedeutung für meinen Vater Rolf Bleutge (1941–2017)«.
Das Elefanten-Gedicht ist also weniger ein Gemälde-Gedicht als ein Widmungs-, ein Erinnerungsgedicht. Einmal noch sich den Blick des Vaters zu eigen machen, einmal versuchen, sich in seine Dalí-Faszination einzufühlen, eine Verbindung herzustellen zu diesem davonschwebenden Elefanten, ein gemeinsames Rot erleben.

zuhalten auf das rot. rot rot. rot. rot. die
elefanten
harren aus. verbleiben. solange sich die
flanken heben
senken, nicht ausgemacht. die hügel.
sie zu erreichen.

Der Tod des Vaters ist auch Gegenstand des Zyklus »besuche im klinikum« und wird im titelgebenden und längsten Zyklus der »schlafbaum-variationen« immer wieder umkreist. Wir erfahren, daß der Vater, ein Rechtsanwalt und Notar, nicht nur Dalís Bilder fantastischer Tiere schätzte, sondern selbst gerne Tiere zeichnete. Nicht mit Ambition, sondern eher nebenbei, in einer Selbstvergessenheit, die mitunter dazu führte, daß er beim Zeichnen die Namen der Tiere, die er zeichnete, nicht mehr wußte:

mir fällt ein
was mein vater erzählte
mit einem sandkuchen in der hand
wenn er als kind tiere
zeichnete, eulen vielleicht
giraffen, nickende
elefanten, hatte er immer
die namen vergessen

Vielleicht kommen deswegen so viele Tiere in den »schlafbaum-variationen« vor, weil der Sohn noch einmal all die Namen nennen will, die sein Vater nun auf immer vergessen hat. Aber die Tiere weisen nicht nur in die Kindheit zurück, sondern auch in die andere Richtung, in die Welt des eigenen Kindes.
Niemand ist dem Tier so nah wie das Kind, niemand fühlt sich dem sprachlosen Tier so verwandt wie jener kleine Mensch, der gerade selbst noch sprachlos war. Für ihn ist die Sprache der Tiere eine Option, sind Tierlaute mit Bedeutung aufgeladen: »keeeeea / schreit der kea, hu hu hu der matuku«, heißt es, als würde aus einem Bilderbuch zitiert, in »anfangen, wieder«, dem Eingangszyklus der »schlafbaum-variationen«, und außerdem: »wom wom der wolf«. Das Kind fragt sich hier: »was macht der gorilla, was der elefant / im schlaf«, und nur das Kind kann »tagelang / eine fledermaus denken«. Für das Kind trägt jeder Vogel »einen lichtpunkt im schnabel«, transportieren die Tiere Botschaften, die wir als Erwachsene vielleicht nur dann erahnen können, wenn wir uns zeichnerisch in sie hineinversetzen und ihre Namen vergessen.

Aber wer ist hier eigentlich das Kind, fragt man sich, wer ist hier Vater? Wer hat den Sandkuchen in der Hand, der Sohn, der zum zeichnenden Vater aufschaut, oder der Vater, der an seinen eigenen Vater denkt, während er mit der Tochter im Sandkasten sitzt? Und wer ist dieses Ich, das zwischen diesen beiden Menschen steht, dem Vater, der Tochter, das in der Erinnerung selbst noch ein Kind ist und sich also in einem Dreieck verorten muß, einer Art Zwickmühle der Verwandtschaften, in der es schwer ist, die eigene Position zu ermitteln?
Auch hier können uns einmal mehr die Tiere helfen, denn der Dichter hat seine eigenen Begleittiere. Nicht die exotischen und gefährlichen Tiere, die sich dem zeichnenden Vater und der Sandkasten-Tochter

zuordnen lassen, nicht die schwebenden Elefanten und brennenden Giraffen Dalís, nicht die Matukus, Gorillas und Löwen der Kinderbilderbücher sind seine Wappentiere, sondern die ungreifbaren und unspektakulären, die Luftwesen: Krähen, Falken, Stare und Fliegen. Diese führen uns einmal mehr zur Kunst: Dürfte sich der Dichter ein Kunstwerk aussuchen, um es in sein Arbeitszimmer zu hängen, so wäre es bestimmt kein Werk Dalís, es wäre wahrscheinlich nicht einmal eines von Hopper, sondern vermutlich jene kleine Zeichnung von Jacques de Gheyn aus dem 16. Jahrhundert, die nichts weiter zeigt als drei Stubenfliegen. Dieser Zeichnung hat Bleutge einen Text gewidmet, der »An der Decke schlafen« heißt, veröffentlicht in seinem 2020 erschienenen Essayband »Drei Fliegen«. Er bewundert darin die »Art, wie sie gezeichnet sind. Die Wölbung der Körper, dieser feine, feine Strich«. Bleutge fasziniert die Ruhe des Bildes, »die von einer untergründigen Spannung lebte, jederzeit konnte eine der Fliegen loskrabbeln oder mit einem kurzen Summgeräusch auffliegen (...) Vermutlich war es in diesem Augenblick, daß mir die Geräusche aus den Aufwachmorgen meiner Kindheit in den Sinn kamen.«

Jener »feine, feine Strich« ist auch Bleutges Umgang mit Wörter und Sätzen eigen: Seine Palette an Klangfarben, die rhythmische Raffinesse, mit der er zu Werke geht, zeugen vom Ohr eines Musikers. Wie überhaupt, bei aller Affinität zu Bildern und Gemälden, die Töne und Geräusche unserer Welt von ebensolcher Bedeutung für ihn sind wie die visuelle Erscheinung der Dinge. Bilder evozieren Geräusche und diese wiederum rufen Erinnerungen hervor, wie das Bild der Fliegen ihr Summen hervorruft und dieses wiederum die Erinnerung an die Kindheit.

Die Erinnerung ist bei Bleutge häufig akustisch besetzt: »knirschende / teilchen des erinnerns, sprach der wolf«, heißt es in den »schlafbaum-variationen«. Oder auch: »ein summen nur. humm. humm. / bei lahmgelegter zunge«.

Tiere sind es, die das lyrische Ich an die Hand nehmen, die ihm die Pfote, den Flügel reichen, Leittiere, wenn man so will, seien sie real oder gemalt. Geht es in »schlafbaum-variationen« um Liebe und Familie, Trauer, Verlust und Neuanfang, so wäre das Sprechen über dieses Thema ohne die Tiere, ohne die Sprache, den Schnabel der Tiere, ihren Trost, ihre vorbehaltlose Gegenwart, ein ganz anderes, wäre vielleicht gar nicht möglich: »ich spreche nicht«, heißt es im abschließenden Zyklus,

wie mir der schnabel gewachsen ist.
 doch am ende
sind es wie immer tiere, die in mir
 streunen. etwas mit falken
schafen. etwas mit grünlichem licht, das
 in die pinien blitzt. du kannst es
sehen, wenn du willst, ich muß nur noch
 die seite falten, etwas in grau
übertragen. durch diesen filter mußt du
 hindurch

Dichtung heißt Verwandlung, heißt Anverwandlung. Das Lesen wie das Schreiben hilft uns, den fragilen Zustand der Welt für einen Moment zu erfassen, uns einzulassen auf den steten Fluß der Dinge und dabei Ähnlichkeiten ebenso zu erkennen wie Unterscheidungen zu treffen. In der Fotografie sind es Grün- und Rotfilter, die Konturen kenntlich machen und Kontraste verstärken. In der Dichtung von Nico Bleutge schweben Elefanten vor rotem Himmel, blitzt grünliches Licht in den Pinien. Die Bilder, die dabei entstehen, sind Momentaufnahmen, aus dem Fluß der Zeit gezogen. Zugleich wissen sie doch ums Ganze, um ein Kontinuum, in dem eine Hand den Sandkuchen zur nächsten reicht.

MAŁGORZATA GORCZYŃSKA: SZTREKA

Ein Wort für Tomasz Różycki

Ich sollte nicht mit einem Wort beginnen, das sich nicht exakt ins Deutsche übersetzen läßt. Es ist zwar weder genuin polnisch noch auch ganz ohne Entsprechung – im Gegenteil: Sztreka stammt aus dem Deutschen und bewahrt im Polnischen sowohl die ursprüngliche Bedeutung und das feminine Genus als auch einen Teil seiner lautlichen Gestalt. Bei Wörtern können allerdings kleine Unterschiede große Probleme machen. Das erste und keineswegs triviale Problem: Sztreka verrät meine Herkunft. Ich kann das deutsche Wort Strecke nicht korrekt aussprechen. Bekanntlich enttarnten in der Bibel die Gileaditer ihre Feinde, die heimlich den Jordan überqueren wollten, indem sie sie das Wort Schibboleth sagen ließen – wen die fremde Aussprache verriet, den ergriffen und töteten sie. »So fielen damals zweiundvierzigtausend Mann aus Efraim«, lesen wir im zwölften Kapitel des Buchs der Richter. Wörter können mitunter das Todesurteil bedeuten. Ich kann Strecke nicht korrekt aussprechen, aber ich weiß, wie man die polnische Buchstabenkombination liest: Sztreka. Diesen Test würden nicht alle von Ihnen bestehen. Wörter können sogar Menschen trennen, die nahe beieinander leben, auf den beiden Seiten ein und desselben Flusses.

Ein anderes Problem: Das polnische Wort Sztreka verwickelt mich in komplizierte Geschichten. Strecke bedeutet unter anderem Bahnlinie, was eine halbwegs genaue Übersetzung ist, der aber die spezifische Färbung von Sztreka fehlt. Für die Mehrheit der Polnischsprechenden sieht das Wort fremd aus und klingt fremd, und zwar nicht nur wegen seiner deutschen Abstammung. In heutigen Wörterbüchern des Polnischen finden sich beim Eintrag Sztreka die Anmerkungen »selten«, »regional«, »veraltet«. Letzteres mag ein wenig überraschen, denn das Wort Sztreka ist relativ jung. Im »Wörterbuch« des Patrons der heutigen Feierstunde ist es nicht anzutreffen, und der Grund ist unschwer zu erraten: Als Samuel Bogumił Linde polnische Wörter sammelte – genuin polnische und aus fremden Sprachen stammende –, gab es in den Gebieten, in denen Polnisch gesprochen wurde, noch keine einzige Eisenbahnstrecke. Ähnlich war es übrigens in den Gebieten, in denen Deutsch gesprochen wurde. Erst 1842, fast drei Jahrzehnte nachdem der letzten Band von Lindes »Wörterbuch« erschienen war, begann man in Wrocław mit dem Bau einer Bahnlinie, die ein Jahr später Opole erreichte. Damals waren es die preußischen Städte Breslau und Oppeln. Man mußte sie durch eine Linie verbinden, diese dann weiterführen und mit anderen Linien kreuzen, damit das Wort Sztreka Eingang in die polnische Sprache finden konnte.

Das alles ist überaus verwickelt, und ich stehe heute vor Ihnen, um Ihnen in einigen Worten so einfach wie möglich von einem Dichter zu erzählen, der mit dem Zug aus Opole im polnischen Schlesien ins deutsche – ich werde wieder die Probe nicht bestehen – Göttingen gekommen ist, das auf polnisch »Getynga« heißt, um den Linde-Preis entgegenzunehmen. Ich bin aus Wrocław angereist. In dieser Erzählung darf nicht unerwähnt bleiben, daß es sowohl Tomasz Różyckis als auch meine Großeltern aus Lwów nach Schlesien verschlagen hat, aus Lemberg, das heute eine ukrainische Stadt ist und Lviv heißt. Damals, als sie mit Tausenden anderen Familien die Stadt verließen, lag sie in den Grenzen der Sowjetunion. Das war 1945. Die Zwangsumsiedler reisten in Viehwaggons, mit gerade so viel Habe, wie sie hatten mitnehmen können. Was sie noch mitnahmen, war ihre Sprache mit der charakteristischen Melodie, den mit ukrainischen, deutschen, jiddischen Wörtern gespickten Stadtdialekt des multiethnischen Lwów. Die Wörter ziehen überall dorthin, wo die Menschen hinziehen, die sie benutzen.

So also gelangte ein polnisches Wort deutscher Abstammung aus Lwów ins – jetzt wird es kompliziert – polnische, zuvor deutsche und noch früher tschechische Schlesien. Wie aber gelangte das Wort Sztreka nach Lwów? Das ist eine andere verwickelte Geschichte. Ich sage nur, daß es mit der Eisenbahn kam, deren erste Abschnitte, die das österreichische Galizien mit Preußen verbanden, ab Mitte des 19. Jahrhunderts entstanden. Auf denselben Gleisen, derselben Strecke, liefen während des Zweiten Weltkriegs die Menschentransporte aus dem Lemberger Ghetto in die Vernichtungslager auf dem Gebiet des Generalgouvernements. Die Geschichte der Wörter ist manchmal von großem Schmerz gezeichnet.

»Ich will es nicht erzählen, doch es ist geschehen«, schreibt Tomasz Różycki in einem Gedicht, das der 1942 bei der Liquidierung des Lemberger Ghettos ermordeten, Jiddisch schreibenden Schriftstellerin Debora Vogel gewidmet ist. Eine Besonderheit von Różyckis Lyrik besteht darin, daß er Geschichten erzählt, die wir nicht erzählen wollen, komplizierte und schmerzhafte Geschichten. Er erzählt sie mit Wörtern, deren besondere Färbung sich nur schwer in andere Sprachen übersetzen läßt. Und doch werden Różyckis Gedichte in viele Sprachen übersetzt und bewegen Leser und Leserinnen an den unterschiedlichsten Orten der Welt. Wörter vermögen manche Trennlinie zu überwinden.

Das angesprochene Gedicht stammt aus Różyckis Band »Litery« (Buchstaben) und trägt den Titel »Kiedy kwitną akacje?« (Wann blühen die Akazien?) – eine Anspielung auf den Titel von Debora Vogels Sammlung von Prosagedichten »Akacjes blien« (Die Akazien blühen). Akacje und Sztreka sind für mich vertraute Wörter. Meine Großeltern, die in den Kriegsjahren erst zu Erwachsenen heranwuchsen, wohnten in Lwów in der Ulica Akacjowa, der Akazienstraße. Direkt daneben verlief die Bahnlinie, die den Bewohnern als Abkürzung ins Stadtzentrum diente und die dort Sztreka genannt wurde. »Chodzili my popud sztreki« (»Wir sind die Gleise langgegangen« – dieser Satz verliert viel in der Übersetzung). Hinter der Ulica Akacjowa führte die Sztreka nach Süden, entlang der Grenze zum Ghetto, in das 136 000 Lemberger Juden gesperrt wurden, darunter Debora Vogel mit ihrem Mann und ihrem kleinen Sohn. Anschließend bogen die Gleise nach Osten ab und liefen am Schloßberg vorbei. Die an dieser Strecke gelegene Station Lwów Podzamcze war der Bahnhof, an dem die sowjetischen Behörden einige Jahre später die Viehwaggons für die Zwangsumsiedler aufstellten. In meiner Vorstellung ziehe ich die Linie jedoch ein Stückchen weiter nach Südosten, um zur Ulica Leśna zu gelangen, der Waldstraße, in der Vogel vor dem Krieg wohnte. In derselben Straße wohnten auch Tomasz Różyckis Großeltern, sein Vater verbrachte dort seine ersten Lebensjahre. In einem Essay beschreibt Różycki den Blick vom Balkon der Wohnung in der Ulica Leśna, die er bei einem Besuch in Lviv besichtigen konnte: »Die Äste des Kirschbaums, von dem mein Vater früher erzählt hatte, waren zum Greifen nah – der Baum mußte ordentlich gewachsen sein, seit er als Sechsjähriger zum letzten Mal Kirschen von seinen Zweigen gepflückt hatte.« Auch ein anderer Linde-Preisträger, Adam Zagajewski, erinnert sich in seinem berühmten Gedicht »Jechać do Lwowa« (Nach Lemberg fahren) an Kirschen: »der Bernstein / der Süßkirschen«. Zagajewski kam im Juni 1945 im selben Lemberger Stadtteil zur Welt; wenig später trat seine Familie in einem Viehwaggon die Reise nach Schlesien an. Deshalb Akazien und gelbe

Kirschen, und dazwischen die imaginierte Bahnlinie, die Sztreka. Zu Gedichtzeilen zusammengestellte Wörter offenbaren zuweilen überraschende Verwandtschaften.

WANN BLÜHEN DIE AKAZIEN?

für D. V.

Wer stützt diese Welt? Es wird ein schöner Sommer.
Wir badeten am Fluß, über dem Waldrand,
in einem Korb das Leben, dazu gelbe Kirschen,
sehr, sehr saftig. Ich will es nicht erzählen,

doch es ist geschehen. Vater, Mutter, Kind und ringsum
sattes Grün: ein großer, ungeschlachter Raum und eine Form,
die uns nicht will. Ich erzähle die Geschichte
eines Volks, das in die Erde ging, und auf ihm wuchsen

Gänsedisteln, Gras und Schwarzkümmel und hohe
schöne Kamillen mit leuchtenden Augen. Das Erde
wurde, und aus ihm wuchsen Gras, Gladiolen,
Pusteblumen, vor allem Pusteblumen. Wie wohl

der Sommer wird? Da ist zu großer Raum
über der Wiese, den Kaminen, dem leeren Laden.
Käme doch nur jemand, Mensch oder Tier,
und bliese uns hinweg, hinweg, wir fliegen weiter.

»Wann blühen die Akazien?« fragt das Gedicht. Die Zeit des Geschehens ist nicht eindeutig bestimmt, ebensowenig die Protagonisten. »Vater, Mutter, Kind« sind sicher Debora Vogel mit ihrem Mann und ihrem Sohn, die der Liquidierungsaktion im August 1942 zum Opfer fielen, aber es könnte auch jede andere jüdische Familie sein, überhaupt jede andere Familie. Als Różycki das Gedicht schrieb, war noch nicht abzusehen, daß wir den Tragödien von Babyn Jar bei Kiew oder der Lemberger Schlucht Piaski (in der Ulica Akacjowa hörte man die Schüsse, mit denen die dort zusammengetriebenen Menschen ermordet wurden) Namen wie Butscha, Irpin und Mariupol, zerbombte Häuser, ausgelöschte Familien und zerstörte Leben hinzufügen müssen. »Ich erzähle die Geschichte / eines Volks, das in die Erde ging«, schreibt Różycki, ohne ahnen zu können, daß Jahre später ein Leser oder eine Leserin denken könnte, diese Geschichte sei längst nicht abgeschlossen, auch wenn es sich diesmal um ein anderes Volk handelt. Die Wörter der Dichtung vermögen in die Zukunft zu schauen.

»Vater, Mutter, Kind und ringsum / sattes Grün«, »Gänsedisteln, Gras und Schwarzkümmel, und hohe / schöne Kamillen mit leuchtenden Augen«, »Gras, Gladiolen, / Pusteblumen«. Der französische Philosoph Vladimir Jankélévitch schreibt über die Baumblüte in Auschwitz und konstatiert: »das Gras ist nicht angewidert davon, in diesen verfluchten Gefilden zu wachsen; der Frühling unterscheidet nicht zwischen unseren Gärten und diesen Orten unaussprechlichen Elends«. In Różyckis Gedicht verbindet üppiges Grün den Moment an der Schwelle zum Sommer, in dem das Böse noch nicht geschehen ist, mit der Zukunft, in der auf der verfluchten Erde Gras wächst, Akazien erblühen und vielleicht wieder Familien mit Körben an diese Orte kommen, um im Fluß zu baden und gelbe Kirschen zu essen. Im Gedicht »Łąka« (Wiese), ebenfalls aus dem Band »Litery«, ähnelt die Szenerie der von »Kiedy kwitną akacje?« sehr – nur daß es sich diesmal um ein Liebesgedicht handelt:

WIESE

Wie kam's, daß wir gemeinsam den Verstand verloren,
und beide nun hier liegen im plattgedrückten Gras,
das summt und singt? Die Welt ringsum wälzt ihren
ungeheuren Leib, es lärmt und lacht die Epoche,

ein Düsenjet zerschneidet die Leere in Vierecke,
über uns kreisen unsere geflügelten Kinder,
du schiebst mit der Hand eine Wolke zur Seite. Bis Sonntag
bleibt's schön, dann kommt eine Front. Wie kam's, daß wir beide

den Verstand verloren, die Liebe vergiftete uns
mit grünem Gift und wir liegen high voneinander
im Gras – wo bleibt die Zeit, der Henker, mit seinen
Folterinstrumenten: Zahlenketten, Ziffern?

Ein wirklich irres Paar: ein Laut, zwei Buchstaben.
Ich wollte dich, weil Freunde meinten, man könne
mit dir zusammen austicken. Die Akazien dufteten,
und das ist meine einzige Rechtfertigung.

Różyckis Lyrik bewegt mich, weil sie in aus Wörtern zusammengesetzten Zeilen komplizierte, schmerzhafte Geschichten, die wir nicht erzählen möchten und die sich manchmal als unabgeschlossen erweisen, mit »sattem Grün« verbindet, dem betörenden Duft von Akazien, dem Geschmack von gelben Kirschen, den Augenblicken, in denen das Leben »summt und singt«. Diese Gedichte spenden keinen billigen Trost, ihnen fehlt der naive Glaube an die Überwindung von Leid, Unrecht und Tod. Doch sie besitzen die unerhörte, leuchtende Intensität der poetischen Sprache – und sie ist es, diese von etwas Schönem und Gutem erhellte Sprache, die trotz allem Hoffnung gibt. Wörter vermögen die Welt zu stützen.

Ich möchte enden mit dem Wort, mit dem ich nicht hätte beginnen sollen, weil es zu viel offenbart und einen in unmögliche Erklärungen verstrickt. Sztreka – ein Wort, das man bei Linde vergeblich sucht; ein seltenes, regionales, beinah vergessenes Wort; ein deutsches Wort mit slawischer Flexionsendung, geschrieben nach den Regeln der polnischen Orthographie; ein im Viehwaggon mitgebrachtes Wort; ein ganz gewöhnliches, von der komplizierten und schmerzhaften Geschichte Mitteleuropas gezeichnetes Wort; ein fremd klingendes und vertrautes, persönliches Wort; ein Wort, das überraschende Verbindungen aufzeigt; ein gutes Wort für die Lyrik. Im deutschen Göttingen möchte ich dem polnischen Dichter aus Opole, Enkel von Zwangsumsiedlern aus dem vielsprachigen Lwów, dieses Wort schenken – als Erkennungszeichen, als freundliches Schibboleth.

Aus dem Polnischen von
Bernhard Hartmann

RENATE NIMTZ-KÖSTER: TAUBEN AUF DEM ARM, TARNFLECK AUF DEN STRASSEN

Czernowitz im zweiten Kriegsjahr

Schon wieder Czernowitz? Ist nicht alles über diese Stadt in der ukrainischen Bukowina gesagt worden? Auf halbem Weg zwischen Kiew und Bukarest, Krakau und Odessa gelegen, galt sie einst als »heimliche Hauptstadt Europas«, schwärmte noch in den neunziger Jahren der Journalist Georg Heinzen. Mit Rosensträußen, wie er poetisierte, seien die Bürgersteige gefegt worden. Und es habe mehr Buchhandlungen als Bäckereien gegeben.

Dieses Verhältnis hat sich längst umgekehrt, es gibt zahllose Konditoreien feinster Güte, überschaubar ist hingegen die Zahl der Buchhandlungen. In deren Fenstern ist der Lesestoff eher wahllos ausgelegt. Das traditionsreiche »Literaturcafé« am Rathausplatz ist zur »Literaturbank« umgestylt worden – die Bücherwand hinter der alten Wendeltreppe ist ausgedünnt. Aber vor allem wird hier, Handy und Laptop auf dem Tisch, Cappuccino, Zitronentarte oder auch »Kruasani« zugesprochen.

An den legendären Bildungsdrang ihrer ehemals vielsprachigen und multiethnischen Bewohner knüpfen heute ein Literaturfestival und ein Paul-Celan-Zentrum an. Gipsköpfe und Gesamtausgaben der deutschen, polnischen, ukrainischen und rumänischen Geistesgrößen zierten im 19. Jahrhundert die Stuben bürgerlicher Christen und Juden. Lingua franca war Deutsch. Auch die Vielfalt der Baustile spiegelte die Buntheit der Völkerschaften.

Dieser Ort der kulturellen Vielfalt war schon lange auch mein Sehnsuchtsort. Erstmals besuchte ich Czernowitz 2014, da herrschte im Osten der Ukraine schon Krieg und die Krim wurde besetzt. Mancher sprang deshalb von der Studienreise ab. Ich blieb und hatte das Glück, beim Besuch von Czernowitz an der von Franz Joseph I. gegründeten Universität die Germanistin Oxana Matiychuk kennenzulernen. Im Oktober 2023 hat sie mitsamt ihrem Team in Berlin den Georg-Dehio-Kulturpreis bekommen – für ukrainisch-deutsche Kulturarbeit und humanitäre Tätigkeit.

Umgeprägt wurde das Czernowitzer Leben immer wieder von gewaltsamen Umbrüchen. Doch die konnten der Stadt das Gesicht nicht nehmen. Nicht mit Rosen, sondern mit den herkömmlichen Reisigbesen werden heutzutage die Straßen gefegt, besonders sorgsam vor den Bauten, die als historische Denkmale ausgewiesen sind. Und das ist wohl jedes zweite in der Innenstadt, vor allem in der Kobyljanska-Straße, wo ich eine Wohnung gemietet habe. Der Krieg soll mich nicht vom Reisen abhalten.

In den vergangenen Jahren war ich für journalistische Projektwochen an der Universität und wollte nun auch in der schweren Zeit nach Czernowitz, Freunde treffen, neue Menschen kennenlernen, Veränderungen wahrnehmen, Verborgenes entdecken, in die Atmosphäre des Alltags eintauchen: Wie hat der Krieg diesen Ort im Westen des Landes verändert, der durch fast zwanzigtausend Studenten so lebendig wirkt?

Noch ist Czernowitz, sechzig Kilometer von der rumänischen Grenze entfernt, die einzige ukrainische Stadt, die bislang nicht bombardiert wurde. Ist der einst kosmopolitische Ort eine unversehrte Insel am Rande des Kriegsgeschehens?

Vom Balkon meiner Wohnung überblicke ich die Flaniermeile, benannt nach der Dichterin Olha Kobyljanska. Gegenüber ist das elegante gelbe Gebäude mit den Lünetten im grauen Dach, aus der Blütezeit des 19. Jahrhunderts, mit der Europafahne beflaggt, es könnte in Frankreich stehen. Auf zwei Stockwerken ist hier die Geschichte der Stadt und ihrer Landschaft, der Bukowina, in Szene gesetzt. Die Gruppen von Schulkindern sind schon fort, ich habe das Museum für mich, bin aber nie allein: In jeden Raum begleitet mich eine andere Dame mittleren Alters, knipst das Licht an, wartet, knipst es wieder aus. So habe ich es schon vor Jahren erlebt, so war es immer schon.

Trachten, Schlachten, nachgebaute Festungen, Bauernstuben, farbenprächtige Webteppiche, Aufrufe an die »Mitbürger« zur Zeichnung von Kriegsanleihen, an »jeden guten Oesterreicher, jeden Patrioten« vom November 1917, auf rumänisch, deutsch, ukrainisch. Ich verharre bei einem großen Gemälde, es zeigt das Jüngste Gericht. Der naive Maler hat die grausigsten Torturen dargestellt und jeweils beschriftet. Wir blicken uns an, meine Begleiterin und ich haben schon ein paar Worte über den Krieg gewechselt. Das seien die Strafen für Putin, meint sie, eher traurig als wütend.

Die wechselnden Damen führen an Franz-Joseph-Porträts vorbei, an ungelenk bestickten roten Grußbannern zum Besuch der Genossen Molotow und Woroschilow, an einer Ausgabe des »Ukrainischen Gesetzbuches, mit Berücksichtigung der nationalen Minderheiten«, auch auf rumänisch. Der letzte Raum ist neu und der Gegenwart gewidmet: Kriegsgerät, Fotos und Abzeichen ukrainischer Kriegshelden, patriotische Verse und auf roter Banderole »Ruhm der Ukraine, den Helden Ruhm« – das häufige Grußwort in diesen Zeiten.

Auf den Straßen sind sie öfter zu sehen als im vergangenen Jahr, Soldaten im Tarnfleck. Vor der Kommandantur nahe dem Wochenmarkt steht die schwerbewaffnete Wache, der Mann reagiert freundlich auf meinen Gruß. Öfter sind Soldaten auch auf der Kobyljanska zu sehen, darunter junge Soldatinnen, sehr langes Haar unter den Kappen. Ein Paar, wohl in den Vierzigern, geht langsam, der Soldat läuft mit Krücke. Dort, wo der Mann mit den dressierten Tauben seit jeher seinen Platz hat, lassen sie sich fotografieren, eine Taube auf der Hand, eine auf dem Arm, eine auf dem Kopf, sie lachen sich an, geben sich einen Kuß. Ich kann nicht anders, muß auch von mir ein Friedenstauben-Foto machen lassen.

Auf der Kobyljanska scheint an den immer noch warmen Oktoberabenden die akute Bedrohung weit weg zu sein. Auf beiden Seiten erinnert die Straße an ihre Vielvölker-Vergangenheit: Cernivtsi auf ukrainisch, Czernowitz, auch in der hebräischen Schrift des Jiddischen, Cernăuţi auf rumänisch, Czerniowce auf polnisch ist in regelmäßigem Abstand eingraviert. Die ethnischen Gruppen hatten und haben immer noch ihre stolzen Nationalhäuser, das dreistöckige der Buchenland-Deutschen im Jugendstil von 1910. Gegenüber haben sich 1905 die Polen ihr Haus erbaut, weiter unten, zum Rathaus hin, die Rumänen. Das am Theaterplatz gelegene prachtvolle Haus der jüdischen Gemeinde von 1908 ist heute ein städtischer Kulturpalast mit jüdischem Museum, die Gemeinde besitzt hier nur noch einen Raum.

Auf der Kobyljanska reiht sich ein Restaurant ans andere, mit einladenden Terrassen, warm beleuchtet. Über das kleinteilige Granitpflaster schlendern hübsche modebewußte Frauen mit ihren ebenso modischen Hündchen. Eltern fotografieren ihre Kinder in der bronzenen Kutsche, die mitten auf der Straße steht. Auch viele Flüchtlinge aus dem Osten des Landes, die zu Tausenden in Czernowitz gestrandet sind, gehen mit der Familie aus. Sie sprechen Russisch, das nun hier öfter zu hören ist als vor dem Krieg. Aus den zwei Musikschulen an der Kobyljanska huschen noch Schüler mit ihren Instrumenten nach Hause.

Tagsüber, beim Streifzug durch die Seitenstraßen, offenbaren sich die Widersprüche, Schattenseiten und Bitternisse der Zeit: Ärmliche Frauen bieten an der Straßenecke

Äpfel und Birnen an, viele schöne alte Häuser verfallen, in Balkonen klaffen bedrohliche Löcher. Altertümliche und moderne Busse rumpeln über lückenhaftes Kopfsteinpflaster. Neue Post, alte Post: Wie ein Ballsaal prunkt mit ihren Kronleuchtern die staatliche alte Post, an deren Schaltern Sondermarken mit Soldaten oder einem historischen Czernowitzbild verkauft werden. Ob und wann die Post ankommt? Sicher und schnell ist angeblich die Konkurrenz gegenüber, die private »Nova Poschta« mit auffälligem rotem Schriftzug.

Vor dem Rathaus, an dem neuerdings Bilder von Czernowitz über einen großen LED-Bildschirm laufen, starten Polizisten in neongrünen Westen zum Dienst auf dem Fahrrad.

Gegenüber, auf dem zentralen Platz mit Springbrunnen und Monument des Nationaldichters Taras Schewtschenko, sehe ich wieder die Gefallenen der Region Czernowitz: An der Wand sind die Fotos angebracht, die ich schon von 2022 kenne. »Sag, wo die Soldaten sind, wo sind sie geblieben? Zogen fort, der Krieg beginnt. Wann wird man je verstehen?« – »Where have all the flowers gone?« Pete Seegers zeitloses Lied von 1955 kommt mir in den Sinn. Kaum jemand weiß, daß zentrale Passagen aus diesem Song einem kosakisch-ukrainischen Volkslied entstammen. Wie viele Soldaten, Männer und Frauen, allein aus der Bukowina mußten ihr Leben geben im Vernichtungskrieg Rußlands? So viele sind es, daß man es wohl aufgegeben hat, ihre Fotos weiterhin hier anzubringen.

Am Kathedralplatz, wo vergangenes Jahr das Monument für die Rote Armee abgetragen wurde, parkt auf dem nun leeren Grund ein Auto mit einer quer übers Dach und das Rückfenster geklebten Aufschrift: Hohn über die Versenkung von Putins Flaggschiff »Moskwa« und: »Russen, verpißt euch …«

Nicht mehr knallrosa, sondern zartgelb ist die Kathedrale des Heiligen Geistes gestrichen. Am Zugang zur Kirche wird in zwei Schaukästen auf ukrainisch und rumänisch versichert, daß dieses orthodoxe Gotteshaus keinerlei Sympathien für Putin oder seinen Patriarchen Kirill hege – ein Zeugnis des Kirchenstreits im Lande.

»Eine Bastion« der kirchlichen Putinfreunde sei die Kathedrale, empört sich Oxana. In ihrem Büro am Ende eines langen Ganges des labyrinthischen Unigebäudes herrscht Chaos: In den Regalen stapeln sich Medikamente, Sohlenwärmer, Handwärmer und Socken für die Soldaten. Studenten werden später alles ordnen und verpacken. Draußen, vor den Kasematten, liegen Sandsäcke. Im vergangenen Herbst mußte ich mit Studenten und Dozenten in den unterirdischen Gängen der Uni bei Luftalarm Schutz suchen. Diesmal bleibt es ruhig.

Mit ihrem Ensemble von Gebäuden, die zur historischen Residenz der Bukowiner Metropoliten gehören, zählt die Jurij-Fedkowytsch-Universität zum UNESCO-Weltkulturerbe.

Hier, im Zentrum »Gedankendach«, nach einem Wort von Rose Ausländer benannt, über die Oxana promoviert hat, ist kaum mehr Zeit für wissenschaftliches Arbeiten. Wir eilen zur mathematischen Fakultät an der Universitätsstraße, um das Lager für die ständig eintreffenden Hilfsgüter zu inspizieren: Babywindeln, Ketchup, Reis, Nudeln, Mehl, Müsliriegel, Taschenlampen. Alles muß geordnet und weitergeleitet werden.

Dann endlich essen gehen im »Erdbeerchen«: Drei Tische hat das Restaurant, das Asa Petriwna gemeinsam mit ihrer Tochter Hannusja führt. Kultig würde man diesen altmodischen Ort in Deutschland nennen: Schon als Studentin hat Oxana hier gegessen, billig und gut. Täglich gibt es eine frische Gemüsesuppe, immer freitags den klassischen Borschtsch, natürlich alles mit saurer Sahne. Danach einfache, wohlschmeckende Gerichte – Kartoffelpüree mit Fleisch oder nur mit Gemüse, Kohlsalat, köstliche, mit

Quark gefüllte Pfannkuchen, feine Wareniki, süß oder salzig gefüllte Teigtaschen.
Hier kehre ich nun täglich ein – auch am Tag vor der Abreise, an dem sich noch drei Begegnungen ergeben haben: mit dem prominenten Germanisten und Celan-Experten Petro Rychlo, der deutsche Slawisten mit seinen Texten zum imperialistischen Denken russischer Schrifsteller, darunter Puschkin, Dostojewski und Solschenizyn, provoziert hat. Mit Natalia Nechaiewa, Politikwissenschaftlerin, die auch über die Zeit nach dem Krieg reflektiert. Und zu guter Letzt mit der Psychologiestudentin und Pfadfinderin Olha Melnyk, einundzwanzig Jahre alt. Das bezaubernde Mädchen, bekennende Patriotin, hat sein Trauma nach Kriegsausbruch mit Hilfe eines Stipendiums an der Universität Augsburg überstanden und wagt sich mit mir an einen ersten Podcast, auf deutsch. Thema: die Situation der Studenten im Krieg. Hinterher entspannen wir am Tischchen im Hof eines Hostels, wieder an der nahen Kobyljanska. Voller guter Gedanken nehme ich Abschied von Olha und ihrer Stadt, am nächsten Tag ist Abreise.
Mit dem Schlafen wird es nichts. Morgens um zwei stehe ich mit Gepäck auf der Straße bereit. Fahrer Mischa, der die Route nach Berlin und Hamburg mit seinem Kleinbus seit zwanzig Jahren fährt, kommt auf die Minute genau.

JÜRGEN ENGLER: GEDICHT UND GEDÄCHTNIS

Maria Stepanowa und die Wiederkunft

Wir Toten, wir Toten sind größere Heere
Als ihr auf der Erde, als ihr auf dem Meere!
Conrad Ferdinand Meyer, Chor der Toten

Jedes gute Gedicht verdankt sich einem beseelten Körper und seiner besonderen Geschichte.
Und es verwandelt das Autobiographische in ein Exempel menschlichen Daseins.
In dem Romanessay »Nach dem Gedächtnis« schreibt die russische Dichterin Maria Stepanowa die Geschichte ihrer Familie auf. Verwundert stellt sie fest, daß ihre »Großmütter und -väter einen beträchtlichen Teil ihrer Energie darauf verwendet haben, unsichtbar zu bleiben. Möglichst unauffällig zu werden, im häuslichen Dunkel unterzutauchen, sich abseits zu halten von der Weltgeschichte mit ihren überlebensgroßen Narrativen und ihrer Fehlertoleranz von ein paar Millionen Menschenleben.«
Daraus ergibt sich eine weitreichende Überlegung: »Daß alle diese Leute, die Lebenden wie die Toten, keine Gelegenheit hatten, *gesehen* zu werden, daß das Leben ihnen keine Chance ließ, zu *bleiben*, erinnert zu werden, im Licht zu stehen, daß ihr Normalsein sie dem schlichten menschlichen Interesse entzog, schien mir ungerecht. Man mußte von ihnen und für sie sprechen ...«
Das ist der Glutkern ihrer Dichtung.

Auf den Permafrostboden klatscht
    Frühling,
Wie ein heißer Urinstrahl,
Der das Eis schmilzt,
Unterm Eis die Buchstaben aufstört,
    gelbe und grüne,
Zweige fahren blinzelnd durchs Licht,
Und da: die Dichtung dänischer Zunge,
    weiblich, die unter der Erde liegt,

Tot wie so viele und trotzdem lebendig ...

Gehuldigt wird hier der Dichterin Inger Christensen. Mit ihrem »Alfabet« suchte sie dem enzyklopädischen Anspruch der Dichtung zu genügen, alles Existierende zu erfassen und zu benennen: eine unlösbare Aufgabe. Um die unendliche Fülle zu ordnen, greift Christensen auf die Fibonacci-Zahlenreihe zurück, bei der sich die jeweils folgende Zahl durch Addition aus den beiden vorangegangenen Zahlen ergibt: 0, 1, 1, 2, 3, 5, 8, 13, 21 usw. (Christensen hat das Unternehmen bis zum Buchstaben N durchgeführt und dann abgebrochen.)
Widmet sich Christensen allem Existierenden, so gilt Stepanowas Andenken allen Menschen, die jemals lebten – den Toten, die gleichsam wieder in die Gemeinschaft der Lebenden aufgenommen werden sollen. (»Zwischen der offensichtlichen Notwendigkeit, ausnahmslos alle zu retten, und dem ebenso offensichtlichen, tiefsitzenden menschlichen Bedürfnis, aus jeder Vielheit das *eine*, einzig Wahre auszuwählen, ist für eine richtige Entscheidung kein Platz«, heißt es im Romanessay.) Verwendet wird ein Ordnungsschema, das den Vorzug der Begrenzung und Überschaubarkeit hat. Der Text ist nach der Anzahl der Buchstaben im deutschen Alphabet in sechsundzwanzig Abschnitte gegliedert, wobei es in umgekehrter Buchstabenfolge präsentiert wird. Jedem Abschnitt wird gegenüber dem vorigen eine Zeile hinzugefügt, so daß der Abschnitt Z einen Vers und der Abschnitt A sechsundzwanzig Verse umfaßt.
»Reiß die gefrorne Erde auf, rühr an das tote Lied« – aufgesucht werden die »endlosen Felder«, die Schlachtfelder, in deren Erde die Toten der Kriege und Bürgerkriege liegen. »Sie liegen erschossen, in Gräben voller Sterne und Traubenkirschenblüten, / Liegen in Sümpfen, wie Grashalme, Sprotten in Öl, // Liegen still unter Küsten, Seen und Autobahnen …«. Der Dichtung – »absurdes vieläugiges Wesen mit vielen Mündern« – ist es aufgegeben, die Toten im Gedächtnis zu bewahren. Sie weigert sich, den Tod als endgültig anzuerkennen: »Andauernd sterbt ihr, / Als wäre das ganz normal …«. Ihre Mission:

> Komm, sammeln wir diesen Körper
> gemeinsam ein
> (am Kreml den Po, am Stadtrand
> draußen ein Bein)
>
> Das Ewige Feuer brennt, es verschlingt
> die Toten,
> Die Verschollenen, Vergessenen,
> Vermißten, die Weißen und Roten.
>
> Bewahr sie vor ihm: jede große und
> kleine Zelle,
> Gefäßgeflechte, Synapsen und
> Trommelfelle,
>
> das gerippte Gaumengewölbe, den
> mulmigen Leistenflaum,
> Gehör und Verstand und dazwischen
> den zarten Saum:
>
> Wie setzen wir das bloß zusammen für
> das Jüngste Gericht?

Die zerstückelten, zerstreuten Körper – *disiecta membris* – gilt es wiederherzustellen, als »Auferstehungskörper«: »Ein Arm, an der Marne begraben. / Ein Arm, nahe Narva begraben. / Ein Arm, im galizischen Sumpfland liegend. / Ein Aschearm, nirgend liegend. / Das alles kehrt irgendwann wieder.«
Maria Stepanowa bedient sich der christlichen Mythologie, sie ruft die Lazarus-Legende auf und schließlich die Passionsgeschichte Jesu, der mit dreiunddreißig Jahren am Kreuz starb – und auferstand: »Auferstehen werden wir mit dreiunddreißig Jahren, / Alle, auch wer mit siebzig gestorben ist oder neun.«
Dichtung ist die irdische Analogie zur *Apokatastasis*, der theologischen Lehre von der ewigen Seligkeit – der vollkommenen Wiederherstellung der Schöpfung am Weltende. Zugleich greift die Dichterin die Tradition

des russischen Kosmismus auf. Der Philosoph Nikolai Fjodorowitsch Fjodorow (1829–1903) entwarf in seiner Schrift »Philosophie der Gemeinsamen Aufgabe« (1906/13) das Programm, den Tod mit wissenschaftlich-technischen Mitteln zu überwinden und sämtliche verstorbenen Vorfahren wiederherzustellen.

In seinem historischen Roman »Damenopfer« läßt Steffen Kopetzky einen Anhänger Fjodorows dessen Lehre verkünden: »›Was soll das schon für ein Sozialismus sein‹, pflegte Dudow zu sagen, ›welcher sich erst in der Zukunft verwirklicht und den künftigen Generationen das Paradies auf Erden errichtet und soziale Gerechtigkeit gewährt – während all die früher Lebenden leer ausgehen sollen? Eine schreiende Ungerechtigkeit! Der zukünftige Sozialismus darf nicht als eine Ausbeutung der Toten durch die Lebenden funktionieren.‹«

Ungebrochener Fortschrittsglaube steht hinter dem hochherzigen Projekt. Wohl war das beginnende 20. Jahrhundert von Krieg und Bürgerkrieg gezeichnet, aber die Hoffnung bestand, nach dem »letzten Gefecht«, wie es in der »Internationale« heißt, in eine friedvolle Zukunft zu gelangen. Und Hitlers und Stalins Lager gab es noch nicht.

Durch das Shoah-Gedenken hat das nach Gerechtigkeit strebende Erinnern starke Impulse erhalten. Das Diktum von der Einzigartigkeit des millionenfachen Mordes an den Juden bedeutet nicht, seine Unvergleichbarkeit zu behaupten und damit die Konkurrenz verschiedener Opfergruppen zu fördern, sondern vielmehr, sich allen Opfern in rechtem Maße zuzuwenden – mit Blick auf die reale Geschichte eine zugegeben idealtypische Forderung.

Angesichts dieser Gewaltopfer ist das Recht der Lebenden, sich ihres Daseins zu freuen, zugleich ein Unrecht. Mit diesem Unrecht muß man leben, es kann gemildert, nicht aber aufgehoben werden. Eben deshalb ist am Programm richtigen *und* gerechten Erinnerns festzuhalten. Die philosophische Spekulation des Kosmismus, die materialistische Metaphysik werden gleichsam von Kunst und Dichtung eingelöst: im unablässigen Bemühen, die Vergangenheit – die Dahingegangenen – im Gedächtnis zu bewahren.

Auch Stepanowas (früher entstandenes) Gedicht »Krieg der Tiere und Untiere« ist dem lyrischen Auferstehungsprojekt verpflichtet. Die Welt ist ein Kriegsschauplatz; die Erde »hält zu den Toten / bewahrt sie auf für die Leichenschau«. Der Tod macht alle gleich im »crashkurs geschichte«: »ljosch he ljosch / gib mal feuer / sagt der tote zum toten / der erschlagene zum erschläger«.

Ihre Gedächtnisarbeit beruft sich auf Jacques Rancières Essay »Figuren der Geschichte«, der zwischen Dokument und Monument unterscheidet. Das Dokument macht die Erinnerung offiziell, das Monument löst durch sein bloßes Dasein Erinnerung aus und bewahrt sie. Der Begriff Monument hat den Makel, daß er assoziativ eher mit kollektiver als mit persönlicher Erinnerung in Verbindung gebracht wird. Geeigneter sind die Begriffe des amerikanischen Neuropsychologen Joseph LeDoux. Er spricht von semantischer und von episodischer Erinnerung. Erstere bezieht sich auf Fakten, auf das, was wir über die Welt durch wiederholtes Erleben wissen; es ermöglicht uns, ein Objekt sprachlich zu erkennen (wobei die Information über die sprachliche Benennung hinausgeht). Die episodische Erinnerung ist, wie schon der Name sagt, mit spezifisch wahrgenommenen Ereignissen, mit persönlichem Erleben verknüpft.

Daraus folgt, daß das Gedicht als individuelle Schöpfung den Raum episodischer Erinnerung öffnet. Schwierigkeiten des Verständnisses, die sich bei seiner Aneignung durch ein anderes Bewußtsein ergeben können, resultieren aus dieser biographischen Fundierung des Erlebens. Je näher sich Verfasser und Rezipient in einem zeit- und sprachgeschichtlichen Raum sind, desto leichter kann sich letzterer im Text bewegen. Wohl gibt es schwer verständliche, aber keine prinzipiell unverständlichen Texte (ein Bewußtsein ohne schwere Störungen vorausgesetzt). Die episodische Erinnerung – wenn sprachlich verfaßt – ist immer mit der semantischen gekoppelt. Und weiter: Episodische Erinnerungen sind naturgemäß autobiographisch, aber nicht jede autobiographische Erinnerung ist episodisch. Mit diesen Begrifflichkeiten kann man in Stepanowas Texten gut navigieren.

Das poetische Gedächtnis ist zugleich das Gedächtnis der Poesie. Die Großgedichte Stepanowas bilden ein dichtes Textgewebe, das eine Vielzahl von Allusionen, Zitaten und Kryptozitaten einschließt. Um nur zwei Beispiele anzuführen:

»Die tote Dichtung spricht, sie sagt: / ›Ich schreibe wie der Wind.‹« Aufgerufen wird Alexander Bloks Poem »Die Zwölf«, das »Wirbelwehn / Weißen Schnees«, der Wirbelsturm der Revolution, der Rußland erfaßt hatte. Die zwölf Rotgardisten schreiten »mit blutiger Fahne« unbeirrt voran – Bloks apokalyptisches Gedicht (die Apokalypse umschließt Zerstörung und Verheißung) endet mit den berühmten Versen: »Und voll Sanftheit jeder Schritt, / schreitet Jesus Christus mit.« (Übersetzung von Alfred Edgar Thoss)

Das zweite Exempel: »In einem der dunklen Gänge unter der Erde / Findet ein wachsames Mädchen / Was dort nicht zu finden sein sollte …« – die im Frost erstarrte Schwalbe, die von »Däumelinchen« erwärmt und wieder zum Leben gebracht wird, so in dem Märchen von Hans Christian Andersen.

Das poetische Verfahren, dem die Dichterin folgt, wird im Großgedicht »Spolia« schon im Titel benannt. Es beginnt: »alles zusammengenommen / lautete der befund: / sie ist nicht in der lage, für sich zu sprechen, / daher diese zwanghaften reime // diese schlecht kopierten veralteten formen«.

Was bedeutet der Befund? – Nicht in der Lage zu sein, für sich zu sprechen, ist ein Verweis auf die Unfähigkeit, ein Anliegen kommunikativ überzeugend zu artikulieren. Nicht die lyrische Figur spricht, sondern sie wird gleichsam »zwanghaft« gesprochen, doch eben ohne darin ihr Selbst (gänzlich) wiederzufinden.

Die (Selbst-)Kritik der Dichterin und Dichtung kann ins Positive gewendet und es kann gefragt werden, ob sie, von sich absehend, um so besser für andere (und letztlich damit auch für sich selbst) sprechen kann. Eben dies demonstriert »Spolia«. Paradox gesprochen: »ich lebe ein leben ohne ich – aber wer könnte ohne mich leben!«

Spolien nennt man die aus anderen Bauten wieder verwendeten Teile, die in neue Bauwerke eingefügt werden. Jeder schöpferische Akt ist auch ein barbarischer. Die Schaffung des Neuen setzt die Zerstörung von etwas Altem voraus, entweder durch einen selbst oder durch einen anderen, dessen Ruinen-Material man verwendet.

Als Analekten bezeichnet man Sammlungen von Auszügen oder Zitaten aus dichterischen oder wissenschaftlichen Werken. In gewisser Weise läßt sich das Vorgehen Stepanowas als Sammeln und Aufsammeln der in der semantischen und episodischen Erinnerung auftauchenden Realien und als deren »Einverleibung« in den Text bezeichnen. Zugleich konfrontiert es uns mit dem Fragmentarischen und Lückenhaften des Gedächtnisses, seinen »unvermeidlichen Verdunklungen und Revisionen«, wie es im Essay heißt. Vom Bruchstückhaften geht der Zwang aus, es zu vervollständigen. Erinnerung wird zur Mischung von »Gewesenem und Nichtgewesenem, von Dokumentarischem und Fiktivem« – Stepanowa bekennt sich ausdrücklich zu W. G. Sebalds detailgenauer wie atmosphärisch verschleierter Lebensgeschichtsschreibung. »der enthauptete hahn, der durch den hof flog« – »irgendein wassja aus der pokrowkastraße« – »der im krieg gefallene zwanzigjährige ljodik« – »das kleine mädchen, das sich all das einprägen wird«. Die aufgesammelten Erinnerungen lassen sich wie ein Puzzle zusammensetzen, wobei das so entstehende Bild immer nur ein vorläufiges sein kann.

Bild reiht sich an Bildchen: »meine großmutter / sie ist kaum älter als ich« – »mama, fünf jahre, mit seidenschleife« – »wie die toten sich unter die lebenden mischen«: Augen-Blicke, wie wir sie aus den Fotoalben der Familie kennen, eingefrorene Zeit; Momentaufnahmen als dauernde Zeugnisse der Vergänglichkeit. Die Familienfotos (»weißt du noch«) reihen sich ein in die Bildsequenzen russischer Geschichte des 20. Jahrhunderts, von Revolution, Bürgerkrieg und Großem Vaterländischem Krieg. Selige und schreckliche Erinnerungen kontrastieren: »ein umschlungenes paradies in den armen der hölle«.

Doch wird falsches Pathos vermieden, eventuelle Erwartungen des Publikums in dieser Hinsicht werden unterlaufen. Die Topoi der Heimatpoesie des Sozrealismus, die poetischen Versatzstücke werden konsequent ironisiert. »pastiche auf pastiche, mehr kann sie nicht, lauter aufgehübschte leichen«. Stepanowa zehrt von der avantgardistischen und experimentellen russischen Dichtung – »als ta-da-da jüngst blühte« –, von der derben Volkspoesie der Tschastuschki-Tradition, den Abzählversen der Kinder und der Nonsenspoesie. Daniil Charms und die Leningrader Künstlergruppe »Oberiu«, die frühen Absurden des 20. Jahrhunderts, lassen grüßen.

In der 10er Straßenbahn
Hat sich Puschkin weh getan.
›Ende Schmende‹, spricht er lallend,
Läßt ein Häuflein Beeren fallen –
Toter Dichter, Demiurg,
Kommst nicht mehr nach Petersburg!

Spätestens jetzt ist es an der Zeit, auf die großartige Übersetzungsleistung Olga Radetzkajas in der Wiedergabe des Klang-, Bild- und Formenreichtums der Originale einzugehen. Sie hat alle von Suhrkamp edierten Bücher ins Deutsche übertragen. Neben den bereits genannten sind das die Gedichtbände »Mädchen ohne Kleider« (2022) und »Winterpoem 20/21« (2023).

»Mädchen ohne Kleider« enthält drei Poeme, außer dem titelgebenden: »Kleider ohne uns« und »Bist du Luft«. Das erste thematisiert das Erwachen weiblicher Sexualität: »mit fünfzehn füllen / Neugier und Scham deinen Körper«. Vermerkt werden die Beklemmungen und Bedrängnisse, ausgelöst vom männlichen, oft latent oder unverhohlen pornographischen Blick. Das Poem enthält fünfzehn Abschnitte, die aus jeweils achtzeiligen Strophen und einem resümierenden Zweizeiler bestehen. Die Anzahl der Gedichte erinnert an einen Sonetten-Kranz. Ein solcher wird mit »Kleider ohne uns« vorgelegt. Die gleichsam textile Verknüpfung des Kranzes gipfelt im sogenannten Meistersonett, das aus den Anfangszeilen der vorangegangenen vierzehn Sonette besteht, wobei die letzte Zeile eines Sonetts zugleich die nächste des folgenden bildet. (Die Grundform gibt das französische Sonett vor, wobei die Form – die Verse sind von unterschiedlicher Länge und ungereimt – frei gehandhabt wird.) »Zeige die Kleider entkleidet« – ihre Geschichte ist zugleich eine Geschichte der Körper.

Das Poem »Bist du Luft« ist von anderer Machart. Es enthält dreiunddreißig lyrische Medaillons, kurze Vierzeiler, Haiku-ähnlich:

»Bist du Luft jetzt, und wenn: kitzelt es nicht, / Wenn die obersten Zweige durch dich streichen? / Bist du Feuer? Dann hab genug Natur. / Bist du Erde, dann sei der Himmel dir leicht.«

Die Lehre von den vier Elementen wird leicht und luftig vorgetragen: Gedichte der

Durchlässigkeit des Ichs, des Verschwindens und Entschwebens.

Olga Radetzkajas Anliegen war es, wie sie in einem dem »Winterpoem« beigegebenen Gespräch mit der Autorin bemerkt, in der Nachdichtung ein Summen und Schwirren der Klänge und Worte wie im Original zu erzeugen. Die von Stepanowa verwendeten Spielformen der Poesie werden von ihr in kongenialen Entsprechungen ins Deutsche gebracht: das Liedhafte, das lyrisch Aphoristische, das Balladeske, das Parodistische, das surreal Traumhafte, das Zerlegen der Wörter in Silben wie in Abzählverse. Eine Poesie vielfältiger Anklänge von Homers Anrufung der Muse (»singe mir, muse, den heimischen landsitz, die alte allee wo / die knochen unter der birke liegen«) bis hin zur Selbstbehauptung als Selbstaufgabe à la Whitman (»ich lebe ein leben ohne ich – aber wer könnte ohne mich leben! / ich bleib dir auf den fersen, von hier bis zur stunde des todes«). Sie findet eigenständige Lösungen für die Wiedergabe der Elisionen, mit denen die Dichterin gern arbeitet (»damals als wir noch«), so die Mitarbeit der Leser und Leserinnen herausfordernd. »май, май,тройцын день«; Radetzkaja überträgt: »komm lieber mai« – und man ergänzt vergnügt: »und mache die Bäume wieder grün«. Oder: »und diese liebe zu zitaten, na ja / sie kann halt lieben nur« – »und sonst gar nichts« drängt sich als Vervollständigung auf. Die Bilder der Dichtung sind Schatten, die von den Lesenden und Lebenden mit ihrem Blut genährt und zum Leben erweckt werden.

Daß Lyrik zuallererst eine Echo-Kunst ist, demonstriert das »Winterpoem 20/21«. Es führt in eine erfrorene, erstarrte Welt. Eindringliche Bilder, die der Erfahrung der Covid-Pandemie entspringen, verschmelzen mit denen von Exil und Verbannung; Zeiten und Orte überlagern sich. Zentrale Figur ist der römische Dichter Publius Ovidius Naso (Ovid), der im Jahre 8 v. u. Z. von Kaiser Augustus nach Tomis am Schwarzen Meer (dem heutigen Constanta in Rumänien) verbannt wurde. Das zwischen Resignation und Hoffnung schwankende Schreiben in der Verbannung führte er als Thema in die Literatur ein.

»Als wäre die Literatur die wichtigste aller Künste / Und als fragte der Caesar persönlich, bevor er zu Bett geht, / Noch rasch seinen Referenten: Was Neues von Naso? / Was schreibt er denn so dort in seinem Woronesch?« – Wegen eines satirischen Epigramms auf Stalin wurde der russische Dichter Ossip Mandelstam 1934 vom Diktator nach Woronesch verbannt; im Lager starb er an Typhus. Im Gespräch bemerkte Stepanowa: »Auf Ovid greifen sowohl Puschkin als auch Brodsky als auch Mandelstam zurück, er ist unser Schutzheiliger.«

Vornehmlich orientierte sich die Autorin in diesem Poem an klassischen Versmaßen, polyphon läßt sie die Stimmen vibrieren und oszillieren (griechische und römische Mythologie; Dantes »Göttliche Komödie«, der 33. Gesang der »Hölle«, der den im ewigen Eis steckenden Verrätern und Feinden der menschlichen Gemeinschaft gilt; Andersens Märchen »Die Schneekönigin« und anderes). Das Motiv der aufgetauten Töne hat sie aus Erich Raspes Münchhausen-Geschichte. »In diesem Buch«, so im Postskriptum, »sind gefrorene und wieder aufgetaute Worte und Stimmen zu hören«. Auch dies also ein Beitrag gegen frostige Einsamkeit: Wiedersehen und Wiederhören – »Wiederkunft«.

Doch dauert blutrünstige Historie an. So muß schließlich die bitter stimmende Erkenntnis der Dichterin zitiert werden: »Über lange Zeit basierte mein (und ich denke, nicht nur mein) Leben, Schreiben, Denken auf der Annahme, wir lebten in einem post-katastrophischen Zeitalter und die zentrale Frage unserer Zeit sei, wie wir mit der Erinnerung an die Vergangenheit, mit der Erinnerung an die Katastrophe/n umgehen. Jetzt erkennen wir, daß es tatsächlich ein Leben im Vorfeld der Katastrophe war, einer neuen Katastrophe, die erst noch dabei ist, sich zu entfalten – und das verändert alles …«.

MARCEL LEPPER: DIE TAGESORDNUNG

Vor vier Jahrzehnten veröffentlichte der Genfer Literaturwissenschaftler Jean Starobinski einen Aufsatz unter dem Titel »L'Ordre du jour«. Eine Übersetzung erschien wenige Jahre später im zwölften Band der Gruppe »Poetik und Hermeneutik«. Die deutsche Bindestrich-Formulierung »Die Tages-Ordnung« weist, ein wenig überdidaktisch, auf die Doppelbedeutung des französischen Originals hin: Geht es um die Tagesordnung oder um die Ordnung des Tages, die protokollarische Struktur oder die besonnene Zeiteinteilung?

Starobinskis Essay befaßt sich, anders als zahlreiche Publikationen seiner Zeit, weder mit Bürokratieforschung noch mit Beschleunigungs- und Optimierungsphänomenen. Er begibt sich auch nicht, wie Michael Endes Kinderheldin »Momo«, auf die Jagd nach den Zeitdieben. Er referiert keine Sozialgeschichte der Zeitdisziplin, keine Problemgeschichte des calvinistischen Fleißes, keine Kritik der Entfremdung. Statt dessen fragt er nach den theologischen, philosophischen und literarischen Vorstellungen, an denen die Zeitwahrnehmung von Menschen ausgerichtet ist: Woher kommt die Idee, daß Zeit kostbar sei? Starobinski gelingt auf fünfundzwanzig Seiten ein historischer Bogen von Horaz über Rabelais zu Rousseau, von der christlichen Zeitordnung zum utopischen Zeitregime der Jakobiner und Marxisten.

Die erste Überraschung, die Starobinski zutage fördert, ist eine gattungsgeschichtliche: Das literarische Genre, das genug Biß hat, das flüchtige Phänomen Zeit zu fassen, ist nicht die Elegie, sondern die Satire. Horaz stellt die Zeitproblematik im Stadt-Land-Kontrast dar: Das termin- und pflichtenreiche Stadtleben weckt die Sehnsucht nach der Muße auf dem Land. Von den falschen Verlockungen des urbanen Trubels erzählt die Fabel von Stadtmaus und Landmaus. Die Grammatik der prekären Zeiteinteilung ist, so zeigt Starobinskis aufmerksame Lektüre, eine adverbiale. Während sich das Stadtleben auf die kollektive Betriebsamkeit, die rastlos aneinandergereihten Aufgaben (*negotia*) ausrichte, sei auf dem Land der spontane, individuelle Zeiteinsatz möglich. »Bald« dieses, »bald« jenes tun können, »tantôt … tantôt …« im Französischen, »nunc … nunc …« bei Horaz: Das bleibt die Imagination des privilegierten Stadtbürgers, der vom Goldenen Zeitalter träumt.

Das satirische Genre nutzt auch François Rabelais. In seinem Roman »Gargantua« muß der monströse Held das scholastische Bildungssystem verlassen, um sich einem effizienteren Lernprogramm auszusetzen, das keine Stunde des Tages ungenutzt läßt. Der scheinbar ganzheitliche Anspruch, alle Wissenschaften und Künste, dazu auch Gymnastik und Wettspiele in einen Stundenplan zu pressen und »Multitasking«-Effekte zu nutzen, zeigt im Moment der Umsetzung seine übergriffigen Züge. Zweifelhaft bleibt aber auch Gargantuas utopisches Gegenprogramm, die Abtei Thélème, in der die Formel »Tu, was du willst« nur gelten kann, weil der Zugang nach vorausgeschickten Erziehungskriterien streng eingeschränkt wird: Willkommen ist, wer will, was alle wollen.

Die Disziplinierung des Riesen Gargantua demonstriert, so Starobinskis Pointe, zweihundert Jahre vor Rousseau, daß die Auswege aus der Tagesordnung schwieriger zu gestalten sind als gedacht. Spottbegabter als Rousseau, beleuchtet Rabelais das utopische Gegenmodell, die Erlösung aus der Zeitmessung. Das französische Imperfekt markiert, daß die Tätigkeiten in Thélème nicht mehr auf einen Zeitpunkt festlegbar sind. Doch auch dort geht die Zeit weiter. Die spielerische Unterordnung des einzelnen unter die gemeinschaftliche Pflichtenfreiheit lebt von Täuschung. Der Aufenthalt ist endlich, auch die Lebensdauer der Teilnehmer bleibt begrenzt.

Wenige Jahre nach Starobinski legt Hans Blumenberg, Mitglied der Gruppe »Poetik und Hermeneutik«, seine umfangreiche Studie zu diesem Mißverhältnis von »Lebenszeit und Weltzeit« vor. Blumenberg besteht deutlicher als Starobinski auf der doppelten Kränkung, die in der Erkenntnis liege, daß Individuen sterblich sind und an die Vergangenheit, die je eigene wie die der menschlichen Gattung, allenfalls rekonstruktiv heranreichen können. Daß Blumenberg das Problem aus sozialökonomischen Asymmetrien herauslöst, hat ihm den Vorwurf eingetragen, selbst Teil des pathologischen Konservatismus zu sein, dessen Genealogie er nachzuzeichnen versucht.

Mit größerem Interesse läßt sich Starobinski auf die sozialrevolutionären Ansätze von Rousseau über Marx bis zum Pariser Mai 1968 ein. In der berühmten Stelle aus Marx' »Deutscher Ideologie« erkennt er die horazische Satire wieder: »Sowie nämlich die Arbeit verteilt zu werden anfängt, hat Jeder einen bestimmten ausschließlichen Kreis der Tätigkeit, der ihm aufgedrängt wird, aus dem er nicht heraus kann.« Das Versprechen der kommunistischen Gesellschaft greift auf, was die Utopie vom Goldenen Zeitalter nicht einzulösen vermochte: »heute dies, morgen jenes zu tun, morgens zu jagen, nachmittags zu fischen, abends Viehzucht zu treiben, nach dem Essen zu kritisieren, wie ich gerade Lust habe, ohne je Jäger, Fischer, Hirt oder Kritiker zu werden«.

Da ist es wieder, das »bald dieses«, »bald jenes«, das horazische »nunc ... nunc«. Starobinskis Kritik ist besser gealtert, weil sie nicht ideologisch, sondern grammatisch ansetzt. Zwingt die kapitalistische Gesellschaft die Individuen zum Verkauf nicht nur ihrer Arbeitskraft, sondern ihrer Lebenszeit? Entleert sie zugleich den Sinn des Verkaufs, indem sie keine Spielräume außerhalb dieses Zeitmarkts übrigläßt? »Pendeln, arbeiten, schlafen«: Der Rhythmus der suburban organisierten Großstädte wird zum kritischen Slogan der marxistisch inspirierten Demonstranten von 1968. »Dodo – métro – boulot – métro – dodo ...« Starobinski schaut fasziniert auf die Form: Handelt es sich bei der Parole der Demonstranten tatsächlich um ein »anonymes Haiku«, wie er notiert? Weder Haiku noch anonym: Die Wörterreihe ist vielmehr dem Pariser Buchhändler Louis-Gabriel Besnard zu verdanken, der unter dem Pseudonym Pierre Béarn 1951 den Lyrikband »Couleurs d'usine« vorgelegt hat. Der Vers ist ursprünglich länger. Er lautet: »Métro, boulot, bistro, mégots, dodo, zéro«. Doch eine philologische Richtigstellung wird der Subtilität der Beobachtung nicht gerecht.

Die Pariser Demonstranten konzentrieren sich 1968 in ihrem klassenkämpferischen Anliegen auf das erste, zweite und fünfte Wort: »Métro, boulot, dodo«. Die ernüchternde Erwachsenenwelt der Erwerbsarbeit, »boulot«, steht in markantem Kontrast zum infantilisierten Schlaf, »dodo«, kindersprachlich übersetzt mit »Heia«. Der »Bistro«-Besuch und die »Kippen« im Aschenbecher stören offenbar die anprangernde Formel, ebenso der Nullwert »zéro«. Aufwachen: So lautet das politische Signal, das noch bei Annie Ernaux in »Die Jahre«

nachklingt, wenn geschildert wird, wie die Vorstadtbevölkerung vom Landleben träume, weit weg von »métro boulot dodo«. Starobinski hingegen bringt die Wörter in eine symmetrische Tagesordnung und verwandelt die Provokation in ein Minimalkunstwerk: »Dodo – métro – boulot – métro – dodo ...« Er öffnet mit der spielerischen Geste, dem ungenauen Zitat, einen Ausweg, den die Parole vergeblich einfordert.

Liegt in der Lockerung oder in der Straffung der richtige Umgang mit der begrenzten Zeit? Starobinski macht darauf aufmerksam, daß alle Forderungen zur veränderten Zeitverteilung von der Anrufung einer »besseren Zukunft« getragen sind. In deren Namen seien, so schließt er diskret, schon große Wohltaten erzielt und große Verbrechen begangen worden. Die Scheinalternative zwischen zwei Regulierungsmustern verdecke, daß die Unendlichkeit der Möglichkeiten, die Fülle der Risiken in der tatsächlichen Ausgestaltung liege.

»Die Tagesordnung«: So lautet auch der Titel des Romans, für den Eric Vuillard 2017 den Prix Goncourt erhielt. Vuillard stellt, in satirischer Tradition, die Sitzung hochrangiger Industrievertreter am 20. Februar 1933 mit der NSDAP-Führung ins Zentrum: Krupp, Opel, BASF, Bayer, Siemens, Allianz. In der »Tagesordnung« kondensiert der planende Zugriff, der in einem Gewaltfanal endet. Warum überspringt Starobinski in seinem Essay das frühe und mittlere 20. Jahrhundert, das für sein eigenes Leben konstitutiv ist? Seine jüdisch-polnischen Eltern, Aron und Sulka Starobinski, geb. Frydman, sind rechtzeitig in die Schweiz gekommen. Als die Wehrmacht das französische Nachbarland besetzt, ist er zwanzig Jahre alt. Er trifft Exilintellektuelle und veröffentlicht seine ersten Texte in Widerstandszeitschriften.

Das Schweizer Bürgerrecht erhält Starobinski erst 1948. Neben geisteswissenschaftlichen Fächern studiert er, die Familientradition fortsetzend, Medizin und arbeitete als Arzt in der Psychiatrie, bevor er sich ganz der Literatur- und Ideengeschichte zuwendet. Eine Lektüre, die Starobinskis lange Linien mit geistesgeschichtlichen Abwehrmechanismen, sein Interesse an den leisen Tönen der europäischen Renaissance und Aufklärung mit einer Ausweichbewegung verwechselt, wird dem Bedrohtheitsbewußtsein nicht gerecht, das Starobinskis Blick auf die Zivilisation bestimmt. In seinem Aufsatz »Le mot ›civilisation‹«, erschienen in der Gallimard-Reihe »Le Temps de la réflexion«, macht er darauf aufmerksam, daß »Zivilisation« ein juristischer Deeskalationsbegriff war, lange bevor »Kultur« als Gegen- und Kampfbegriff aufgebaut wurde: »rendre civile une cause criminelle«.

Die Frage nach der Zeiteinteilung ist schon bei Horaz eine des geschäftigen Bürgers in Friedenszeiten. So irritierend sie angesichts der gewaltsamen Zerstörung, des bloßen Überlebens erscheinen mag, so stark prägt sie die Lebensläufe derer, die nach dem Ende des NS-Terrors auf je eigene Weise Antworten zu finden und das Uneinholbare einzuholen versuchen: Sei es auf dem Weg der Psychoanalyse, wie Starobinski, sei es durch eine eigene Tages- und Schreibdisziplin, wie Blumenberg. Jean Starobinskis Essay erscheint allenfalls auf den ersten Blick aus der Zeit gefallen. Eine genauere Lektüre ist verlangt, wenn man die Stelle entdecken will, an der er den zeithistorischen Schrecken einholt: ganz am Ende, im fast beiläufig zitierten Romantitel des Schweizer Diplomaten und Schriftstellers Albert Cohen: »Die Schöne des Herrn«. Cohen, in einer griechisch-jüdischen Familie aufgewachsen, schildert die Zerstörung der europäischen Ordnung vor 1938 aus der Perspektive von Völkerbundmitarbeitern in Genf. Die Frage nach der Tagesordnung gewinnt durch diesen *einen* literaturgeschichtlichen Hinweis ihre Brisanz: Wie muß die Zeit eingeteilt und eingesetzt werden, solange noch Zeit ist?

ANMERKUNGEN

Bertolt Brecht (1898–1956), Mitglied der Akademie der Künste. © Mit freundlicher Genehmigung der Bertolt Brecht Erben Berlin, 2024, und des Suhrkamp Verlags. Siehe auch Sinn und Form 3/2006 und 4/2016.

Käthe Reichel (1926–2012), deutsche Schauspielerin. Der Abdruck der Briefe erfolgt mit freundlicher Genehmigung des Testamentsvollstreckers Kurt Groenewold. Mit Dank an Petra Kelling. Die Dokumente befinden sich im Archiv Darstellende Kunst und im Bertolt-Brecht-Archiv der Akademie der Künste. Offensichtliche Schreibfehler in den Briefen wurden stillschweigend korrigiert, Unterstreichungen und handschriftliche Einfügungen in Kursiva umgewandelt.

Helene Herold, geb. 1984 in Erbach/Odenwald, Historikerin, Literaturwissenschaftlerin; Archivarin im Archiv Darstellende Kunst der Akademie der Künste, lebt in Berlin.

Irit Amiel (1931–2021), polnischstämmige Schriftstellerin und Übersetzerin, lebte ab 1948 in Israel. Auf deutsch erschien »Gezeichnete. Geschichten vom Überleben« (2015). Aus: »Spóźniona / Delayed« (2016). Siehe auch Sinn und Form 2/2018 und 3/2021. Erläuterung: S. 187 *»Zuflucht und Ruhe …«* Siehe Julian Tuwim, »Żydek«, in: ders., »Poezje zebrane« (Gesammelte Gedichte), Warszawa 1961. Żydek ist eine Ableitung von Żyd, dem polnischen Wort für Jude, die hier als Titel mit »Der kleine Jude« übersetzt werden kann.

Boris Saizew (1881–1972), russischer Schriftsteller, lebte ab 1924 im Exil in Frankreich. Auf deutsch erschien 2012 die Erzählung »Blauer Stern«. Aus dem Band »Golubaya zvezda«, Moskva 1989. Rechtsnachfolger des Autors konnten nicht ausfindig gemacht werden, berechtigte Ansprüche werden im Rahmen der bei Sinn und Form üblichen Honorarsätze abgegolten.

Felix Heidenreich, geb. 1973 in Freiburg, Politikwissenschaftler und Philosoph, lehrt an der Universität Stuttgart im Fachbereich Politikwissenschaften. Zuletzt erschienen: »Demokratie und Nachhaltigkeit. Eine politische Theorie« und »Der Diener des Philosophen. Roman« (beide 2023).

Lilli Luuk (Ps.), geb. 1976 in Paide, estnische Schriftstellerin, lebt in Tartu. Aus dem Kurzgeschichtenband »Kolhoosi miss« (2022).

Nasima Sophia Razizadeh, geb. 1991 in Frankfurt am Main, lebt als Dichterin in Köln. 2023 erschien ihr Buch »Sprache und Meer«.

Hubert Winkels, geb. 1955 in Gohr bei Düsseldorf, Journalist und Literaturkritiker. Veröffentlichungen u. a. »Gute Zeichen. Deutsche Literatur 1995–2005« (2005) und »Kann man Bücher lieben? Über den Umgang mit neuer Literatur« (2010). Siehe auch Sinn und Form 4/1999 und 5/2018.

Günter Erbe, geb. 1943 in Gadderbaum bei Bielefeld, Soziologe und Kulturhistoriker, 2001–12 Professor für Politische Wissenschaften an der Universität Zielona Góra, lebt in Berlin. 2017 erschien »Der moderne Dandy«, 2023 »Nicolaus Sombart«. Siehe auch Sinn und Form 2/2020.

Michael Hamburger (1924–2007), deutsch-britischer Lyriker, Essayist, Literaturkritiker und Übersetzer, Mitglied der Akademie der Künste. Das Typoskript des Vortrags »Modern German Literature in England« befindet sich im Nachlaß von Hans-Georg Gadamer im Deutschen Literaturarchiv Marbach (HS. 2004.0003). Der Abdruck erfolgt mit freundlicher Genehmigung von Richard Hamburger. Für die deutsche Übersetzung wurden kleine Redundanzen getilgt. Siehe auch Sinn und Form 2/2001.
Erläuterungen: S. 241 *Wirkungs- oder Rezeptionsgeschichte* Im Original deutsch, Verweis auf die hermeneutischen Ansätze von Hans-Georg Gadamer (»Wahrheit und Methode«) und Hans Robert Jauß (»Literaturgeschichte als Provokation«); S. 243 *Buch mit meinen Erinnerungen* Anspielung auf Hamburgers auf englisch verfaßte Autobiographie »A Mug's Game« (deutscher Titel: »Verlorener Einsatz«), deren erweiterte Fassung unter dem Titel »String of Beginnings« erschienen ist; S. 246 *das Phänomen Hofmannsthal* Hamburgers wissenschaftliche Recherche mündete in den Essayband »Hofmannsthal: Three Essays« (deutscher Titel: »Hugo von Hofmannsthal: Zwei Studien«); S. 250 *Gedichte von Johannes Bobrowski* Hamburger stand bis zu dessen frühem Tod in freundschaftlichem Austausch mit dem Ostberliner Lyriker. Ihr Briefwechsel »Jedes Gedicht ist das Letzte«, hg. von Jochen Meyer, erschien 2005; S. 252 *Anthologie ostdeutscher Lyrik* Hamburgers Bekanntschaft mit Lyrikern wie Bobrowski, Peter Huchel, Günter Kunert oder Reiner Kunze führte zu der bei Carcarnet Press veröffentlichten Anthologie »East German Poetry«.

Till Greite, geb. 1983 in Hamburg, Germanist, derzeit Sylvia Naish Fellow an der School of Advanced Study London. Im Frühjahr 2024 erscheint »Die leere Zentrale. Berlin, ein Bild aus dem deutschen Nachkrieg. Eine literaturgeschichtliche Begehung«. Siehe auch Sinn und Form 6/2021 und 1/2023.

Angelica Seithe, geb. 1945 in Bad Lauterberg / Harz, Psychologin und Autorin, lebt im Landkreis Gießen. Zuletzt erschienen die Gedichtbände »Im Schatten der Äpfel« (2016) und »Solange wir bleiben im Licht« (2020). Siehe auch Sinn und Form 1/2020.

Achim Freyer, geb. 1934 in Berlin, Regisseur, Bühnen- und Kostümbildner, Maler, Mitglied der Akademie der Künste, lebt in Berlin. Druckfassung eines Gesprächs, das am 1. September 2023 bei der Veranstaltung »Ein Freyer Abend« der Gesellschaft für Freunde der Akademie der Künste geführt wurde.

Nele Hertling, geb. 1934 in Berlin, Mitglied der Akademie der Künste, war u.a. Intendantin des Berliner Hebbel-Theaters und Direktorin des Berliner Künstlerprogramms des DAAD sowie von 2006 bis 2015 Vizepräsidentin der Akademie der Künste.

Friedrich Dieckmann, geb. 1937 in Landsberg/Warthe, Mitglied der Akademie der Künste, lebt in Berlin. Jüngste Veröffentlichungen: »Beethoven und das Glück« und »Das Liebesverbot und die Revolution« (beide 2020). Siehe auch Sinn und Form 2/2023 und 5/2023.

Tobias Lehmkuhl, geb. 1976 in Georgsmarienhütte, Literaturkritiker und Autor, lebt in Berlin. Zuletzt erschienen »Nico. Biographie eines Rätsels« (2018) und »Der doppelte Erich. Kästner im Dritten Reich« (2023). Laudatio zur Verleihung des Düsseldorfer Literaturpreises am 25. Mai 2023. Siehe auch Sinn und Form 1/2016.

Małgorzata Gorczyńska, geb. 1977 in Wrocław, wo sie auch lebt, Juniorprofessorin für polnische Literatur an der Uniwersytet Wrocławski, arbeitet an einem Buch über Tomasz Różyckis Lyrik. Rede zur Verleihung des Samuel-Bogumił-Linde-Preises am 29. Oktober 2023 im Alten Rathaus in Göttingen.

Renate Nimtz-Köster, geb. 1944 in Bad Landeck / Schlesien, Slawistin, Romanistin, Wissenschaftsjournalistin und Autorin. Lehraufträge an den Universitäten Czernowitz (Ukraine) und Cluj / Klausenburg (Rumänien). Siehe auch Sinn und Form 6/2020.

Jürgen Engler (1945–2023), Literaturkritiker, Herausgeber, ehemaliger Redakteur u.a. von Sinn und Form. Zuletzt gab er die Anthologie »Lyrische Menschenkunde« (2023) heraus. Siehe auch Sinn und Form 3/2009 und 4/2023.

Marcel Lepper, geb. 1977 in Dortmund, leitet die Fondation Rilke in Sierre und lehrt Neuere deutsche Literatur an den Universitäten Leipzig und Bern. Veröffentlichungen u.a.: »Goethes Euphrat. Philologie und Politik im West-östlichen Divan« (2016) und »Xenien« (2022). Siehe auch Sinn und Form 3/2020.

Alle Beiträge sind, soweit nicht anders angegeben,
Erstveröffentlichungen oder Erstübersetzungen.